JN057121

沖(うち)·縄(なー)·口(くち)·朗·読·用·読·本

昔(んかし)物(むぬ)語(がたい)

國吉眞正

琉球新報社

はじめに

言葉は聞くだけではなく、いわゆる音読は、自ら声を出して言葉が持っている音の発音は、もちろんのこと、ニュアンス・ひびきを身につけることは、言うまでもなく大切なことだと思います。そのためには、すらすら読める読本が必要となります。

しかしながら、今、市販されている沖縄語に関する書物を読んでみると、すらすら読める音読にふさわしい読本は見つかりません。

言葉が持っている音の表記は、不適切で、特に沖縄語独特の音の表記については、間違いが多いです。そして本来の豊かな音が、適切に発音できない表記も入っております。また、漢字の使い方は、ひんぱんに当て字を使って誤解を与えるのもあります。従いまして、直して読む力を必要とします。

しかし、次世代の多くの方々は、母語は共通語で育てられておりますので、沖縄語の知識がないため、直して読む力はありません。

このような不適切な表記で書かれた書物は、直して読まざるを得ないので、残念ながら音読には適しておりません。

そして、不適切な表記で次世代の方々に継承されると、沖縄語は低俗化して乱れ、衰退の道を辿るでしょう。

このような状況の中で、次世代の初めて沖縄語を学ぶ方々に、音読にふさわしい読本があればよいと、思い巡らしておりました。そして読本には、話の筋が簡単明瞭で、分かりやすいものを考えておりました。

このような条件を踏まえると、沖縄の先人たちから伝えられて来た昔物語が最もよく、50話についてまとめてみたのが本書です。

本書は、五十音に外字で作った文字（沖縄文字と呼んでいます）を追加して表記されております。沖縄語独特の音の一音を表すのに一字で表記できるのが特徴です。

これまでの沖縄語の表記は、沖縄語独特の音の一音を表すのに仮名を二字または三字を組み合わせているので、『ぎなた読み』をしたり、組み合わせミスにより、読みにくいという問題がありました。

このような問題を解決するため、共通語にない沖縄語独特の音については、沖縄文字を使っております。読みやすいということと、発音を適切に伝えられることが分かりました。

本書では、27個の沖縄文字を五十音に加えましたので、先人たちから伝えられて来た豊かな沖縄語の音を適切に表記することが出来ました。

何度か音読実験を重ねた本書は、沖縄語を丁寧に発音しながら音読が出来るようになっております。

また、母語を共通語としている多くの方々から、音声を付けてほしいと言う要望がありましたので、筆者の拙い音声も付けることにしました。

民間に口承されて来た物語を沖縄語で楽しまれるよう願っております。

末筆ですが、本書の出版について、快く取り計らいくださいました琉球プロジェクトの仲村渠理様、琉球新報出版部長の松永勝利様、および新星出版の城間毅様、ほか関係の方々に対し、心より厚くお礼申し上げます。

2019年９月
國吉眞正

凡　例

- 本書は、見開きごとに一つの物語を完結するようにしました。そして、物語に出てきた語句の意味は見開きの右のページに説明してあるので、物語を読みながら分からない語句に出合うと、参照できるようにしました。

- 本書は、五十話の昔物語を入れておきましたが、順番には、難易度に差はありません。従って、好きな物語の題から読めるようにしたので、語句の意味は物語の題ごとに入れてあります。

- 漢字や数字には、すべて仮名を振りました。漢字や数字を共通語読みにするのか、沖縄語読みにするのか迷うからです。
  音読の実験をして分かりましたが、沖縄語を初めて習う方々は、漢字に振り仮名を付けないと、共通語読みをするので、**振り仮名は手抜きをせず**、**すべての漢字や数字に沖縄語読み**で、**丁寧に付けてあります**。言葉の響きを大切にするためには、沖縄語読みの振り仮名は非常に重要となります。

- 沖縄語の音について：6ページに沖縄語独特の音は、どのような音があるのかを示し、発音のやり方についても触れておきました。沖縄語を普及する方々や、音楽を教えている方々の中には、声門閉鎖音（あるいは破裂音）と声門閉鎖音でない（不破裂音）音については、誤解を与えるような教え方をしているので、整理して説明をしておきました。
  音楽の先生方の中には、沖縄語は、舌の付け根を意識して、鼻から抜けるように幼児言葉で、発声しなさいと教えている方もいます。あるいは、声門閉鎖音でない音（不破裂音）は、唇をゆるめなさいと言っているが、全く根拠のないことです。こういう教え方をすると何時までたっても弟子は育ちません。
  また、「ん」の声門閉鎖音については、「ぅ」と「ん」が混ざる音、それから「ぃ」と「ん」が混ざる音など、無責任な指導をしているが、とんでもないことです。

- 言葉は、音を持っています。沖縄語を次世代へ継承するには、言葉が持つ音の通り適切な表記をして残さなければならないのです。

- 11ページに示してある沖縄文字等対比例一覧において、「音」の欄の中で沖縄文字の読み方をカタカナで、例えば、「くゎ」を「クヮ」のように示していますが、発音する時、「くゎ」は一音で「kwa」（くゎ）と発音します。二音の「kuwa」（くわ）ではありません。沖縄文字は、すべて一字は一音となります。
  「くゎっちーさびら」のことを「くわっちーさびら」という人がいますが、間違いです。

音読をする時、沖縄文字に出合い発音に迷う場合は、沖縄文字等対比例一覧の「音」の欄に示してある読み方で練習すると身につきます。

• 漢字の使用について：基本的に沖縄語の語句の読みの音と漢字の読みの音が似ていて、しかもその漢字の持つ意味が、沖縄語の語句の意味と一致しているものを使っております。当て字を盛んに使っている書物が氾濫しておりますが、誤解を与えております。子供たちの学力低下にもつながります。
但し、慣用語としてある「妻(とじ)」、「男(ゐきが)」などは、この考えに則していないが、例外として使いました。
筆者は、沖縄語は、独立した言語と位置付けているので、当て字で共通語化するのを避けております。
語句の説明が必要な場合は、当て字を使わず、脚注または、巻末に説明を付けるべきです。本書の場合は、見開きの右のページに語句の説明や、その他の参考情報を入れておきました。

• 物語は、嘘っぱちの話もありますが、民間に口承されて来たもので、ここでは言葉を勉強するのが目的です。そして、沖縄語の語彙を増やして、豊かな表現力を身に付けることもねらっております。

• 114ページ以降に各昔物語の共通語対訳を入れておきました。
沖縄語の表現と、共通語の表現の違いを発見することもできます。この頃は、共通語を逐語訳して沖縄語を共通語化しているのが見られます。

名護親方(なぐゑーかた)・程順則(ていじゅんそく)の琉球いろは歌から

下手(ふぃた)からどぅ習(なら)てぃ

勝(すぐ)りゆんすゆる

及(うゆ)ばらんとぅ思(む)てぃ

思案(しあん)するな

下手だからこそ稽古して上手になるのです。とても及ばないと思って思い惑うな。

目次

沖縄語の豊かな音と発音について

共通語　　（五十音）　図１

あいうえお	はひふへほ
かきくけこ	ばびぶべぼ
がぎぐげご	ぱぴぷぺぽ
さしすせそ	まみむめも
ざじずぜぞ	や　ゆ　よ
たちつてと	らりるれろ
だぢづでど	わゐ　ゑを
なにぬねの	ん

拗音「ひゃ　ひゅ　ひょ」など
促音「っ」
「'wi(ゐ)、'we(ゑ)」は旧かな

←共通語を書くとき必要な文字群→

沖縄語独特の音　図２

音韻記号（カッコ内は沖縄文字）

'i(い゙)	'u(を)	'e(え゙)	
kwa(くゎ)	kwi(くぃ)	kwe(くぇ)	
gwa(ぐゎ)	gwi(ぐぃ)	gwe(ぐぇ)	
ti(てぃ)	tu(とぅ)		
di(でぃ)	du(どぅ)		x23
hwa(ふゎ)	hwi(ふぃ)	hwe(ふぇ)	
ʔja(や)	ʔju(ゆ)	ʔjo(よ)	
ʔwa(わ)	ʔwi(ゐ)	ʔwe(ゑ)	
ʔN（ん）			
（文語用）	ṣi(す)	ẓi(ず)	
	çi(つ)	ẓi(づ)	x4

沖縄文字の考案者：船津好明氏

←沖縄語を書くとき必要な文字群→

沖縄語は、沖縄口（うちなーぐち）とも呼んでおり、図１に示した五十音では書き表すことができない豊かな音をたくさん持っています。その豊かな音を図２のように音韻記号で示すと、27個（23＋４）あります。

沖縄語の口語文を書くときは、五十音に23個の音を加えなければならないです。そして、文語文を書くときは、さらに４個加えるので、五十音と27個の音を必要とする訳です。

沖縄語の文語文と言うのは、琉歌、組踊の台本などがあります。

このように音を明確に分類しておくと、沖縄語は、楽に書けます。もちろん、話すときも書くときも、大切なことは、「**言葉が持っている音**」を確実に覚えておかなければなりません。

この頃は、沖縄語の発音が悪くなっています。また、書いてある文を読むと、間違いが非常に多いです。音楽においては、最悪なものもあります。とてもきちんとしたものとして次世代へ渡せるものではありません。

何故、悪くなったかと言うと、「**言葉が持っている音**」**を忘れているからです。**

筆者は、口語においても、文語においても言葉の音を大切にして、レジメ、論文などを書いています。

図２において、沖縄語独特の音を示していますが、国立国語研究所から出ている沖縄語辞典で使われている音韻記号を使っております。この音を表わすのに、いろいろな書き方が考えられております。

ここに挙げた音は、すべて一音ですが、これを五十音の仮名の組み合わせで表記しようというのだから、非常に無理せざるを得ない状況にあります。

多くの人は、共通語の五十音にこだわりがあって、その領域から抜け切れない状況にあります。沖縄語は、一つの独立言語だと主張している割には、共通語に依存しているように見受けます。

例えば、一つの音として、図２の最初に出てくる「'i」の音を「ゆぃ」と定義するものと、「イィ」と定義しているのがあります。「い」にしているのもありますが、これは言葉が持っている音を知らなさすぎます。「い」というのは「ʔi」であって音が違います。

それから、もう一つ紹介しますと、「ʔN」の音をどのように表記しているか見てみましょう。「っん」、「ぅん」、「ぃん」、「うん」、「いん」、「ん」とあります。一つの音を表わすのに、こんなにたくさんあることに疑問を持たないのが不思議です。いったいどのように発音を指導しているのだろう。音楽の分野においては、「ʔNzijuN」を「いんじゅん」と、４音であるべきところをごまかして５音で唄っているので、聞く人が恥ずかしくなります。

ここで出てきた「ʔ」「'」の記号については、後ほど説明します。

筆者は、音読テストの結果、一つの音は、一つの文字で表したほうがよいと判断して、図２に示してある音韻記号の（　）内にある外字で作った文字（沖縄文字と呼んでいる）を表音文字として採用しています。

一つの音を表わすのに、五十音の仮名を２字または３字を組み合わせているケースの文において、共通語を母語としている次世代の方々に音読実験をしてみると、『ぎなた読み』をして、すらすら読めないことが分かりました。

また、組み合わせている文字群が改行されて、ばらばらになると、それを組み立てて沖縄語独特の音を発音することができません。何故なら、判読する力がないからです。

判読とは、分かりにくい文章を、前後の関係などからおしはかって読むことです。従って、沖縄語の知識がない次世代の方々には、判読は出来ません。

さて、図２に示した音韻記号の中にある「ʔ」「'」について説明しておきます。「ʔ」は、声門を閉じて急に開いて出す音を意味します。声門閉鎖音あるいは、破裂音を出すということです。８頁の図３にあるように、声門を閉じるということは、息を一瞬止めるだけです。そして、肺から息を出して急に開いて音を出すということで、「あ（ʔa)、い（ʔi)、う（ʔu)、え（ʔe)、お（ʔo)」は、まさにそのように出ている音です。

そして、「'」は、不破裂音を出すということです。つまり、声門を閉じないで出すということであるから、息を止めないで発声すると良いです。五十音の子音は、すべてそうです。息を止めると、破裂音になってしまいます。物の本によると、発音について、難しく説明しているから、混乱しているのです。沖縄語は、決して難しい言語ではありません。

例えば、ʔi（い）の発音と、'i（い゙）の発音をやってみましょう。

「ʔi」は五十音の「い」ですから、特に問題はありませんが、よく注意してみてください。一瞬息を止めて肺から息を出していることが分かります。

それでは、「'i」を発音してみてください。「'」の記号が付いているから息を止めないで、つまり声門を閉じないで発声することです。口のかたちは、ʔi（い）を言う時と同じです。この音は、表音文字として五十音にないので、筆者は図２に示されているように「い゙」の文字を使っています。

琉球新報　2013年6月28日付
「音と言語の科学教室　高良富夫」から引用　図 3

10頁の図４で示しているのは、間違いやすい音を五十音との関係で整理したものです。

先ずア行の右側に「'i」「'u」「'e」の３つが、「ʔi」「ʔu」「ʔe」とは区別された音が加えられております。不破裂音で３つの音が存在する訳です。筆者は、その音に対して、それぞれ、「い」「を」「え」の表音文字を採用しております。

そして、ヤ行には、「'ja」「'ju」「'jo」の他に「ʔja」「ʔju」「ʔjo」の３つが加わります。この３つは声門閉鎖音（破裂音）となります。

表音文字としては、それぞれ「や」「ゆ」「よ」を採用しております。ヤ行の左側に示しています。

また、ワ行にも同じく３つの声門閉鎖音（破裂音）があります。ワ行の左側に示しているように「ʔwa」「ʔwi」「ʔwe」がそれぞれ加わります。

表音文字としては、それぞれ「わ」「ゐ」「ゑ」を採用しております。

最後に「'N」の左側に示しているように「ʔN」が加わります。この二つもよく間違っています。言葉の音をよく分かっていないために曖昧な表記をしているのが目立ちます。

ここで示している音は、「ʔ」の記号が付くか「'」の記号が付くかの違いです。

一つの例を取って見ましょう。五十音のヤ行にある「'ja」（や）、「'ju」（ゆ）、「'jo」（よ）は、五十音にある子音ですから、息を止めないで発音しています。しかし、「ʔja」、「ʔju」、「ʔjo」は、ちょっと息を止めて、声門を閉じます。そして、肺から息を出して声帯に振動を与えます。そうすると簡単に「ʔja」（や）という音が出ます。口のかたちは、「'ja」（や）をいう時の口のかたちと同じです。「ʔju」（ゆ）、「ʔjo」（よ）も同じ要領です。

共通語を母語としている次世代の方々に、よくわからない指導者が、難しく教えているので、混乱しているのです。この件については、よく質問を受けますが、指導者が勉強不足です。

特に音楽においては、「'i」（い）の発音は、唇を緩めなさいとか、中間音を出しなさいとか言って指導しているようですが、全く根拠のないことですから、何時までも言葉の発音を獲得することは出来ません。

沖縄の人以外には、出来ないと教えている指導者もいるというが、指導能力がないだけで、何処の人でも出来ます。

「'i」（い）の発音も「ʔi」（い）をいう時と口のかたちは７頁で説明したように同じです。

それでは言葉を使って練習してみましょう。

次の言葉の音韻記号をよく確認して発声してみてください。

「ʔii」胃　　「’ii」絵　　「’ii」藺　　「’wii」柄　　「ʔwii」上
「ʔiN」犬　　「’iN」縁
「ʔutu」音　　「’utu」夫　　「’unai」をない（をなり）「’wikii」ゐきー（ゑけれ）
「ʔuujuN」追ゆん　　「’uujuN」折ゆん

「ʔee ʔaNdu’jarui」えー、あんどやるい゙（おい、そうなの）
「’ee ʔaNdu’jarui」え゙ー、あんどやるい゙（まあ、そうなの）

「ʔNni」稲　　「’Nni」胸
「ʔjaNtaN」言んたん（言わなかった）「’jaNtaN」やんたん（壊した）
「’iiQkwa」い゙ーっ子（いい子）「’wiiQkwa」ゐーっ子（甥）
「ʔutajuN」歌ゆん（歌う）「’utajuN」をたゆん（疲れる）
「ʔNna」んな（うんこ）　　「’Nna」皆

「’wiijuN」ゐーゆん（酔う）　　「’iijuN」い゙ーゆん（貰う）
「ʔwiijuN」ゐーゆん（老いる）

「ʔNzasjuN」出じゃすん　　「’NzasjuN」んじゃすん（磨く）
「ʔwiQcu」ゐっちゅ（老人）　　「’wiQcu」ゐっちゅ（酔に酔った人）
「’wiigukuci」ゐーぐくち（酔い心地）「’iigukuci」い゙ーぐくち（居心地）

「ʔjaa’jaa」やーやー（君の家）

「ʔNzu nu kii nu suba nakai ʔaru ’Nzu」伊集ぬ木ぬ側なかいある溝
（伊集の木の側にある溝）

「kuree ’waamuN ʔaree ʔwaa nu muN」
此れー、我ー物、あれー、あーぬ物（これは私の物、あれは豚の物）

「ʔweejumi nu ’weewee nacooN」
ゑー嫁ぬゑーゑー泣ちょーん（お嫁さんがおいおい泣いている）

「ʔjuru kutu cikaNdaraa ’juurarijuN doo」
言る事聞かんだらー結ーらりゆんどー（言うことを聞かないと縛られるぞ）

筆者が、幼少のころ、これらの言葉の音は、はっきり区別して使っておりました。

五十音を中心に国立国語研究所の音韻記号でまとめた。
破裂音（声門閉鎖音）と不破裂音

図4

ʔN ん	'N ん	ʔwa あ	'wa わ	ra ら	ʔja や	'ja や	ma ま	ha は	na な	ta た	sa さ	ka か	ʔa あ	
		ʔwi ゐ	'wi ゐ	ri り			mi み	hi ひ	ni に	ti てぃ	si し	ki き	ʔi い	'i い゙
				ru る	ʔju ゆ	'ju ゆ	mu む	hu ふ	nu ぬ	tu とぅ	su す	ku く	ʔu う	'u をぅ
		ʔwe ゑ	'we ゑ	re れ			me め	he へ	ne ね	te て	se せ	ke け	ʔe え	'e え゙
				ro ろ	ʔjo よ	'jo よ	mo も	ho ほ	no の	to と	so そ	ko こ	ʔo お	'o を

沖縄語は母音以外にも破裂音がある（共通語は母音のみ）。ヤ行、ワ行、ンに破裂音がある。
「ʔ」は声門閉鎖音（破裂音）。「 ' 」は不破裂音。破裂、不破裂の区別は単語の語頭のみ。
語頭以外では通常の文字を使う。網掛けの文字は沖縄語独特の音。
「ゐ」、「ゑ」は旧かな。沖縄語ではこの文字も必要とする。

図５に示したのは、６頁の図２の内容を展開して使用例として一覧にしたものです。

沖縄文字等対比例一覧

図 5

字	音	使用例	字	音	使用例
とぅ	トゥ、tu	とぅい（鳥）	ゐゆ	ʔju	ゐゆん（言う）
と	ト、to	とーふ（豆腐）	ゆ	ユ、'ju	ゆんたく（おしゃべり）
どぅ	ドゥ、du	どぅし（友達）	ゐよ	ʔjo	ゐよーいー（おさな子）
ど	ド、do	どーぐ（道具）	よ	ヨ、'jo	よーんなー（ゆっくり）
てぃ	ティ、ti	てぃーだ（太陽）	ゐわ	ウヮ、ʔwa	ゐわー（豚）
て	テ、te	だてーん（大いに）	わ	ワ、'wa	わーむん（私のもの）
でぃ	ディ、di	ふでぃ（筆）	ゐゐ	ウィ、ʔwi	ゐゐー（上）
で	デ、de	でーじ（大変なこと）	ゐ	ヰ、'wi	ゐなぐ（女）
くゎ	クヮ、kwa	くゎじ（火事）	ゐゑ	ウェ、ʔwe	ゐゑんちゅ（鼠）
か	カ、ka	かじ（風）	ゑ	エ、'we	わじゃゑー（災い）
ぐゎ	グヮ、gwa	ぐゎんく（頑固）	ゐん	ʔN	ゐんみ（梅）
が	ガ、ga	がんちょー（眼鏡）	ん	ン、'N	んみ（嶺井〈地名〉）
くぃ	クィ、kwi	くぃー（声）	い゛	'i	い゛ん（縁）
き	キ、ki	きー（木）	い	イ、ʔi	いん（犬）
ぐぃ	グィ、gwi	ぐぃーく（越来〈地名〉）	をぅ	ヲゥ、'u	をぅとぅ（夫）
ぎ	ギ、gi	かーぎ（容ぼう）	う	ウ、ʔu	うとぅ（音）
くぇ	クェ、kwe	くぇー（桑江〈地名〉）	え゛	'e	え゛ーま（八重山）
け	ケ、ke	けー（粥）	え	エ、ʔe	えーさち（挨拶）
ぐぇ	グェ、gwe	ぐぇったい（ぬかるみ）	お	オ、ʔo	おーじ（扇）
げ	ゲ、ge	にげー（願い）	を	ヲ、'o	をーじ（王子）
ふゎ	フヮ、hwa	なーふゎ（那覇）	す゛	スィ、ṣi	す゛がた（姿）
は	ハ、ha	はな（花）	し	シ、si	しち（七）
ふぃ	フィ、hwi	ふぃーとぅ（いるか）	ず゛	ズィ、ẓi	ず゛んぶん（知恵）
ひ	ヒ、hi	ひや（威勢の声）	じ	ジ、zi	じー（字）
ふぇ	フェ、hwe	ふぇー（南）	つぃ	ツィ、 çi	つぃち（月）
へ	ヘ、he	へい（目下への呼びかけ）	ち	チ、ci	ちー（血）
ゐや	ʔja	ゐやー（お前、君）	づぃ	ヅィ、ẓi	みかづぃち（三日月）
や	ヤ、'ja	やー（家）	ぢ	ヂ、zi	ちぢん（鼓）

音記号は沖縄語辞典（国立国語研究所）による。「ʔ」は破裂音、「'」は不破裂音。破裂不破裂の区別は単語の語頭だけ、語頭以外では通常の文字を使用。例、とぅい（鳥）。「す゛」以下は文語用」口語では「す゛→し、ず゛→じ・ぢ、つぃ→ち、づぃ→ぢ・じ」となる。

昔物語（んかしむぬがたい）

(1(いち)) 経塚(ちょーじか)ぬ謂(いわ)り

「浦添市経塚」

昔(んかし)、御主加那志前(うすがなしーめー)が、臣下(しんか)んかい、「国頭(くんじゃん)まで行(ん)じ呉(く)り」んでぃ言(い)みそーち、用事頼(ゆーじゅたる)まびたん。

うぬ臣下(しんか)ー、「うー、分(わ)かやびたん」でぃ言(い)ち、直(し)ぐ、国頭(くんじゃん)かい向(ん)かやびたん。

あんし、臣下(しんか)ー、用事(ゆーじょ)ー済(し)まち、なーちゃー、首里(すい)かい戻(むどぅ)ゆる事成(くとぅな)いびたん。

うぬ臣下(しんか)ー、道中(みちなか)をぅてぃ、どぅくをぅたとーたくとぅ、首里(すい)から近(ちちゃ)さる所(とぅくる)ぬ経塚(ちょーじか)ぬ盛(むい)をぅてぃ、憩(ゆく)やびたん。

やしが、うぬ臣下(しんか)ー、いっぺーをぅたてぃどぅ居(をぅ)くとぅ、んまをぅてぃ、けー寝(に)んてぃ無(ね)ーやびらん。

うぬ時(とぅち)、いるしがまーし琉球(るーちゅー)ぬ国(くに)んかい、まぎさるねーぬ、寄(ゆ)てぃ無(ね)ーやびらん。

あんしが、うぬ臣下(しんか)ー、此(く)ぬまぎさるねーぬ事(くとぅ)ー、諸分(むるわ)かいびらんたん。

うぬ臣下(しんか)ー、うじゅだくとぅ、「何(ぬー)がやらんまりかーや、わさわさそーる様子(よーし)やしが、異風(いふー)なむんやっさー」んでぃ思(うむ)いがちー、急(いす)じ御主加那志前(うすがなしーめー)ぬ、ゐんしぇーる首里(すい)かい戻(むどぅ)やびたん。

首里(すい)かい着(ち)ちゃくとぅ、御主加那志前(うすがなしーめー)や、「えー、今日(ちゅー)ぬねーや、まぎさたんやー」んでぃ言(い)みしぇーびーたん。

うぬ臣下(しんか)ー、うぬ事(くとぅ)ー、諸分(むるわ)からんたくとぅ、「今日(ちゅー)や、ねーぬ寄(ゆ)いびたがやーさい」んでぃ言(や)びたん。

御主加那志前(うすがなしーめー)や、「あっさまぎねーぬ、寄(ゆ)てぃん分(わ)からんたる場(ばー)い」んでぃ臣下(しんか)んかい言(い)みしぇーびーたん。

「実(じちぇ)ー、経塚(ちょーじか)ぬ盛(むい)をぅてぃ、憩(ゆく)とーいびーたん」

うぬ臣下(しんか)ぬ返答(ふんとー)しーねー、御主加那志前(うすがなしーめー)や、「あんしーねー、うぬ盛(むえ)ー、動(ゐー)かんたる場(ばー)い」んでぃ言(い)みそーちゃん。

臣下(しんか)ー、「うー、むっとぅ動(ゐー)ちゃびらんたん」でぃ、うんぬきやびたん。

うぬ後(あとぅ)から、琉球(るーちゅー)ぬ国(くに)をぅてぃー、ねーぬ寄(ゆ)いねー、『経塚(ちょーじか)、経塚(ちょーじか)』んでぃ言(ゆ)る如成(ぐとぅな)たる風情(ふーじ)やいびーん。

又(また)、昔(んかし)、うぬ盛(むい)なかえー、魔物(まじむん)ぬ、出(ん)じーんでぃ言(い)ち、沙汰(さた)ぬあてぃ、村(むら)ぬっ人(ちゅ)ぬ達(ちゃー)や、すっくぇーちょーいびーたん。うりが故(ゆい)に、日秀(にっしゅー)んでぃ言(い)みしぇーる座主(じゃーし)ぬ、経文書(ちょーむんか)ちぇーる石(いし)、うり盛(むい)なかい埋(うじゅ)みたくとぅ、魔物(まじむの)ー、出(ん)じらん如成(ぐとぅな)たんでぃぬ事(くとぅ)やいびーん。

あんすくとぅ、うぬ盛(むえ)ー、経塚(ちょーじか)んでぃ呼(ゆ)ばりーる如成(ぐとぅな)たんでぃぬ事(くとぅ)やいびーん。

(終(う)わい)/共通語訳114頁

語句の説明

- 謂り(いわ)：いわれ。由来。
- 御主加那志前(うすがなしーめー)：国王様。琉球王に対する敬称。
- ～んでぃ：と。「～んでぃ言(い)ち：と言って」
- ～んかい：に。
- ～かい：へ。に。
- なーちゃ：翌日。
- ～をぅてぃ：で。
- どぅく：あんまり。ひどく。
- をぅたゆん：くたびれる。疲れる。
- 盛(むい)：丘。
- いっぺー：たいそう。非常に。たいへん。
- けー～：動詞につき、ちょっと～する。軽く～する。また、思い切って～する。～しちゃうなどの意を表す。
- いるしがまーし：あいにく。
- まぎさん：大きい。
- ねー：地震。「まぎねー：大地震」
- ねーぬ寄(ゆ)ゆん：地震が起きる。
- うじゅむん：目がさめる。
- 何(ぬー)がやら：何が何だか。
- わさわさそーん：がやがや騒いでいる。
- 異風(いふー)なむん：変なもの。
- ～がちー：ながら。つつ。
- ゑんしぇーん：でおありになる。でいらっしゃる。「発音に注意：ゑ（'we）を言う時と同じ口のかたちで、ちょっと息を止めて言うと、破裂音、ゑ（ʔwe）が出る」
- 動(ゐー)ちゅん：動く。ゆれ動く。ゆらぐ。「発音に注意：ゐ（'wi）の破裂音、ゐ（ʔwi)」
- あっさ：あれだけ。あれほど。
- ～い：か。疑問の助詞。
- 場(ばー)い：わけか。
- むっとぅ：全然。全く。
- 風情(ふーじ)：ようす。のような。
- うんぬきゆん：申上げる。目上に言うことの敬語。
- 沙汰(さた)：うわさ。
- すっくぇーすん：困る。
- 座主(じゃーし)：和尚。住職。
- ～なかい：に。の中に。存在する場所を表わす。
- あんすくとぅ：だから。

参考

- うり：それ。
- うりから：それから。それ以後。
- うりかー：その辺。
- うぬ：その。「うぬ書物(すむち)：その本」
- くり：これ。
- くりから：これから。今後。
- くりかー：この辺。このあたり。
- くぬ：この。
- あり：あれ。
- ありから：あれから。
- ありかー：あの辺。
- あぬ：あの。
- くま：ここ。こちら。
- くまから：ここから。
- くまりかー：この辺。(「くりかー」と同じ)
- あま：あそこ。あっち。
- あまから：あそこから。
- あまりかー：あの辺。(「ありかー」と同じ)
- んま：そこ。
- んまから：そこから。
- んまりかー：その辺。

(2) 稲ぬ始まい

「南城市玉城」

昔、石川ぬ伊波按司が、進貢船んかい乗て゚、唐ぬ国かい渡やびたん。

伊波按司ー、あまをて゚、米作ゆし見じみそーち、『此れー、並ぬ物ー、あらんさ。是非、沖縄かい種持っち帰い欲さん』て゚思て゚、うぬ稲ぬ種持っち帰ゆんて゚さびたん。

やしが、「うれー持ち出じゃちぇー成らん」て゚言ち、断らって゚無ーやびらん。

仕方ー無ーん。んなど゚ーっし沖縄かい戻て゚めんそーちゃん。

伊波按司ー、戻て゚めんそーちからん、ちゃーがなっし沖縄んかい、うぬ稲持っち来ゅーる事ー成らんがやーんて゚、考ーとーいびーたん。

『んちゃ、鶴使て゚稲ぬ穂取らしわど゚やさ』んて゚、思付ちゃびたん。

あんし、鶴飼らて゚、うぬ鶴んかい唐から稲取て゚来ゅーる事習ーさびたん。あんし、進貢船さーに唐かい渡いるっ人んかい、鶴持っち行じ取らしんち頼まびたん。

うぬ後、鶴ぬ戻て゚来ゅーる頃成いねー、伊波按司ー、唐んかい、いっぺー近さる百名ぬ盛なかい仮屋作て゚、んまをて゚、寝んたい起きたいっし、鶴ぬ戻て゚来ゅーし待っちょーいびーたん。

やしが、うぬ鶴ー、ちゃっさ待っちん戻てー来ゃーびらんたん。

『嵐んかいはっちゃかて゚、んまりかーなかい落て゚てー居らんがやー』んて゚思て゚、うりかー海端んと゚めーたしが、見ー当て゚ゆる事ー成いびらんたん。

あんし、伊波按司ー、此りからぬ事ー、諸、仲村渠ぬ天美津んかい頼て゚、城かい戻やびたん。

伊波按司んかい頼まったる天美津や、毎日鶴と゚めーて゚歩ちょーいびーたん。

あんさくと゚、新原ぬ米地をて゚、稲ぬ穂食ーて゚死じょーる鶴見ー当て゚て゚無ーやびらん。

「とー、此りんかい間違ー無ーらん」て゚言ち、稲ぬ穂持っち帰て゚、三穂田なかい植ーやびたん。あんし、うぬ稲育て゚ゆし出来さびたん。

うりから、沖縄をて゚、稲ぬ作らったんて゚ぬ事やいびーん。

あんし、「沖縄かい稲ぬ種唐から持っちっ来取らちぇーるいっぺー大切な鶴やん」て゚言ち、うぬ鶴ぬ骨ー、玉城王(ぐしくをー)んかいうさぎてぃ、うりから、鶴(ちる)飼(か)らとーたる主(ぬーし)ぬ伊波按司(いふぁあじ)ぬにーんかい、届(とど)きらったる風情(ふーじ)やいびーん。

（終(う)わい）／共通語訳114頁

語句の説明

- 按司(あじ)：位階の名。大名。王子(をーじ)の次親方(ゑーかた)の上に位する。
- 進貢船(ちんくんしん)：進貢船。中国へ貢物を持って行く船。
- ～んかい：に。Nで終わる語に付く時はそのNをnuに変える。

「進貢船(ちんくんしぬ)んかい」

- 唐(とー)：中国。沖縄では中国をいつも唐と呼んだ。中国も、沖縄と交通する時には、宋・明・清の時代になっても唐と称したようである。
- ～かい：へ。に。目的地を示し場所を表わす語に付く。「学校(がっこー)かい行(い)ちゅん：学校へ行く」
- ～をてぃ：で。「発音の悪い人は、息を止めて、うてぃ（ʔuti）と言っているが、息を止めないで、をてぃ（'uti）を言う。息を止めると、うてぃ（ʔuti）と破裂音になる」
- あまをてぃ：あそこで。
- うぬ：その。
- やしが：だが。しかしながら。
- 断(くとわ)らってぃ無(ね)ーらん：断られてしまった。「沖縄語独特の表現」
- んなどぅー：身に何も持たないさま。身一つ。また、みやげものを持たないさま。素手。手ぶら。
- めんしぇーん：いらっしゃる。おいでになる。居る･行く･来るの敬語。
- ちゃーがな：どうにか。なんとか。
- ちゃーがなっし：どうにかして。
- んちゃ：なるほど。全く。ほんとに。
- いっぺー：たいそう。非常に。たいへん。
- ～さーに：で。「進貢船(ちんくんしん)さーに：進貢船で」
- ～なかい：に。の中に。存在する場所を表わす。
- ちゃっさ：どれくらい。どれほど。
- はっちゃかゆん：出くわす。ぶつかる。
- んまりかー：その辺。
- うりかー：その辺。
- とぅめーゆん：拾う。求める。捜し求める。
- 天美津(あまみちゅー)：天美津(あまみちゅー)は、琉球の始祖「あまみきょ」の子孫と言われる人物。
- 食(く)ーゆん：かみ付く。歯でくわえる。
- とー：さあ。それ。気合を入れる声。
- 植(ゐ)ーゆん：植える。「ゐ（ʔwi）の発音は、ゐ（'wi）をいう時の口のかたちと同じで、ちょっと息を止めて、ゐ（'wi）を発音すると、声門閉鎖音（破裂音）の、ゐ（ʔwi）の音になる」
- 出来(でぃか)すん：でかす。うまく行く。成功する。
- うさぎゆん：押し上げる。ささげる。上に差し上げる。献上する。
- 伊波按司(いふぁあじ)ぬにー：伊波按司(いふぁあじ)のそば。
- 風情(ふーじ)：ようす。のような。

(3) 運玉義留

「西原町・与那原町」

昔、運玉義留んでぃ言るっ人ぬ、幸地殿内をてぃ、使ー者とぅっし働ちょーいびーたん。

或る日ぬ事やいびーん。主ぬ前ぬ髪結ーいがちー、運玉義留や、「主ぬ前さい。我達百姓や、ちゃぬあたいまでぃぬ職分ぬ当たいびーがやーさい」んでぃ問やびたん。

主ぬ前や、「ちゃっさ気張てぃん地頭代やか上てー成らんやー」んでぃ言びたん。

あんさくとぅ、うぬ運玉義留や、「あんしぇー、我んねー盗人成てぃ、名言りーしぇー増しやさ」んでぃ言ち、盗人成てぃ無ーやびらん。

あんし、うぬ運玉義留や、「主ぬ前さい。今日夜ー、うんじゅが黄金枕盗みーが寄しりやびーん」でぃ言びたん。あんさくとぅ、主ぬ前や、「取ゆーするむんやれー、とー、取てぃ見でぃ」んでぃ言びたん。あんし、うぬ主ぬ前や、臣下ぬ達集みてぃ、屋敷ぬ番しみやびたん。

うぬ夜ぬ事やいびーん。運玉義留や、砂持っち、主ぬ前ぬ屋ぬ上んかい登てぃ、屋ぬ上から砂放やびたん。

うぬ砂ぬ音聞ちゃる主ぬ前や、「雨ぬ降てぃ来ょーくとぅ、今日や、うぬ者ー来ーんさ」んでぃ言ち、番すし止みてぃ寝んじゃびたん。

運玉義留や、主ぬ前ぬ寝んじふりとーる場所に、座敷んかい忍でぃ入っち、主ぬ前ぬ耳なかい水垂らさびたん。主ぬ前が、寝んじくげーさるまどに、持っち来ゃるどーぬ枕とぅ、主ぬ前ぬ枕、あったに取い換ーやびたん。

あんし、運玉義留や、「黄金枕ー、しでぃてぃ行ちゃびら」んでぃ言ち、ふぃんぎてぃ無ーやびらん。

主ぬ前や、『あい。だー』んでぃ思てぃ、慌てぃーひゃーてぃーっし、直ぐ槍投ぎやびたん。

あきさみよー。運玉義留や、うぬ槍さーに腿刺さってぃ無ーやびらん。

あんし、運玉義留や、腿から槍引ち抜じ、「外んでぃとーいびーさ。ふだやいびーたんやーさい」んでぃ言ち、ふぃんぎてぃ城ぬ下んかいある、蓮ぬ、みーとーるくむいなかい隠てぃ、難ー逃ーやびたん。

うぬ後から、運玉義留や、名言る盗人成てぃ、ゑーきん人ぬ家んかい入っち盗でぃ、うぬ盗でーる物とぅか銭そーな物ー、貧相者ぬ家んかい入っち、するっとぅ置ちきてぃ走たんでぃぬ事やいびーん。

また、運玉義留が、居ー着ちょーたる所ー、運玉盛んでぃ言らっとーいびーん。

(終わい)／共通語訳115頁

語句の説明

- 殿内：脇地頭以上の家柄の称。島持、親方及び上士の家柄。また、それらの邸宅。御殿の下。
- 〜をてぃ：で。
- 使ー者：使用人。
- 主ぬ前：だんな様。
- 〜がちー：ながら。つつ。「髪結ーいがちー：髪を結いながら」
- ちゃぬあたい：どのくらい。
- ちゃっさ：どれくらい。どれほど。
- 地頭代：地頭のかわりに、その地頭の采邑すなわち間切を統治する者。
- 〜やか：より。
- 名言りゆん：名高い。有名だ。
- うんじゅ：あなた。目上および、親しくない同等に礼をもって対する時の、二人称。
- 寄しりゆん：参る。参上する。身分の上の人の家へ伺う。
- 〜ゆーすん：〜することができる。「取ゆーすん：取ることが出来る」など。
- 臣下：臣下。手下。
- 放ゆん：こぼす。散らす。
- 寝んじふりゆん：寝てしまって時を忘れる。
- 〜んかい：に。
- 〜なかい：に。の中に。存在する場所を表わす。
- 寝んじくげー：寝返り。
- まどぅ：空き間。すいている時間。すき。
- あったに：にわかに。不意に。
- しでぃゆん：いただく。頂戴する。
- ふぃんぎゆん：逃げる。
- あい：珍しいものに接した時、また、何か間違った時などに発する声。あら。おっと。
- だー：物を訪ねる時用いる。おい。ねえ。失敗した時にもいう。しまった。
- 慌てぃーひゃーてぃー：大急ぎでするさま。
- あきさみよー：あれえっ。きゃあっ。助けてくれ。非常に驚いた時、悲しい時、苦痛に耐えない時、救いを求める時などに発する声。
- 外んでぃゆん：外れる。
- ふだ：あやうく。
- みーゆん：生える。
- くむい：池。沼。
- 逃ーゆん：逃れる。免れる。
- 名言る盗人：有名な盗人。
- ゑーきん人：金持ち。財産家。「ゑ（ʔwe）の発音は、五十音のゑ（'we）をいう時と同じ口のかたちでちょっと息を止めて言う」
- 貧相者：貧乏者。
- するっとぅ：そっと。ひそかに。こっそり。
- 居ー着ちゅん：居着く。住み着く。

（4）赤犬子

「読谷村楚辺」

昔、読谷山ぬ楚辺なかい、いっぺー清らさる女ん子ぬ居いびーたん。

うぬ女ん子んかえー、親ん達ぬ、定みてぃ、酒盛ん済まち、後々夫婦成いる相手ぬ居いびーたん。

あんすくとぅ、村ぬ二才達、うりから隣ぬ村ぬ二才達ぬ、ちゃっさ望みーが来ゃんてーまん、肝一動ちゃびらんたん。

村ぬ二才達や、「酒盛済まちぇーる、うぬ男ぬ生ちちょーる間ー、ちゃーん成らんさ」んでぃ言ち、一大事な事考ーてぃ、うぬ男殺ち無ーやびらん。

あんさんてーまん、うぬ女ん子ー、村ぬ二才達んかい、肝動かさりーる事ー、無ーやびらんたん。

うぬ女ん子ー、肝しからーしく成てぃ、肝とぅやーする為に、赤犬飼らやびたん。あんし、うんにーねー、なー、酒盛済まちぇーる男ぬっ子持っちょーいびーたん。

あんし、村ぬ二才達や、「あれー、赤犬とぅぬっ子どぅやんどー」んでぃ言ち、言ー切っち無ーやびらん。あんすくとぅ、うぬ女ん子ー、んまなかえー居ららん成てぃ、かーま津堅かい渡てぃ、あまをてぃ、っ子生さびたん。うぬっ子ぬどぅ赤犬子んでぃ言びーる。

赤犬子ー、いっぺーそーらーさる童成てぃ、くばぬ葉んかい雨ぬ落てぃーねー、うぬ水ぬ音聞ち、くばぬ葉ぬ柄さーに三線作やびたん。あんし、多く歌作てぃ琉球ぬ国なかい歌広みやびたん。

赤犬子ー、旅かい行ちゅる道中ぬ瀬良垣ぬ海端をてぃ、船はじょーる船大工んかい、「水飲まち御賜みしぇーびり」んでぃ言びたん。

あんしが、うぬ船大工ー、「旅ぬっ人んかい飲まする水ー、無ーらん」でぃ言びたん。

赤犬子ー、断らってぃ無ーらんくとぅ、いちゅたー歩ち、谷茶ぬ海端までぃ行ちゃびたん。んまなかいん船大工ぬ居いびーたん。

うぬ船大工んかい、又ん、「水飲まち御賜みしぇーびり」んでぃ言びたん。

あんさくとぅ、今度ー、水飲まち呉みそーちゃん。

あんし、赤犬子が、「谷茶速船」んでぃ言ちゃくとぅ、谷茶ぬ船ー、飛ぶる如速さる船成たんでぃぬ事やいびーん。

赤犬子ー、大っ人成てぃ、唐かい渡てぃ、墨習いる事成いびたん。

うぬ後、沖縄かい戻ゆる事成てぃ、麦、粟そーな五穀ぬ苞持っちっ来、琉球ぬ国なかい広ぎやびたん。

あんすくとぅ、赤犬子ー、五穀ぬ神とぅっしん崇みらってぃ、村ぬ御祭んでーぬあいねー、赤犬子宮んかい五穀、うりから野菜んでーうさぎゆんてぃぬ事やいびーん。

（終わい）／共通語訳116頁

語句の説明

- 〜なかい：に。の中に。
- 〜んかい：に。
- いっぺー：たいそう。非常に。
- 女ん子：女の子。娘。
- 酒盛：結納。言い名付け。
- あんすくとぅ：それだから。だから。
- うりから：それから。それ以降。
- 二才：二才の意。青年。
- ちゃっさ：どれくらい。どれほど。
- 望むん：望む。結婚の相手に望む。
- 間：間。「ゑ（ʔwe）の発音は、（3）運玉義留の語句の説明を参照」
- ちゃーん成らん：どうにもならない。
- あんさんてーまん：そうしても。それでも。
- 肝しからーさん：心さびしい。うらさびしい。
- 肝とぅやーすん：心を整える。心配事などを処理して、心を安んずる。
- うんにーに：そのおりに。その時に。
- っ子持ちゅん：子供ができる。妊娠する。
- 言ー切ゆん：ののしる。きめつける。
- んま：そこ。そっち。そちら。
- かーま：遠方。遠く。
- そーらーさん：賢い。しっかりしている。聡明である。
- くば：びろう。しゅろ科の植物で、枝は無く、広い葉が長い柄につく。
- 柄：柄。おの・ほうちょうなどの柄。「柄さーに：柄で」
- 船はじゅん：船をつくる。
- 御賜みしぇーん：「呉ゆん」の敬語。「呉みしぇーん」より丁寧。賜る。下さる。
- いちゅたー：ちょっと。しばらく。
- 唐：中国。沖縄では中国をいつも唐と呼んだ。中国も、沖縄と交通する時には、宋・明・清の時代になっても唐と称したようである。
- 墨：墨。学問。
- 苞：みやげ。
- 御祭：稲麦などの農耕に関して行われるお祭り。
- 〜んでー：など。でも。
- うさぎゆん：押し上げる。ささげる。さし上げる。献上する。お供えする。

（5）白銀堂ぬ謂り

「糸満市糸満」

昔、糸満なかい、満子んで言る海ん人ぬ居いびーたん。

或る日ぬ事やいびーん。うぬ満子や、海ぬ荒りとーる日んかいはっちゃかて、舟ん、魚取いる道具ん、諸、失て無ーやびらん。

あんしが、薩摩ぬっ人から銭借て、魚取いる道具揃ーち、魚取いが行ちゅーする如成いびたん。

満子や、借てーる銭返する為に、いっぺーはまて働ちゃしが、銭ー溜まいびらんたん。

約束さる日に、返する銭ー無ーらんくと、返する日延ばち呉みそーりんで言ち、うぬ薩摩ぬっ人んかい頼まびたん。

あんし、うぬ薩摩ぬっ人ー、うぬ日延ばち呉みそーちゃん。

満子や、今までやか、なーふぃん働ちゃしが、又ん、銭ー溜まいびらんたん。

あんし、約束さる日ぬっ来無ーやびらん。

満子や、「なーだ返する銭ー、溜まてー、無ーやびらん」で言ちゃくと、うぬ薩摩ぬっ人ー、「やー如ーる人間、返さん考ーどやるい」んで言ち、くんじょー出じて、直ぐ刀抜じ無ーやびらん。

満子や、「待っちょーちみそーれー。沖縄んかえー、『意地ぬ出じらー、手引き、手ぬ出じらー、意地引き』んで言る言葉ぬあいびーん。今、我ん切ーねー、銭返する事ー成いびらん」で言びたん。うぬ言葉聞ちゃる薩摩ぬっ人ー、刀降るち、「なー一回ー待ちゅさ」んで言ち、薩摩かい帰やびたん。

薩摩ぬっ人ー、まるけーて薩摩かい戻たくと、妻ぬ、別ぬ男と暮ちょーる姿ぬ見ーやびたん。

くんじょー出じで、刀抜じ妻切ゆんでさる際に、『意地ぬ出じらー、手引き、手ぬ出じらー、意地引き』んで言る言葉覚出じゃち、うぬ刀納みて、良ー見ちゃくと、男ぬ姿そーたしぇー、どーぬ女ぬ親ど成とーいびーたる。

薩摩ぬっ人ー、うぬ言葉習ーち呉たる満子んかい礼儀っし、返さったる銭ー受き取らん如、今ぬ白銀堂なかい埋みたんでぬ事やいびーん。

（終わい）／共通語訳117頁

語句の説明

- 謂り：いわれ。由来。
- 満子：糸満の男に多い名前。
- 満子んでぃ言る：満子と言う。「ゆ（ʔju）の発音は、組踊の台詞にも良く出ている。発音するときは、ゆ（'ju）をいう時の口のかたちは同じで、ちょっと息を止めて言うと、破裂音の、ゆ（ʔju）が出る」
- 〜なかい：に。の中に。
- 海ん人：漁師。漁夫。「魚取やー」とも言う。
- 〜んかい：に。
- はっちゃかゆん：出くわす。
- 〜しが：が。けれども。
- 揃ーすん：集める。揃える。「道具揃ーすん：道具を揃える」
- 〜ゆーすん：〜することができる。
- 行ちゅーすん：行くことが出来る。
- いっぺー：たいそう。非常に。たいへん。
- はまゆん：はげむ。没頭する。
- 〜くとぅ：から。ので。理由を表わす。
- 今までぃやか：今までより。
- なーふぃん：もっと。さらに。
- なーだ：まだ。いまだ。
- やー如ーる：おまえのような。おまえごとき。非難の意で言う。
- やー如ーる人間：おまえごとき人間。
- くんじょー：悪意。意地悪。「くんじょー出じゆん：怒る」
- 意地：勇気。意地。
- 意地ぬ出じらー、手引き、手ぬ出じらー、意地引き：腹が立っても手（暴力）を出すな。手が出そうになったら自分の怒りを静めよ。
- まるけーてぃ：まれ（に）。たま（に）。
- 際：きわ。とき。
- 礼儀：感謝の意を表すための贈り物。

参考

- なー：（接頭）おのおの・銘銘の意を表す接頭辞。あとに付く語を重複させる。「なー家家：銘銘の家」
- なー：（接尾）ずつ。「一ちなー：一つずつ」
- 菜：からし菜。菜。
- 名：名。名前。
- 縄：なわ。
- 庭：農家の前庭。
- なー：もう。
- なー：（助）かい。かねえ。の。「ありなー：あれかね」
- 出じゆん：出る。
- 発音が曖昧であるので、整理しておきましょう。ʔNzijuNは、いろいろな発音が横行している。特に音楽においては、最悪である。「いんじゆん」、「ぅんじゆん」、「ぃんじゆん」、「んじゆん」などと指導しているが、ʔiNzijuN（いんじゆん）と唄っている人がいる。
  つまり５音で唄いごまかしている。４音の（んじゆん）と唄ってほしい。「ん」の発音は、ほとんどできているが、指導者が勉強不足のせいで難しく教えるから混乱している。

（6）野國總管

「嘉手納町野国」

芋うすめーんで呼ばっとーたる野國總管ー、北谷間切ぬ、野国ぬ生まりやみしぇーびーたん。

北谷間切ぬ野国ー、海んかい近さたくと、野國總管ー、小さいにから、泳じゅしん上手やい、舟扱ゆしん、いっぺー上手やみしぇーびーたん。

大っ人成てからん、うぬ手並ー、村中なかい音打っち、やがて、御主ぬ耳んかい届ちゃびたん。

丁度うぬ頃、琉球ぬ国ー、唐ぬ国と互ーに品物換ーて、商ーっし、いっぺー栄ーとーいびーたん。

やしが、海ぬ荒りて、幾回ん船ぬ沈だくと、船良ー扱ゆーするっ人、とめーとーいびーたん。

御主や、野國總管呼て、「今度ぬ船んかい乗て取らしぇー」んで頼みみしぇーびーたん。

野國總管が、乗たる船ー、荒りとーる海ん見事に越て、無事に唐ぬ国かい着ちゃびたん。

あんし、野國總管ー、總管んで言る座御賜みそーち、船ぬ船頭とっし、幾回ん唐ぬ国行ち戻いさびたん。

官人ぬ達ぬ、唐ぬ国をて、用事済ましみしぇーる間、野國總管ー、唐ぬ国ぬっ人ぬ達暮らし方、見ち歩ちゃびたん。

或る時、野國總管ー、畑なかいいっぺー広がとーる葛見ー当てて、「あれー何やいびーがさい」んで、唐ぬっ人んかい問やびたん。

あんさくと、唐ぬっ人ー、「芋どやいびーる」んで言ち、んちゃ掘て芋取い出じゃち見して呉みそーちゃん。

唐ぬっ人ー、「此れー、煮ちん済むい、天麩羅作てん旨さいびーん。何やかん増しやしぇー、大風んかい、いっぺー強さるむんやいびーん」で言みしぇーびーたん。

あんすくと、野國總管ー、是非、琉球ぬ国かい持っち帰い欲さんで言ち、御願ーさしが、うれー、持ち出じゃすしぇー、強々く、ちじらっとーいびーたん。

野國總管ー、ちゃーがなっし、持っち帰て、琉球ぬっ人ぬ達ぬ、をがり救い欲さんで言ち、考ーとーいびーたん。

あんし、野國總管ー、じんぶん出じゃ

ち、竹(だき)さーに作(ちゅく)てーるぐーさんぬ中(なーか)なかい、葛(かんだ)隠(くゎっくゎ)ち持(む)っち帰(けー)てぃ、村(むら)ぬ畑(はたき)なかい植(ゐー)たくとぅ、ちゃっさん広(ふる)がてぃ、多(うほー)く芋(んむ)ぬ出来(でぃき)やびたん。

うぬ沙汰(さた)ぬ、琉球(るーちゅー)ぬ国中(くにじゅー)なかい広(ふる)がてぃ、やがてぃ、御主(うすー)ぬ耳(みみ)んかい入(い)やびたん。

うりから、儀間真常(ぎましんじょー)が、琉球(るーちゅー)ぬ国中(くにじゅー)なかい、植(ゐー)ゆし広(ふる)みたる風情(ふーじ)やいびーん。

（終(う)わい）／共通語訳118頁

語句の説明

- 芋(んむ)：芋。「芋(んむ)の発音は、（うむ）という人がいるが、間違いである。五十音の、ん（'N）は、息を止めないで発音する。しかし、沖縄語独特の音である、ん（ʔN）は、ちょっと息を止めて発音すればよい」
- うすめー：平民の祖父。おじいさん。平民の老翁。
- 總管(そーかん)：進貢船の事務を統制する事務長の名称。
- 間切(まじり)：市町村制以前の行政区画の単位。現行行政区画の村にほぼ相当する。
- ～みしぇーん：お～になる。～なさる。～される。「上手(じょーじ)やみしぇーん：上手でいらっしゃる」
- ～なかい：に。の中に。
- 音打(うとぅう)ちゅん：評判が高い。
- 御主(うすー)：王様。
- 唐(とー)：中国。沖縄では中国をいつも唐と呼んだ。中国も、沖縄と交通する時には、宋・明・清の時代になっても唐と称したようである。
- いっぺー：たいそう。非常に。たいへん。
- 扱(あちか)ゆーするっ人(ちゅ)：扱うことができる人。
- とぅめーゆん：拾う。求める。捜し求める。
- 座(じゃー)：座。地位。役職。
- 御賜(うたび)みしぇーん：「呉(くぃ)ゆん」の敬語。「呉(くぃ)みしぇーん（下さる）」より丁寧。賜る。
- 船頭(しんどー)：船長。
- 官人(くゎんにん)：役人。
- 暮(く)らし方(がた)：生計。生活の方法。
- 葛(かんだ)：かずら。
- 見(み)ー当(あ)てぃゆん：見つける。
- んちゃ：土。土壌。
- 天麩羅(てぃんぷら)：天麩羅。
- 何(ぬー)やかん：何よりも。
- あんすくとぅ：それだから。
- ちじゆん：人の行為をさえぎる。止める。また、禁止する。
- ちじらっとーん：禁止されている。
- ちゃーがな：どうにか。なんとか。
- ゐーがり：飢え。
- じんぶん：知恵。
- ～さーに：～で。使用する道具・材料を表す。また、「っし」とも言う。「竹(だき)さーに：竹で。」
- ぐーさん：杖。
- 隠(くゎっくゎ)すん：隠す。
- ちゃっさん：いくらでも。無制限に。
- 沙汰(さた)：うわさ。また、評判。
- 風情(ふーじ)：ようす。のような。

（7）為朝とぅ牧港

「浦添市牧港」

昔、弓扱ゆしんかい優りてぃ、音打っちょーる源為朝んでぃ言るっ人ぬ、戦んかい負きてぃ、伊豆大島かい島流しさりやびたん。

島かい着ちゃる為朝ー、「何時までぃん、此ぬ島なかい居る事ー、成らん」でぃ言ち、船出じゃち島から出じたしが、大風んかいはっちゃかてぃ、船ぬ帆や折ーりてぃ無ーやびらん。

為朝ー、「報やなんくる御賜みしぇーさ」んでぃ言ち、潮ぬ流りーるまま流さってぃ、着ちゃる所ー、今帰仁ぬ浜やいびーたん。

為朝が、無事に島かい着ちゃくとぅ、うぬ島んかい運天でぃ言ち、名付きたんでぃぬ事やいびーん。

船失たる為朝ー、今帰仁城かい上がてぃ、「我ん使てぃ呉みしぇーびり」んでぃ言ち、うんぬきやびたしが、「今ー、っ人ー満どーん。浦添城かい行けー」んでぃ言らってぃ、断らってぃ無ーやびらん。

あんし、浦添城かい行じゃくとぅ、んまをぅてぃん、「っ人ー、満どーん。大里城かい行けー」んでぃ言ち、断らってぃ無ーやびらん。

大里城かい行じ、訳話さくとぅ、後ぬうじゅめー、「くまをぅてぃ、働けー」んでぃ言らってぃ、為朝ー、大里按司ぬにーをぅてぃ、働ちゅる事成いびたん。

為朝ー、城ぬっ人ぬ達んかい、弓ぬ使ー方、うりから、大和ぬ字習ーちゃいさびたん。

大里按司んかえー、女ん子ぬ居いびーたん。

為朝ー、うぬ清らさる女ん子んかい惚りてぃ無ーやびらん。女ん子ん為朝思てぃ、二人や結ばってぃ、まじゅん成いびたん。

やがてぃ、二人ぬ間なかいぼーじゃーぬ生まりやびたん。

やっとぅかっとぅ、船直ちゃる為朝ー、妻っ子添ーてぃ、大和かい帰ゆる事成いびたん。

波ん立たん灘易さる日に、船出じゃちゃしが、いるしがまーし、あったに大風んかいはっちゃかてぃ無ーやびらん。

大風ぬとぅりーるまでぃ待っちから船出じゃちゃしが、またん、大風ぬ吹ち無ーやびらん。

あんさーに、なー、船頭が、「船んかい女ー、乗してー成らん」でぃ言びたん。

ちゃーん成(な)らん成(な)てぃ、妻(とぅじ)っ子(ぐゎ)ー、港(んなとぅ)んかい置(う)ちきてぃ、「必(かんな)じ、帰(けー)てぃ来(ち)ゅーくとぅやー」んでぃ言(い)ち、為朝(ためとも)ー、旅(たび)かい出(ん)じやびたん。

あんし、妻(とぅじ)とぅ男(ゐきが)ん子(ぐゎ)ー、何時(いち)までぃん、うぬ港(んなとぅ)をぅてぃ、為朝(ためとも)ぬ帰(けー)てぃ来(ち)ゅーし待(ま)ちかんてぃーそーたんでぃぬ事(くとぅ)やいびーん。

あんさーに、此(く)ぬ港(んなと)ー、待(ま)ち港(んなとぅ)「牧港(まちなとぅ)」んでぃ言(い)ち、呼(ゆ)ばりーる如(ぐとぅ)成(な)たんでぃぬ事(くとぅ)やいびーん。

（終(う)わい）／共通語訳118頁

語句の説明

- ～んかい：に。「先生(しんしー)んかい御習(うなれ)ーすん：先生にお習いする」
- ～んでぃ言(ゆ)るっ人(ちゅ)：～と言う人。「ゆ（ʔju）の発音は、組踊の台詞にも良く出ている。発音するときは、ゆ（'ju）をいう時の口のかたちは同じで、ちょっと息を止めて言うと、破裂音のゆ（ʔju）が出る」
- 音打(うとぅう)ちゅん：評判が高い。遠方まで知られる。
- ～かい：へ。に。目的地を示し場所を表わす語に付く。「学校(がっこー)かい行(い)ちゅん：学校へ行く」
- 島流(しまなが)し：島流し。流罪。
- ～なかい：に。の中に。
- はっちゃかゆん：出くわす。ぶつかる。
- 報(ふー)：果報。幸運。
- なんくる：ひとりでに。自然に。
- 御賜(うたび)びみしぇーん：「呉(くぃ)ゆん」の敬語。「呉(くぃ)みしぇーん（下さる）」より丁寧。賜る。
- 潮(うす)：うしお。海水。
- うんぬきゆん：申上げる。目上に言うことの敬語。
- あんし：そうして。そして。
- んま：そこ。そっち。そちら。「んまをぅてぃん：そこでも」
- 後(あとぅ)ぬうじゅみ：あげくのはて。結局。
- 按司(あじ)：位階の名。大名。王子(をーじ)の次。親方(ゑーかた)の上に位する。
- 按司(あじ)ぬにー：按司のそば。
- ～をぅてぃ：で。「うてぃ、と言う人がいるから発音に注意」
- くまをぅてぃ：ここで。
- うりから：それから。それ以降。
- 女(ゐんぐ)ん子(ゎ)：女の子。娘。
- 惚(ふ)りゆん：惚れる。
- 結(むす)ぶん：結ぶ。結婚する。
- まじゅん：一緒（に）。共（に）。
- 間(ゑーだ)：間。「ゑ（ʔwe）の発音については、（1(いち)）経塚(ちょーじか)ぬ謂(いわ)りの語句の説明を参照」
- ぼーじゃー：坊や。小さい男の子の愛称。
- やっとぅかっとぅ：やっと。ようやく。
- 灘易(なだやっ)さん：おだやかである。心安い。
- いるしがまーし：あいにく。
- あったに：にわかに。不意に。いきなり。突然。
- とぅりゆん：風がやむ。
- 船頭(しんどー)：船長。船頭に対応する。
- ちゃーん成(な)らん：どうにも成らない。
- 待(ま)ちかんてぃー：待ちかねること。

（8） 鬼慶良間

「渡嘉敷村渡嘉敷」

昔、渡嘉敷なかい『鬼慶良間』んでぃ言る男ぬ居いびーたん。

此ぬ男ー、島をぅてぃ生まりたる者ー、あらんたしが、島なかい暮らち、島人ぬ為に、いっぺー良ー尽くちょーいびーたん。

ふどぅんまぎさんあい、やから者ぬいっぺー肝清らさるっ人やいびーたん。

或る年ぬ事やいびーん。大風ぬ故に、島ぬ作い物ぬさってぃ、餓死成いねー、大事やくとぅ、うぬ備わいとぅっし、鬼慶良間ー、島ぬっ人ぬ達んかい蘇鉄植ゆし勧みやびたん。

あんし、うぬ鬼慶良間ー、「餓死成いねー、うぬ蘇鉄切っちうさがてぃ、餓死ぬ無ーん年ねー、蘇鉄ぬ実取てぃうさがみそーれー」んでぃ言ち、習ーち、多くぬ島ん人ぬ命救やびたん。

鬼慶良間が、暮らちょーたる村ー、渡嘉敷島ぬ渡嘉敷やいびーたん。盛越てぃ、あまなかい阿波連んでぃ言る村ぬあてぃ、んまんかえー、『阿波連弁慶』んでぃ言るやから者ぬ居いびーたん。

渡嘉敷ぬ村から、うぬ阿波連かい行ちゅる場ねー、川原ーちぇー、越らんどぅんあれー成いびらんたん。

うぬ川原んかえー、橋ー、掛かてーー無ーらんたくとぅ、島ぬっ人ぬ達や、すっくぇーちょーいびーたん。

あんさーに、うぬ鬼慶良間ー、盛から木切っちっ来、橋掛きやびたん。

あんさくとぅ、うぬ阿波連弁慶や、うぬ橋くんぴーじ、やんでぃ無ーやびらん。

鬼慶良間ー、「やー如ーる人間んかい負きてぃ成ゆみ」んでぃ言ち、今度ー、石ぬ橋掛きやびたん。

あんし、阿波連弁慶や、うぬ橋割いる事ー、成らんたくとぅ、「しま取てぃ勝負やさ」んでぃ言ち、鬼慶良間んかい勝負仕掛かやびたん。

阿波連弁慶や、まぎ竹割てぃ、ふんむでぃてぃ、がまくんかいから巻ち置ちきーねー、鬼慶良間ー、船んかい付ちょーる粗さる網引ち飛ぬがちっ来、がまくんかいから巻ち無ーやびらん。

あんし、なー、勝負始みゆんでぃしーねー、島ぬっ人ぬ達や、「誰がな一人ー、死ぬしが」んでぃ思てぃ、うぬ勝負ー、止みらさびたん。

うぬ勝負する際に、二人や、互に目んとぅじゃ成てぃ、立っちょーいびーたん。うぬふぁさ形ぬ、今ん、しーぬ上んかい残とーんでぃぬ事やいびーん。

（終わい）／共通語訳119頁

語句の説明

- ～なかい：に。の中に。存在する場所を表す。
- ～んでぃ：と。引用句を受ける。
- ～んでぃ言る男：という男。「ゆ（ʔju）の発音については、（7）為朝とぅ牧港の語句の説明を参照」
- ～をぅてぃ：で。「うてぃ（ʔuti）と言う人がいるが、をぅてぃ（'uti）が正しい。息を止めないで言ってほしいが、息を止めているから、うてぃ（ʔuti）になっている」
- ～しが：が。けれども。
- いっぺー：たいそう。非常に。たいへん。
- 尽くすん：尽くす。
- ふどぅ：せたけ。せい。身長。
- まぎさん：大きい。
- やから者：力持ち。力のある人。
- 肝清らさん：心がやさしい。恵み深い。
- 作い物：作物。農作物。
- 餓死：飢饉。
- 大事：大変。大ごと。
- ～んかい：に。
- ～くとぅ：から。ので。理由を表わす。
- 植ゆん：植える。「ゐ（ʔwi）の発音は、五十音の、ゐ（'wi）を言う時の口のかたちは同じで、ちょっと息を止めて、ゐ（'wi）を言うと、声門閉鎖音（破裂音）のゐ（ʔwi）の音が出る」
- あんし：そうして。そして。
- うさがゆん：召し上がる。「食むん」の敬語。
- んまんかえー：そこには。
- 越らんどぅんあれー成らん：越えなければならない。「越らねー成らん、越らんだれー成らん、ともいう」
- すっくぇーすん：困る。
- くんぴーじゅん：踏みつぶす。
- やんじゅん：こわす。
- やんでぃ無ーやびらん：壊してしまいました。「沖縄語的表現で、共通語にはない表現である」
- やー如ーる：おまえのような。おまえごとき。非難の意でいう。「や（ʔja）の発音は、五十音の、や（'ja）をいう時の口のかたちは同じで、ちょっと息を止めて、や（'ja）を言うと、声門閉鎖音（破裂音）の、や（ʔja）の音が出る」「やー如ーる人間：おまえごとき人間」
- しま：相撲。
- 仕掛かゆん：しかかる。
- まぎ竹：大きな竹。
- ふぁんむでぃゆん：強くねじる。
- がまく：腰周りの細くくびれている部分。ウエスト。
- 引ち飛ぬがすん：引きちぎる。強く引いてとばす。
- から巻ちゅん：巻きつける。
- 目んとぅじゃ成ゆん：目に角立てて怒る。
- ふぁさ形：足跡。踏んだ足のかた。
- しー：岩。

(9) 安谷屋ぬ若松

「北中城村安谷屋」

昔、安谷屋なかい、若松んでぃ言る若者ぬ居いびーたん。

或る日ぬ事やいびーん。大根くぃーじきてぃ、畑から帰ゆる道中をぅてぃ、首里ぬ侍とぅ、はい行逢やびたん。

うぬ侍や、いっぺー、やーさそーみしぇーる風情やたくとぅ、若松が、大根うさぎーねー、侍や、食ーちきゆる如っし、うさがみしぇーびーたん。

うぬ侍や、「いっぺー肝打たりーるあたいぬ立派な若者やっさー」んでぃ言ち、若松褒みてぃ、御礼儀しみしぇーびーたん。

うりから、いふぃ小ゆーどぅしから、若松ー、首里ぬ侍んかい呼ばってぃ、墨習いる事成てぃ、毎日首里かい行ちゅる事成いびたん。

或る日ぬ事やいびーん。帰ゆしぇー、にっか成たくとぅ、道中をぅてぃ、宿借いる事成いびたん。

うぬ宿ー、毎日首里かい行ちゅる若松思とーる女ん子ぬ家成とーいびーたん。

うぬ女ん子ー、宿借いが来ゃる若松が、どぅく清らさぬ、ゆくん思いぬ強く成てぃ、「我んとぅ結でぃ呉みしぇーびれー」んでぃ言ち無ーやびらん。

若松ー、「我んねー、今ー、墨習いる身分どぅやいびーる。うれー、成いびらん」でぃ言ち、断てぃ無ーやびらん。

夜ぬ明きてぃ、若松ー、宿から出じてぃ行じゃしが、此ぬ女ん子ー、たった思いぬ強く成てぃ、若松追てぃ行ちゃびたん。

若松ー、追てぃ来ゅーる女ん子ぬ姿ぬ、どぅく恐るしく成たくとぅ、助きてぃ呉りんでぃ言ち、寺んかい、ふぃーりんち無ーやびらん。

座主ん、若松ー、大事な様子やんでぃ思てぃ、鐘ぬ中なかい、若松隠ち無ーやびらん。

あんさくとぅ、此ぬ女ん子ー、蛇んかい化きてぃ、「今只今、若松出じゃし」んでぃ言ち、寺んかい入っち来ゃくとぅ、座主ー、経文読でぃ、蛇追放てぃ無ーやびらん。

蛇んかい化きたる宿ぬ女ん子ー、生ちちょーたる間なかい、思いとぅじみゆーさんたる女ん子ぬ幽霊やたんでぃん言らっとーいびーん。

(終わい)／共通語訳120頁

語句の説明

- 〜なかい：に。の中に。存在する場所を表わす。
- 〜んでぃ言（ゆ）る若者（わかむん）：〜という若者。「ゆ（ʔju）の発音については、（5）白銀堂（はくぎんどー）ぬ謂（いわ）りの語句の説明を参照」
- くぃーじきゆん：しっかりとせおう。しょい込む。
- はい行逢（いちゃ）ゆん：出会う。ひょっくり出会う。
- いっぺー：たいそう。非常に。たいへん。
- やーさ：ひもじさ。飢え。空腹。
- 風情（ふーじ）：ようす。のような。
- いっぺーやーさそーみしぇーる風情（ふーじ）やたん：たいそうお腹を空かしていらっしゃるようだった。
- 〜くとぅ：から。ので。理由を表わす。
- うさぎゆん：押し上げる。さし上げる。献上する。
- 食（くぃ）ーちきゆん：食いつく。かじりつく。
- うさがゆん：召し上がる。「食（か）むん」の敬語。
- あたい：くらい。ほど。
- うりから：それから。
- いふぃ小（ぐゎー）：少し。わずか。
- ゆーどぅ：よど。よどみ。
- いふぃ小（ぐゎー）ゆーどぅしから：しばらくしてから。
- 墨（しみ）：墨。学問。
- にっか成（な）ゆん：遅くなる。
- 女（ゐなぐ）ん子（ぐゎ）：女の子。娘。ことに未婚の若い女。
- 〜をぅてぃ：で。「発音については、（2）稲（にー）ぬ（んに）始（はじ）まいの語句の説明を参照」
- どぅく：あんまり。ひどく。
- ゆくん：さらに。なお。もっと。
- 結（むす）ぶん：結ぶ。夫婦の縁を結ぶ。結婚する。
- たった：たびたび。次第に。
- ふぇーりんちゅん：はいり込む。
- 座主（じゃーし）：和尚。住職。
- 隠（くゎっくゎ）すん：隠す。
- あんさくとぅ：そうしたら。
- 経文（ちょーむん）読（ゆ）むん：読経する。
- 追放（ゐーほー）ゆん：追い払う。追っ払う。「発音に注意。ゐ（ʔwi）については、（2）稲（にー）ぬ（んに）始（はじ）まいの語句の説明を参照」
- 間（ゑーだ）：間。「ゑ（ʔwe）の発音については、（1）経塚（ちょーじか）ぬ謂（いわ）りの語句の説明を参照」
- とぅじみゆん：なしとげる。話をまとめ上げる。「思（うむ）いとぅじみゆーさん：思いをなしとげることが出来ない」

玉城朝薫　作

組踊（くみをぅどぃ）「執心鐘入（しゅーしんかにいり）」から

若松道行歌金武節（わかまちみちゆきうたちんぶし）

照（てぃ）るてぃだや西（にし）に
布丈（ぬぬだき）に成（な）てぃん
首里（しゅい）めでいやてぃどぅ
一人（ふぃちゅい）行（い）ちゅる

日は西に傾いて、布の高さほどに地平線に迫り暮れているが、首里に公用があって一人で行くのである。

(10) てぃらがまぬまぎ蛇

「今帰仁村運天（上運天）」

昔、運天村ぬ若者ぬ、畑仕事かい行ちゅる道中をぅてぃぬ事やいびーん。

うぬ若者ー、てぃらがまから近さる所をぅてぃ、白煙ぬ上がてぃ行ちゅし見じゃびたん。

良ー見じーねー、天んかい上がゆんでぃそーるまぎ蛇ぬ、居いびーたん。

うぬまぎ蛇や、若者ぬ居んでぃる事気に付ち、天んかい上がゆし止みてぃ無ーやびらん。

うぬまぎ蛇や、「我んねー、此ぬがまなかい暮らちょーるまぎ蛇どやる。千年ぬ間、人間んかい見だらんだれー、竜成ゆーすん。明日ー、千年目成とーん。やしが、今日や、やーんかい我ん姿見だっとーくとぅ、なー、竜成ゆーさん」でぃ若者んかい言びたん。

若者ー、肝苦さんでぃ思てぃ、「我んが何がな成いしぇー無ーらに」んでぃ、うぬまぎ蛇んかい問やびたん。

まぎ蛇や、「今日、我ん姿見ちゃる事、誰んかいん言ちぇー取らすなけー。此ぬ約束守てぃ取らすらー、我んねー、天んかい上がゆる事成ゆん。

あんし、むし、じゃーふぇー事んでーぬあいねー、此ぬがまんかいっ来、願れー。ちっとぅ願ー事ぬ、叶ゆる如っし取らすさ」んでぃ言びたん。

若者ぬ、此ぬ事、っ人んかい知らちぇー成らんでぃ言る事、約束さくとぅ、まぎ蛇や、がまぬ中なかいふぇーりんち、姿隠ち無ーやびらん。

なーちゃぬすとぅみてぃ、古宇利ぬ新崎から白煙ぬ立っち上がてぃ、まぎ蛇や、竜成てぃ天んかい上がやびたん。

或る年ぬ事やいびーん。若者ぬ家や、火事成てぃ、焼きてぃ無ーやびらん。

すっくぇーちょーる若者ー、まぎ蛇ぬ言葉信じてぃ、がまぬ前をぅてぃ、「家とぅ、かー御賜みしぇーびり」んでぃ言ち、願たくとぅ、あったに、家ぬ建っち、清ら水ぬ湧ちゅるかーん出来やびたん。

あんし、若者ー、妻とぅめーやびたん。

あんしが、或る年ぬ事やいびーん。うぬ妻ー、病かかてぃ無ーやびらん。

此ぬ事、物知りんかい問たくとぅ、「隠し事そーる限り、妻ぬ病や、治らんどー」んでぃ言らりやびたん。

あんすくとぅ、うぬ若者ー、妻ぬ命とー、代ーららんでぃ思てぃ、あぬまぎ蛇ぬ事、諸、打ち明きてぃ無ーやびらん。

あんさくとぅ、病(やんめー)かかとーたる妻(とぅじぇ)ー、はしっとぅ成(な)たしが、家(やー)ん、かーん、あったに諸無(むるね)ーん成(な)てぃ、うぬがまぬ前(めー)んかえー、まぎ蛇(じゃー)ぬ死(し)じょーたんでぃぬ事(くとぅ)やいびーん。

（終(う)わい）／共通語訳121頁

語句の説明

- がま：洞窟。ほら穴。
- まぎ蛇(じゃー)：大きな蛇。
- ～かい：へ。に。目的地を示し場所を表わす語に付く。「学校(がっこー)かい行(い)ちゅん：学校へ行く」
- ～をぅてぃ：で。「発音については、（2(にー)）稲(んに)ぬ始(はじ)まいの語句の説明を参照」
- ～んかい：に。Nで終わる語に付く時はそのNをnuに変える。「天(てぃぬ)んかい（天(てぃん)→天(てぃぬ)）」
- 上(あ)がゆんでぃそーる：昇ろうとしている。
- ～なかい：に。の中に。存在する場所を表す。
- 間(えーだ)：間。「ゑ（ʔwe）の発音については、（1）経塚(いちちょーじか)ぬ謂(いわ)りの語句の説明を参照」
- ～くとぅ：から。ので。理由を表わす。
- なー：もう。いまや。もはや。
- 言(や)びたん：言いました。「や（ʔja）の発音は、五十音の、や（'ja）をいう時の口のかたちは同じで、一瞬息を止めて、や（'ja）を言うと、や（ʔja）の音になる」
- 肝苦(ちむぐり)さん：不憫である。気の毒である。
- 何(ぬー)がな：何か。
- じゃーふぇー事(ぐとぅ)：しまつにおえない事。困ったこと。
- ～んでー：など。でも。
- ちっとぅ：きつく。強く。きっと。必ず。
- ふぇーりんちゅん：はいり込む。
- なーちゃ：翌日。
- すとぅみてぃ：朝。「なーちゃぬすとぅみてぃ：翌朝」
- 焼(や)きてぃ無(ね)ーらん：焼けてしまった。「沖縄語的表現で、共通語にない表現」
- すっくぇーすん：困る。
- すっくぇーちょーる若者(わかもの)ー：困っている若者は。
- かー：井戸。
- 御賜(うたび)みしぇーん：「呉(くぃ)ゆん」の敬語。「呉(くぃ)みしぇーん（下さる）」より丁寧。賜る。
- あったに：にわかに。不意に。いきなり。
- とぅめーゆん：拾う。求める。「妻(とぅじ)とぅめーゆん：妻をめとる」
- 病(やんめー)かかゆん：病気になる。
- 物知(むぬし)り：物知り。博識な者。易者。
- あんすくとぅ：それだから。だから。
- はしっとぅ：しゃんと。しっかり。元気に。病後の人・老人などが元気になるさま。「はしっとぅ成(な)ゆん：元気になる」

（11） 久志ぬ観音堂

「名護市久志」

昔、久志間切ぬ地頭そーみしぇーたる豊見城親方ぬ、務みぬ為に唐ぬ国かいめんそーちゃん。

五、六年ぬ間ぬ務みんうちなち、沖縄かい帰ゆるまんぐるぬ事やいびーたん。

うぬ豊見城親方ー、「苞ー、何や増しやがやー」んでぃ言ち、街歩ちょーみしぇーいねー、気にかなゆる一ちぬ観音加那志ぬあいびーたん。

うぬ観音加那志ぬ姿ぬ、どぅく清らさたくとぅ、豊見城親方ー、沖縄かい持っち行ちゅる苞ー、うぬ観音加那志買てぃ帰ゆる事、定みみそーちゃん。

観音加那志船んかい乗してぃ、無事に那覇ぬ港かい着ちゃびたん。

あんし、苞とぅっし持っち来ゃる観音加那志港んかい降るすんでぃさくとぅ、うぬ観音加那志ぬ、「久志小かい、久志小かい」んでぃ言たんでぃぬ事やいびーん。

久志小や、豊見城親方ぬ、治みとーる久志間切ぬ、中なかいある村ぬ事どぅやいびーる。

豊見城親方ー、「分かたん」でぃ言みそーち、観音加那志又ん、船んかい乗してぃ、久志小かい向かたんでぃぬ事やいびーん。

あんし、観音加那志久志小んかい降るち、立派な観音堂創てぃ、うぬ観音加那志、祀たんでぃぬ事やいびーん。

又、別ぬ話ぬあいびーしが、久志小ぬ隣ぬ古知屋村ぬ海なかい観音加那志ぬ流りてぃっ来、うり古知屋村ぬ海ん人ぬ、見ーあてぃてぃ、船んかい掬てぃ上ぎゆんでぃさくとぅ、うぬ観音加那志ぬ、「久志小かい、久志小かい」んでぃ言たんでぃぬ事やいびーん。

うふどぅんもーいさる海ん人や、観音加那志急じ船んかい乗してぃ、うぬまま久志小かい向かてぃ、観音加那志久志小んかい届きたんでぃぬ事やいびーん。

（終わい）／共通語訳122頁

語句の説明

- 観音（くゎんぬん）：観音堂（くゎんぬんどー）にある千手観音を言う。旅に出る時に必ず参拝した。
- 間切（まぢり）：市町村制以前の行政区画の単位。現行行政区画の村にほぼ相当する。
- 地頭（じとー）：地頭。廃藩前、地方に知行を与えられていた貴族。「あじじとー（按司地頭）」、「すーじとー（総地頭）」、「わちじとー（脇地頭）」の三種がある。
- 親方（ゑーかた）：親方。位階の名。按司に次ぐ位階で総地頭の家柄。「ゑ（ʔwe）の発音について、五十音の、ゑ（'we）を言う時の口のかたちは同じく、ちょっと息を止めて、ゑ（'we）を言うと、声門閉鎖音（破裂音）の、ゑ（ʔwe）を言うことが出来る。子音である、ゑ（'we）は、息を止めないで言っている。息を止めて言う練習をすると、上手に、ゑ（ʔwe）の発音が出来る。息を止めるということは、声門を閉じるということである。声門閉鎖音（破裂音）については、出来の悪い指導者が、難しく教えているから混乱している」
- ～かい：へ。に。目的地を示し場所を表わす語に付く。「学校（がっこー）かい行（い）ちゅん：学校へ行く」
- めんしぇーん：いらっしゃる。おいでになる。居る・行く・来るの敬語。
- うちなすん：すっかり終える。済ます。終えてしまう。
- まんぐる：ころ。おおよその時を示す。
- 苞（ちと）：みやげ。みやげもの。
- ～みしぇーん：お～になる。～なさる。～される。「読（ゆ）みみしぇーん：読まれる」のように尊敬の敬語を作る。
- 街歩（まちあっ）ちょーみしぇーん：街を御歩きになる。
- 気（らー）にかなゆん：気に入る。心にかなう。
- 加那志（がなしー）：様。尊敬の意を表す接尾辞。
- どく：あんまり。ひどく。
- ～くと：から。ので。理由を表わす。
- どく清（ちゅ）らさくと：あんまり美しいので。
- ～んかい：に。「先生（しんしー）んかいぬらーったん：先生に叱られた」
- ～んでぃ：と。引用句を受ける。
- ～んでぃ言（ゆ）たん：～と言った。「ゆ（ʔju）の発音は、五十音の、ゆ（'ju）を言う時の口のかたちは同じで、ちょっと息を止めて、ゆ（'ju）を言うと、声門閉鎖音（破裂音）の、ゆ（ʔju）の音が出る。五十音の子音である、ゆ（'ju）は、息を止めないで発音している」
- ～なかい：に。の中に。存在する場所を表わす。「沖縄（うちなー）なかいあたる話（はなし）：沖縄にあった話」
- 小（ぐゎー）：小さいことを表わし、またその愛称となる。子供の名について、愛称となる。「花子小（はなこぐゎー）」、少量であることを表わす。「うっぴ小（ぐゎー）」、軽蔑の意を表わす。「たんめー小（ぐゎー）」、分家の意を表わす。「三男國吉小（さんなんくにしぐゎー）」、と言うように「小（ぐゎー）」、」は、広い意味で使われている。軽蔑の意でも使われるので、注意しなければならない。
- 見（み）ーあてぃゆん：見つける。見つけ出す。
- 海人（うみちゅー）：漁師。漁夫。
- うふどんもーい：びっくり仰天。飛び上がって驚くこと。

(12) 星ぬ砂ぬ謂り

「竹富島」

昔、子ぬ方角ぬ星とぅ、午ぬ方角ぬ星ぬ結ばってぃ、赤ん子生する事成いびたん。午ぬ方角ぬ女ぬ親ぬ星ー、赤ん子生し前ぬ、近く成てぃ来ゃくとぅ、天ぬ神んかい、「何処をてぃ、赤ん子生しーねー、増しやいびーがやー」んでぃ言ち、問やびたん。

天ぬ神ー、「赤ん子生するむんやれー、南ぬ海ー、増しやるはじ。竹富ぬ南ぬ海をてぃ、生すしぇー、増しやさ」んでぃ言びたん。

女ぬ親ぬ星ー、習ーさったる通い、竹富ぬ南ぬ海かい降りてぃ行じ、ちゃっさん星ぬっ子生さびたん。

うぬ事分かたる海ぬ神ー、「我んにんかい断らん如、海をてぃ、生すんでぃ言る事ー、免ーらちぇー置かん」でぃ言ち、わじわじーっし、海ぬ蛇呼でぃ、「あぬ星ぬっ子、諸食てぃ取らし」んでぃ言たん。

うぬ海ぬ蛇や、相中集みてぃ、生まりてぃちゃーきぬ星ぬっ子、諸食ー切っち無ーやびらん。

うぬ海ぬ蛇んかい食ー切らったる星ぬっ子ぬ死じゃるがらぬ、海をてぃ、浮ちくぇんくぇんそーいねー、小さる星ぬ形そーる砂成てぃ、竹富ぬ南ぬ「東美崎」ぬ海端なかい、押し寄しらったんでぃぬ事やいびーん。

あんし、押し寄しらったる星ぬっ子ぬ死じゃるがら、うり竹富ぬ神ん人ぬ、見ーあてぃ、「御岳ぬ御香炉なかい入ってぃ置ちょーちーねー、女ぬ親ぬ星ぬ前んかい戻らりーるはじ」んでぃ言ち、祭りぬかーじ、星ぬ形そーる砂拾ってぃ、御香炉なかい入ってぃ置ちぇーいびーたん。

神ん人ぬ思とーたる通い、星ぬっ子ぬ達や、御香ぬ煙とぅまじゅーん、女ぬ親ぬ星ぬ前んかい追ーえーくーえーっし、戻てぃ行じゃんでぃぬ事やいびーん。

あんすくとぅ、南ぬ女ぬ親ぬ星ぬ側ふぁらをてぃ、光ゆる如成たんでぃぬ事やいびーん。

あんし、南ぬ天をてー、読まらんあたい光とーる風情やいびーん。

今やてぃん、竹富をてー、毎年一回「東美崎」ぬ御岳ぬ祭りねー、必じ、御香炉なかい星ぬ砂入ってーんでぃぬ事やいびーん。

(終わい)／共通語訳122頁

語句の説明

- 謂(いわ)り：いわれ。由来。
- 子(にー)：ね。十二支の第一。方角は北。
- 午(んま)：うま。十二支の第七位。方角は南。
- 赤(あか)ん子(ぐゎ)：赤ん坊。
- 〜んかい：に。
- 女(ゐなぐ)ぬ親(うや)：女の親。母親。
- 生(な)し前(めー)：お産の前。
- 〜をぅてぃ：で。「発音の悪い人は、息を止めて、うてぃ（ʔuti）と言っている。息を止めないで言うと、をぅてぃ（'uti）となり、正しい発音となる。息を止めて言うと、うてぃ（ʔuti）となり、声門閉鎖音（破裂音）となって正しくない」
- 〜かい：へ。に。目的地を示し場所を表わす語に付く。「海(うみ)かい行(い)ちゅん：海へ行く」
- ちゃっさん：いくらでも。無制限に。
- 生(な)すんでぃ言(ゆ)る事(くとぅ)：生むという事。「ゆ（ʔju）の発音については、（11）久志(じゅーいちくし)ぬ観音堂(くゎんぬんどー)の語句の説明を参照」
- 免(ぬが)ーらすん：放免する。許してやる。
- 免(ぬが)ーらちぇー置(う)かん：許しておかない。
- わじわじーそーん：まさに怒りが発せんとしている。
- 〜んでぃ言(や)びたん：〜と言いました。「や（ʔja）の発音もこの頃は、悪くなっている。五十音の子音である、や（'ja）は、息を止めないで言っている。これをちょっと息を止めて言うと、声門閉鎖音（破裂音）となって、や（ʔja）になって正しい。ちょっと稽古すと、この発音を簡単に修得することが出来る」
- 生(ん)まりてぃちゃーき：生まれてじき。
- 食(くぃ)ー切(ち)ゆん：食い切る。噛み切る。
- 食(くぃ)ー切(ち)っち無(ね)ーやびらん：食い切ってしまいました。「共通語にない言い方」
- がら：人畜の骨。
- くぇんくぇん：ゆらゆら。
- うり：それ。そのこと。
- 神(かみ)ん人(ちゅ)：神に仕える人。
- 見(み)ーあてぃゆん：見つける。見つけ出す。
- 〜なかい：に。の中に。存在する場所を表わす。「御香炉(うこーる)なかい入(い)ってぃ：お香炉に入れて」
- 御岳(うたき)：山の森の中にある神を祭った場所。
- かーじ：つど。度。たびに。
- 祭(まちり)ぬかーじ：祭りのたびに。
- まじゅーん：一緒（に）。共（に）。
- 追(う)ーえーくーえー：追いつ追われつ。また、あとになり先になり。「追(う)ーえーくーえーっし来(ち)ゅーん：あとになり先になりして来る」
- あんすくとぅ：それだから。だから。
- 側(すば)ふぁら：かたわら。
- 星(ふし)ぬ側(すば)ふぁら：星の側ひら。
- 読(ゆ)まらんあたい：読めないくらい。ここでは数えきれないくらい。
- 今(なま)やてぃん：今でも。

(13) 阿麻和利ぬじんぶん

「うるま市勝連」

阿麻和利ー、屋良をてぃ、生まりてぃ、「屋良ぬあまんじゃな」んでぃ呼ばっとーいびーたん。

生まりぢち体ぬ弱さぬ、七ち成てぃん、立ちゆーさびらんたん。又、親ぬ、畑かい行ちゅる場ねー、ちゃー、木ぬ下をてぃ、うっちぇーらかさっとーいびーたん。

或る日ぬ事やいびーん。あまんじゃなが、阿檀ぬ木ぬ下をてぃ、寝んとーいに、目ぬ前をてぃ、蜘蛛ぬ、巣作とーいびーたん。

うぬあまんじゃなや、巣作とーる様子見ち、「小さる蜘蛛ん、あん如ーる立派な巣作ゆる場ぃ。何時までぃんながぼーやーする事ー、成らんさ」んでぃ言ち、立ちゅる事ぬ稽古始みてぃ、十七ぬ歳成いねーっ人並みに歩ちゅーする如成いびたん。

あんし、うぬあまんじゃなや、蜘蛛ぬ巣作ゆしねーびっし、網作やびたん。うぬ網、中城ぬ海かい持っち行じ、魚取たくとぅ、多く魚ぬ掛かとーいびーたん。

あまんじゃなや取たる魚、海端ぬっ人ぬ達んかい分きてぃ呉てぃ、網ぬ作い方までぃ習ーさびたん。

或る日ぬ事やいびーん。あまんじゃなや、勝連城ぬ近くんかいある村までぃ行じゃれー、勝連城ぬ「茂知附」按司ぬ、村ぬっ人ぬ達、苦さしみとーんでぃぬ事ぬ分かやびたん。

あまんじゃなや、うぬ按司倒ち、村ぬっ人ぬ達救てぃ取らしわどぅやるんでぃ言ち、考ーとーいびーたん。あんし、あまんじゃなや、此りまでぃ回てぃ来ゃる、海端ぬっ人ぬ達んかい、城ぬ祝儀ぬ夜、てー火点きてぃ、海んかい出じてぃ呉りんでぃ言ち、頼まびたん。

祝儀ぬ夜、あまんじゃなや、城んかいふぇーりんちゃびたん。約束さる通い、海端ぬっ人ぬ達ぬ、てー火点きてぃ、海んかい出じーねー、うぬあまんじゃなや、うぬ按司んかい、「首里からちゃっさん船ぬ入っち来ゃーびーん。うんじゅ討ちーが来ゃーびーん」でぃ、うんぬきやびたん。

あんさくとぅ、うぬ按司ー、物見んかい登やびたん。

うぬ場所に、あまんじゃなや、按司押し返らち、落とぅち無ーやびらん。

あんし、あまんじゃなや、城ぬ臣

下ぬ達と、村ぬっ人ぬ達んかい勧みらって、勝連按司成たんでぬ事やいびーん。

（終わい）／共通語訳123頁

語句の説明

- 阿摩和利：四百五十年前の奸雄。布衣より身を起こして、勝連の城主となり、中山王の股肱中城按司護佐丸を讒して、之を攻亡ぼし、間もなく反旗をひるがえして、誅せらる。
- じんぶん：知恵。分別。才能。
- ～をて：で。「発音については、(12)星ぬ砂ぬ謂りの語句の説明を参照」
- ～んで：と。引用句を受ける。
- ～んで呼ばっとーいびーたん：～と呼ばれていました。
- 生まりぢち：生まれつき。生まれつきの素質。
- ～ゆーすん：～することができる。
- 立ちゆーさん：立つことが出来ない。
- ～かい：へ。に。目的地を示し場所を表わす語に付く。「畑かい行ちゅん：畑へ行く」
- ちゃー：いつも。常に。
- うっちぇーらかすん：うっちゃらかす。ほったらかす。
- 阿檀：タコノキ科の亜熱帯性常緑潅木。
- あん如ーる：あのような。あんな。
- ながぼーやー：長々と寝ること。ねそべること。
- ねーび：まね。動作・表情などのまね。
- ～くと：から。ので。理由を表わす。
- ～んかい：に。「海端ぬっ人ぬ達んかい分きて呉て：海端の人たちに分けて呉れて」
- 按司：位階の名。大名。王子の次親方の上に位する。
- 苦さん：苦しい。
- 苦さしみとーん：苦しめている。
- てー火：松明の火。
- てー火点きて：松明の火を点けて。
- ふぇーりんちゅん：はいり込む。
- ちゃっさん：いくらでも。無制限に。
- うんじゅ：あなた。目上および、親しくない同等に礼を持って対する時の、二人称。
- うんぬきゆん：申し上げる。目上に言うことの敬語。
- 物見：物見。物見台。貴人の屋敷に設けられた。
- 場所：場合。折。時。
- 押し返らすん：突き飛ばす。押し倒す。押してひっくり返す。
- 落とち無ーやびらん：落としてしまいました。
- 臣下：臣下。手下。

(14) 前川ぬまぎ蛇

「宜野座村松田」

昔、松田ぬ村ー、古知屋んでぃ呼ばっとーいびーたん。

うぬ古知屋ぬ村なかい、ふーちがまんでぃ言る、通るー成とーる穴ぬあいびーたん。

あんし、うぬ穴ー、前川んでぃ言る、がまんかい通とーいびーたん。

何時からがやら、うぬ前川なかいまぎ蛇ぬ入っち、時々村んかい出じてぃっ来、作い物とぅか、ちかねー物ぬ襲ーってぃ食ーっとーいびーたん。

あんし、後ぬうじゅめー、村ぬっ人までぃん襲ーりーる如成いびたん。

毎日村んかい出じてぃっ来、童ん達ぬ、襲ーってぃ食ーりる如成たくとぅ、「くぬまぎ蛇殺ち取らさんどぅんあれー、村ぬっ人ー、たったいきらく成てぃ、大事やさ」んでぃ言ち、村ぬっ人ぬ達や、すっくぇーちょーいびーたん。

村ぬっ人ぬ達や、首里ぬ坊主んかい頼でぃ、うぬまぎ蛇追放いる如さびたん。

首里から添ーらってぃめんそーちゃる坊主ー、古知屋ぬ村なかい暮らしみそーち、毎日、毎日命限り経文読でぃ、厄払い落とぅさびたん。

あんし、うぬまぎ蛇や、二度とー村んかい現りらん如成いびたん。

あんし、古知屋ぬ村ー、栄ーてぃ、今ぬ如村ぬっ人ぬ達ん多く成てぃ、村ん広がてぃ行じゃんでぃぬ事やいびーん。

うぬまぎ蛇追放たる坊主ー、門屋んでぃ言る家ぬ女ん子妻っし、古知屋ぬ村をぅてぃ、暮らさびたん。

あんし、うぬ坊主ー、村をぅてぃ、いちみとぅとぅーみ暮らしみそーち、まーしみそーちゃる時ねー、古知屋ぬっ人ー、恩ぬあるっ人やみしぇーんでぃ言ち、墓作てぃうさぎてぃ、大切に葬てぃ、にふぇーうんぬきやびたん。

うぬ時から、毎年正月十八日とぅ九月十八日ねー、うぬ坊主祀てーる神屋拝でぃ、村ぬっ人ぬ達体ぬ願ーとぅ、村ぬ繁昌ぬ御願うさぎとーんでぃぬ事やいびーん。

(終わい)／共通語訳124頁

語句の説明

- まぎ蛇(じゃー)：大蛇。
- ～んでぃ：と。引用句を受ける。
- ～んでぃ呼(ゆ)ばっとーいびーたん：～と呼ばれていました。
- ～なかい：に。の中に。存在する場所を表わす。
- ～んでぃ言(ゆ)ん：と言う。
- 通(とー)るー：通り抜け。通り抜けの道など。
- がま：洞窟。ほら穴。その多くは鍾乳洞である。
- あんし：そして。
- うぬ：その。
- 何時(いち)からがやら：何時からだろうか。
- 作(ちゅく)い物(むん)：作物。農作物。
- ちかねー物(むん)：家畜。
- 襲(うさ)ーりゆん：襲われる。
- 後(あと)ぬうじゅみ：とどのつまり。あげくのはて。結局。
- たった：たびたび。次第に。「この物語では、次第に」
- いきらさん：少ない。
- すっくぇーすん：困る。「すっくぇーちょーいびーたん：困っておりました」
- 追放(ゐーほー)ゆん：追い払う。追っ払う。「ゐ（ʔwi）の発音は、五十音の子音である、ゐ（'wi）をいう時の口のかたちは同じで、ちょっと息を止めて言うと、声門閉鎖音（破裂音）である、ゐ（ʔwi）の音が出る」
- めんしぇーん：いらっしゃる。おいでになる。居る･行く･来るの敬語。
- ～みしぇーん：お～になる。～なさる。～される。「読(ゆ)みみしぇーん：読まれる」のように尊敬の敬語を作る。
- 暮(く)らしみそーち：暮らされて。
- 命限(ぬちかじ)り：命がけ。一生懸命。
- ～んでぃ言(ゆ)る家(やー)：～という家。「ゆ（ʔju）の発音は、五十音の子音である、ゆ（'ju）を言う時の口のかたちは同じで、ちょっと息を止めて、ゆ（'ju）を言うと、ゆ（ʔju）という声門閉鎖音（破裂音）の音が出る」
- 女(ゐなぐ)ん子(ぐゎ)：女の子。娘。ことに未婚の若い女。
- ～うてぃ：で。「発音の悪い人は、息を止めて、うてぃ（ʔuti）と言っているが、息を止めないで、言ってほしい。発音の悪い人が言うと、売(う)てぃ、と聞こえる。う（'u）という音は、五十音のア行にある、う（ʔu）の発音と同じ口のかたちで、息を止めないで言ってほしい。そうすると、う（'u）の音が出る。息を止めると、う（ʔu）になる。息を止めないで、うてぃ（'uti）と言うと、きれいな発音になる」
- いちみとぅとぅーみ：生きている限り。一生。一生涯。
- まーすん：死ぬ。なくなる。
- 恩(うん)ぬあるっ人(ちゅ)：恩のある人。恩人。
- 御願(うぐゎん)：祈願。願。祈祷。神仏に願をかけること。吉日を選び、酒や洗い清めた米を供えて、一家の女主人が行う。
- うさぎゆん：さし上げる。
- うんぬきゆん：申し上げる。目上に言うことの敬語。
- にふぇー：ありがたく思うこと。感謝すること。
- にふぇーうんぬきゆん：感謝を申し上げる。
- にふぇーでーびる：ありがとうございます。

(15) 鬼大城

「沖縄市」

勇み立っち、戦んかい強さる大城ー、鬼大城んでぃ呼ばっとーいびーたん。

あんし、うぬ鬼大城ー、尚泰久御主加那志前ぬ御側をてぃ、勤みとーいびーたん。

或る年ぬ事やいびーん。御主加那志前ぬ「百度踏揚」んでぃ言みしぇーる、うみないびが、勝連按司ぬ阿麻和利がにーんかい、立身する事成てぃ、うぬ鬼大城ー、御供とぅっし「百度踏揚」加那志添ーてぃ、勝連城かい入やびたん。

一時ー、何事ん無ーん、灘安く暮らちょーみしぇーびーたん。

或る日ぬ事やいびーん。鬼大城ー、城内ぬ異風な様子んかい気に付ちゃびたん。あんし、阿麻和利が、御城攻みーる為に、しこーいむこーいそーる事ぬ分かてぃ無ーやびらん。

鬼大城ー、此ぬ事「百度踏揚」加那志んかいうんぬきてぃ、急じ勝連城から逃ゆる如意込まさびたん。

城ぬ南むてぃぬ崖から、二反連ぎ垂らち、うぬ布渡てぃ、逃んぎやびたん。

鬼大城ー、「百度踏揚」加那志うふぁっし、闇ぬ夜ぬ中、首里かい向かやびたん。

やしが、直ぐ追ーてぃ来ゅーる追っ手ぬ火ぬ見ーやびたん。

あんさくとぅ、うぬ「百度踏揚」加那志や、「我ん行ーぬ宜さんでぃ思ゆらー、どーでぃん大風起くち御賜みしぇーびり」んでぃ言ち、拝まびたん。

あんさくとぅ、追っ手ぬ達ぬ、持っちょーたるてー火や、ちゃーてぃ無ーやびらん。二人や、無事に御城かい着ちゅる事成いびたん。

「百度踏揚」加那志が、拝だる場所ー、「ウガングヮーニー」んでぃ言らってぃ、今ぬ高原ぬ、かじまやー近辺でぃ言らっとーいびーん。

御主加那志前や、鬼大城から、阿麻和利が、御城んかい、擬ちゅる事うんぬかみそーちゃん。御主加那志前や、鬼大城んかい、大将ぬ座呉みそーち、直ぐ、勝連城かい兵隊送てぃ、阿麻和利討ちーが遣らさびたん。

守ゆる事ぬ強さる勝連城とぅ、戦すし為枯らちょーたる阿麻和利ー、攻みらったくとぅ、うっちぇーてぃっ来、うりが故に、鬼大城ー、多く兵隊失て゚無ーやびらん。

やしが、やっと゚かっと゚、阿麻和利倒ち、首里かい戻やびたん。

鬼大城ー、うぬ手柄誉みらって゚、越来城ぬ、按司成たんで゚ぬ事やいびーん。

（終わい）／共通語訳124頁

語句の説明

- 勇み立ちゅん：勇み立つ。
- 〜んかい：に。「戦んかい強さる：戦に強い」
- 〜んで゚：と。引用句を受ける。
- あんし：そうして。そして。
- うぬ：その。
- 御主加那志前：国王様。琉球王に対する敬称。
- 加那志：様。尊敬の意を表す接尾辞。
- 〜をて゚：で。「うて゚、と言わないように注意。(14) 前川ぬまぎ蛇の語句の説明を参照」
- 〜みしぇーん：お〜になる。〜なさる。〜される。「言みしぇーん：言われる。おっしゃる」
- うみないび：王の娘に対する敬称。
- にー：そば。近所。
- 立身：立身。嫁に行くこと。立身ともいう。
- 阿麻和利：四百五十年前の奸雄。布衣より身を起こして、勝連の城主となり、中山王の股肱中城按司護佐丸を讒して、之を攻亡ぼし、間もなく反旗をひるがえして誅せらる。
- 阿麻和利がにーんかい：阿麻和利のそばに。
- 〜かい：へ。に。目的地を示し場所を表わす語に付く。
- 一時：しばらくの時間。
- 灘安さん：おだやかである。心安い。
- 気に付ちゅん：気が付く。
- 御城：王の居城。首里城のこと。
- しこーいむこーいすん：いろいろ準備する。
- うんぬきゆん：申上げる。
- 意込ますん：意気込んで企てる。
- 二反連ぎ：二反続きの反物。
- うふぃ：おんぶ。
- 追っ手：討手。追っ手。
- どーで゚ん：どうぞ。
- 御賜びみしぇーびり：賜ってください。
- 拝むん：拝む。「発音に注意、うがむん、ではない」
- あんさくと゚：そしたら。
- てー火：松明の火。
- ちゃーゆん：消える。
- かじまやー：ここでは、十字路。
- 擬ちゅん：さからう。そむく。
- 座：地位。役職。
- 為枯らすん：経験する。熟達する。
- 〜くと゚：から。ので。理由を表わす。
- うっちぇーゆん：裏返る。逆転する。
- うりが故に：それ故に。
- やしが：しかしながら。
- やっと゚かっと゚：やっと。ようやく。
- うんぬかゆん：お聞きになる。cicuN（聞く）の敬語。

(16)(じゅーるく) 盛(むい)ぬかーぬ飛(と)び衣(ぢん)ぬ伝(ちて)ー

「宜野湾市真志喜」

昔(んかし)、宜野湾(じのーん)ぬ謝名(じゃな)なかい、奥間(うくま)んでぃ言(ゆ)る男(ゐきが)ぬ居(を)いびーたん。うぬ奥間(うくま)ー、畑仕事(はるしくち)ぬ終(う)わいねー、盛(むい)ぬかーかい行(ん)じ、鍬(くぇー)、いらなんでー洗(あら)とーいびーたん。

或(あ)る日(ふぃー)ぬ事(くとぅ)やいびーん。ちゃー行(い)ちゅる盛(むい)ぬかーかい行(ん)じゃくとぅ、今(なま)までぃ見(んー)ちゃる事(くとぅ)ぬ無(ね)ーらんいっぺー清(ちゅ)らさる衣(ちん)ぬ、木(きー)んかい掛(か)きらっとーいびーたん。

うりかー見(んー)じーねー、清(ちゅ)らさる女(ゐなぐ)ん子(ぐゎ)ぬ、かーをてぃ、浴(あ)みとーいびーたん。

奥間(うくま)ー、うぬ木(きー)んかい掛(か)きらっとーる衣(ちん)けー取(とぅ)てぃ、どーぬ家(やー)ぬ蔵(くら)なかい隠(ぐゎっくゎ)ち無(ね)ーやびらん。

あんし、うぬ女(ゐなぐ)ん子(ぐゎ)ー、天(てぃん)ぬっ人(ちゅ)どやいびーたる。

うぬ天(てぃん)ぬっ人(ちょ)ー、浴(あ)みてぃ後(あとぅ)、上(あ)がてぃっ来(ち)、飛(とぅ)び衣(ぢん)ぬ無(ね)ーんし気(ちー)に付(ち)ち、心配(しわ)そーいねー、奥間(うくま)が、現(あらわ)りてぃ、「何(ぬー)ん心配(しわ)ーすなけー。我達家(わったーやー)かい来(く)ーわ。衣(ちぬ)ん貸(か)らち取(とぅ)らすさ」んでぃ言(い)ち、うぬ天(てぃん)ぬっ人(ちゅ)、どーぬ家(やー)かい添(そ)ーてぃ行(い)ちゃびたん。

天(てぃぬ)んかい帰(けー)ゆる事(くとぅ)ぬ成(な)らん天(てぃん)ぬっ人(ちょ)ー、奥間(うくま)ぬ妻(とぅじ)成(な)てぃ、やがてぃ、二人(たい)ぬ間(えーだ)なかい、女(ゐなぐ)ん子(ぐゎ)とぅ男(ゐきが)ん子(ぐゎ)ぬ生(ん)まりやびたん。

或(あ)る日(ふぃー)ぬ事(くとぅ)やいびーん。んみーが、弟(うっとぅ)ぬっ子守(ぐゎむ)やーさがちー、「〽泣(な)かんどー。泣(な)かんどー。泣(な)ちーねー、蔵(くら)ぬ中(なーか)ぬ飛(とぅ)び衣(ぢの)ー、くしらんどー」んでぃ言(ゆ)る歌(うた)、歌(うた)とーいびーたん。

うり聞(ち)ちゃる天(てぃん)ぬっ人(ちょ)ー、蔵(くら)ぬ中(なーか)をてぃ、飛(とぅ)び衣(ぢん)とぅめーたくとぅ、見(み)ー出(ん)じゃち無(ね)ーやびらん。

あんし、天(てぃん)ぬっ人(ちょ)ー、二人(たい)ぬっ子(ぐゎ)置(う)ちきてぃ、飛(とぅ)び衣着(ぢんち)ち天(てぃぬ)んかい帰(けー)てぃ無(ね)ーやびらん。

天(てぃん)ぬっ人(ちゅ)ぬっ子(ぐゎ)ぬ達(ちゃー)や、大(うふ)っ人(ちゅ)成(な)てぃ、んみーや按司(あじ)ぬ妻(とぅじ)成(な)いびたん。弟(うっとぅ)ー、謝名(じゃな)むいんでぃ呼(ゆ)ばりーる若者(わかむん)成(な)いびたん。

謝名(じゃな)むいぬ暮(く)らちょーる家(やー)んかえー、黄金(くがに)ぬ多(うほー)くあいびーたん。

うぬ黄金(くがに)、唐(とー)、大和(やまとぅ)ぬ鉄(くるかに)とぅ換(け)ーてぃ、うぬ鉄(くるかに)さーに畑道具(はたきどーぐ)作(ちゅく)やびたん。

あんし、うぬ畑道具(はたきどーご)ー、はるさーんかい配(くば)やびたん。

世間御万人(しきんうまんちゅ)にうんたささっとーる謝名(じゃな)むいや、やがてぃ、浦添城(うらしーぐしく)ぬ按司(あじ)成(な)みそーち、あんし、首里城(すいぐしく)創(ちゅく)てぃ、察度王(さっとをー)成(な)みそーちゃんでぃぬ事(くとぅ)やいびーん。

(終(う)わい)/共通語訳125頁

語句の説明

- 盛(むい)：丘。山。土が盛り上がって高くなっているところ。
- かー：井戸。また、天然に湧いていて用水に使われるものをもさす。「車(くるま)がー、ちーがー：桶を手でたぐり上げて汲む井戸」、「ふぃーじゃーがー：湧き水を桶で引いたもの」などの種類がある。
- 飛(と)び衣(ぢん)：天人の羽衣。
- 伝(ちて)ー：伝え。伝説。
- ～なかい：に。の中に。存在する場所を表わす。「謝名(じゃな)なかい：謝名に」
- ～んでぃ：と。引用句を受ける。「奥間(うくま)んでぃ言(ゆ)る男(ゐきが)：奥間と言う男」
- ～かい：へ。に。目的地を示し場所を表わす語に付く。
- いらな：鎌。
- ～んでー：など。でも。
- ちゃー：いつも。常に。
- ～くとぅ：から。ので。理由を表わす。「盛(むい)ぬかーかい行(ん)じゃくとぅ：丘の井戸へ行ったので」
- いっぺー：たいそう。非常に。たいへん。
- ～んかい：に。「木(きー)んかい掛(か)きゆん：木に掛ける」
- どぅー：体。自分。「どぅーぬ家(やー)：自分の家」
- うりかー：その辺。
- 女(ゐなぐ)ん子(ぐゎ)：女の子。娘。ことに未婚の若い女。
- ～をぅてぃ：で。「うてぃ、と言わないように注意。(14)(じゅーし) 前川(めーがー)ぬまぎ蛇(じゃー)の語句の説明を参照」
- けー～：動詞につき、ちょっと～する。軽く～する。また、思い切って～する。～しちゃうなどの意を表す。
- けー取(と)ゆん：取っちゃう。
- どぅ：ぞ。こそ。「我(わ)んねー、猫(まやー)どぅやる：我こそは猫である」
- あんし：そして。
- うぬ：その。
- 天(てぃん)ぬっ人(ちゅ)：天人。天上に住み、飛(と)び衣(ぢん)を着た想像上の人。
- 添(そ)ーゆん：連れる。連れそう。
- ～けー：よ。
- すなけー：するなよ。
- 間(ゑーだ)：間。「発音に注意。那覇や田舎では、えーま、えーら、と言っている」
- んみー：ねえさん。姉。
- っ子(ぐゎ)守(む)やー：子もり。
- がちー：ながら。つつ。
- さがちー：しながら。
- くしゆん：着せる。
- とぅめーゆん：拾う。求める。
- 見(み)ー出(ん)じゃすん：見つけ出す。見出す。
- 按司(あじ)：位階の名。大名。王子(をーじ)の次親方(ゑーかた)の上に位する。
- ～むい：殿。様。人名に付き、敬意を表す接尾辞。
- 謝名(じゃな)むい：謝名殿。
- ～さーに：で。「鉄(くるかに)さーに：鉄で」
- はるさー：農民。百姓。
- 御万人(うまんちゅ)：人民。一般の庶民。
- うんたさすん：慕う。

(17) 普天満権現ぬ謂り

「宜野湾市普天間」

昔、首里なかい、まじるーんでぃ言る女ん子ぬ居いびーたん。

まじるーや、いっぺー清らさんあい、又、那覇までぃいっぺー音打っちょーいびーたん。

やしが、っ人んかい見だりーる事ー無ーん、ちゃー、家ぬ裏座をてぃ、どぅー一人布織とーいびーたん。

或る日ぬ事やいびーん。うぬまじるーぬ沙汰聞ちゃる油売やーぬ、「一目やてぃん見じ欲さん」でぃ言ち、首里かい行ちゃびたん。

あんし、うぬ油売やーや、「油買てぃ呉みそーり」んでぃ言ち、まじるー達家ぬ前をてぃ、しりふぃちめーふぃちそーいびーたん。

油売やーや、何時までぃん、家ぬ前んかい居たくとぅ、異風なっ人やっさーんでぃ思てぃ、まじるーぬ弟ぬ、「何そーが」んでぃ言ち、声掛きやびたん。

あんさくとぅ、うぬ油売やーや、「くまー、まじるーぬ家どぅやいびーがやー。まじるーんかい行逢い欲さいびーん」でぃ言びたん。

うぬ弟ー、「我達んみー見じゅる事ー成らん。ただ我んが手助きっし見しゆる事ー成いしが」んでぃ言びたん。

あんし、油売やーんかい、「隠とーき」んでぃ言ち、うぬ弟ー、庭をてぃ、わじゃっとぅ、うっ転てぃ、「んみー、病むんどー」んでぃ言ち、あびてぃ無ーやびらん。

あんし、うぬ声聞ちゃるまじるーや、庭んかい飛出じてぃ、弟助きやびたん。

うぬ場所に隠とーたる油売やーや、「あい、見ちゃん。あんし清らさる」んでぃ言ち無ーやびらん。

まじるーや、「っ人んかい見だってぃ無ーらん」でぃ言ち、ちんじょーたる糸、口んかい銜てぃ、家から飛出じやびたん。

まじるーや、一時ー、汀良なかいある普天満小んでぃ言る、がまなかい隠てぃ、っ人んかい見だらん如っし、夜中、宜野湾ぬまんぐらかい向かやびたん。

なーちゃ、家人衆ー、まじるーが引ち行じゃる糸とぅめーいどぅめーいっし、まじるーとぅめーいが行ちゃびたん。

あんさくとぅ、うぬ糸や、宜野湾ぬ普天満ぬがまなかい入っちょーたんでぃぬ事やいびーん。

やしが、まじるーぬ姿ー、見ーやび

らんたん。

あんすくと、うぬまじるーや、普天
満権現ぬ神んかい成たんでぃ言らっとー
んでぃぬ事やいびーん。

（終わい）／共通語訳126頁

地方小出版　流通センター取扱店
売上カード
書名・著者名
昔物語
定価：本体 2,000円+税
発行所名
琉球新報社
発売所
（有）琉球プロジェクト

語句の説明

- 権現：仏・菩薩が衆生を救うために種々の姿をとって権に現れること。また、その現れた権の姿。権化。
- 謂り：いわれ。由来。
- ～なかい：に。の中に。存在する場所を表わす。「首里なかい：首里に」
- 女ん子：女の子。娘。ことに未婚の若い女。
- いっぺー：たいそう。非常に。たいへん。
- 音打ちゅん：評判が高い。遠方まで知られる。
- ～んかい：に。「っ人んかい見だりゆん：人に見られる」
- ちゃー：いつも。常に。
- 裏座：裏座敷。女部屋。
- ～をてぃ：で。
- どー一人：自分一人。
- うぬ：その。
- あんし：①そんなに。それほど。また、微妙な感動の意を表して用いる。「あんし旨さる：なんておいしいだろう」②そうして。そして。「あんし、明日ー何すが：そして、明日は何をするか」

わさ。また、評判。

目的地を示し場所

く。「首里かい行ちゅ

」

と言って。

ち：つきまとうさ

ろするさま。

人。

したら。

まー：ここは」

いたい。

～と言いました。

は、難しくない。

る、や（'ja）をい

は同じで、ちょっ

（'ja）を言うと、

音）や（ʔja）が

い。姉。

- わじゃっと：わざと。故意に。
- うっ転ぶん：ころがる。ごろりと横になる。
- あびゆん：叫ぶ。大声で呼ぶ。
- 飛出じゆん：飛び出す。まかり出る。
- ちんじゅん：紡ぐ。
- がま：洞窟。ほら穴。
- まんぐら：あたり（辺）。おおよその場所を示す。
- まんぐる：ころ。おおよその時を示す。
- なーちゃ：翌日。
- 家人衆：家の人数。家族。
- とめーいどめーい：あちこち捜し求めるさま。
- あんすくと：それだから。だから。

(18) 泡瀬ぬびじゅる

「沖縄市泡瀬」

昔、高原んでぃ言るっ人ぬ、泡瀬ぬ浜をてぃ、昼寝そーいねー、かーまとぅなかぬまんぐらから、何がな浮ち来ゅーる物ぬ見ーやびたん。

いちゅたー見ちょーたしが、たったたった浜んかい寄てぃ来ゃーびたん。良ー見じーねー、まぎ石どぅやいびーたる。

高原ー、「あんしまぎさる石ぬ浮ちゅんでぃ言しぇー、ちっとぅ、神どぅやる」んでぃ言ち、村かい持っち帰てぃ、皆が、拝みぎさる場所かい持っち行じ祀やびたん。

或る日ぬ事やいびーん。目ぬ悪さるんめーが、「我ー目治ち呉みしぇーびれー」んでぃ言ち、石ぬ丁度目とぅいぬ丈そーる所んかい、うぬっ人ぬ目糞付きてぃ拝だくとぅ、んめーや、目ぬ、治たんでぃぬ事やいびーん。

うぬ話聞ちゃる鼻ぬ、悪さるんめーが、うぬっ人ぬ鼻糞石んかい擦てぃ拝だくとぅ、鼻ぬ治てぃ無ーやびらん。

あんし、此ぬ石拝むるうっさっし病気ぬ治ゆんでぃ言る話ぬ広がいびたん。

或る日ぬ事やいびーん。宝ん子授からん夫婦んだぬっ来、「しぶいぬ如ーる立派なっ子授からち御賜みしぇーびれー」んでぃ言ち、うぬ妻ぬ腸石んかい当てぃてぃ拝まびたん。あんさくとぅ、願たる通い立派な坊じゃーぬ、生まりたんでぃぬ事やいびーん。

又、此ぬ御話聞ちゃる女ん子ぬ居いびーたん。此ぬ女ん子ー、長ー夫持ちゅる事ー、成らんたる風情やいびーん。うぬ女ん子ぬ、「我んにんかいん立派な夫持たち御賜みしぇーびれー」んでぃ言ち、目糞ん鼻糞ん付ちょーたる石、清らーくすすたくとぅ、いふぃどゅーどぅさる、直ぐ、肝清らん人んかい御行逢拝だんでぃぬ事やいびーん。

此ぬ如ーる御話ぬ広がてぃ、此ぬびじゅるや、いっぺー音打っちゃんでぃぬ事やいびーん。

（終わい）／共通語訳127頁

語句の説明

- びじゅる：神を祭ったところにある円形の石。仏像の形はしていない。
- ～んでぃ言るっ人：～という人。

- ～をぅてぃ：で。「浜(はま)をぅてぃ：浜で」
- かーま：遠方。遠く。
- とぅなか：沖の海。沖合い。
- まんぐら：あたり（辺）。おおよそその場所を示す。
- 何(ぬー)がな：何か。
- いちゅたー：しばらくの間。ちょっとの時間。
- たった：たびたび。次第に。
- ～んかい：に。
- まぎ石(いし)：大きな石。
- どぅ：ぞ。こそ。「まぎ石(いし)どぅやいびーたる：正に大きな石だったのです。強調の助詞で、共通語にするには言葉を補うこともある」
- あんし:①そんなに。それほど。又、微妙な感動の意を表して用いる。②そうして。そして。
- ちっとぅ：きつく。きっと。必ず。
- ～かい：に。目的地を示し場所を表わす語に付く。「沖縄(うちなー)かい行(い)ちゅん:沖縄へ行く」
- ～ぎさん：～そうだ。～らしい。
- 祀(まち)ゆん：祀る。
- んめー：おばあさん。
- い゙ぬ丈(たき):同じ丈。「い゙（'i）の発音は、間違った教え方をしている。指導者に問題があって、特に音楽の先生方がそうである。中間音を出せとか、唇をゆるめろと言うそうであるが、全く根拠のない事である。発音の要領は、五十音のア行にある、い（ʔi）は、一瞬息を止めて、声門閉鎖音（破裂音）として発音しているが、い゙('i)は息を止めないで言えばよい。両方の音は、口のかたちは同じである」
- うぬっ人(ちゅ)：その人。
- 目糞(みーくす)：目くそ。目やに。
- ～くとぅ:から。ので。理由を表わす。
- 鼻糞(はなくす)：鼻くそ。
- 擦(なし)ゆん：なする。なすりつける。
- うっさ:それだけ。それだけの数量。
- 宝(たから)ん子(ぐゎ)：大事な子。子宝。
- 夫婦(みーとぅ)んだ：夫婦。
- しぶい：冬瓜。
- あんさくとぅ：そうしたら。
- 御賜(うたび)みしぇーん：賜る。下さる。
- ぼーじゃー：坊や。小さい男の子の愛称。
- 女(ゐなぐ)ん子(ぐゎ)：女の子。娘。ことに未婚の若い女。
- 夫(をぅとぅ)持(む)ちゅん：夫を持つ。とつぐ。
- 風情(ふーじ)：ようす。のような。
- すすゆん：ふく。ぬぐう。
- いふぃ：少し。わずか。
- ゆーどぅ：よど。よどむ。
- ゆーどぅすん：長逗留する。
- 肝清(ちむぢゅ)らさん：心がやさしい。
- 肝清(ちむぢゅ)らん人(ちゅ)：恵み深い人。
- 御行逢(ゐーちぇー)：御面会。お会いすること。
- 御行逢拝(ゐーちぇーをが)むん：お会いする。お目に掛かる。「ゐ（ʔwi）の発音は、五十音の子音である、ゐ（'wi）を言う時の口のかたちは、同じで、ちょっと息を止めて、ゐ（'wi）を言えば、声門閉鎖音（破裂音）ゐ（ʔwi）の発音が出来る」
- 此(く)ぬ如(ぐとぅ)ーる：こんな。このような。
- いっぺー：たいそう。非常に。たいへん。
- 音打(うとぅう)っちょーん：遠方まで知られている。

(19) 無蔵水ぬ謂り

「伊平屋村田名」

昔、伊平屋島ぬ田名なかい、まじるーんでぃ言る女ん子ぬ、暮らちょーいびーたん。

うぬまじるーや、いっぺー清らさる女ん子やいびーたん。

あんし、村ぬ男ぬ達から、幾回ん妻成てぃ呉りんでぃ言ち、しーちかかったしが、まじるーんかえー、肝呉てーる思やーぬ居いびーたん。うぬっ人ー、海ん人やいびーたん。

或る日ぬ事やいびーん。まじるーぬ思やーが、魚取いが出じたる場所に、運ぬが悪さたら、大風んかいはっちゃかてぃ、舟ー、やんでぃてぃ無ーやびらん。

あんし、島かい戻いる事ー、成いびらんたん。一月経っちん、三月経っちん戻てー来ゃーびらんたん。

村ぬっ人ぬ達ん、まじるーぬ親ぬ達ん、「なー、戻てー来ーんさ。夫持ちゅしぇー、増しやさ」んでぃ言びたん。やしが、まじるーや、「あぬっ人ー、必じ戻てぃ来ゃーびーん。我んねー、待っちょーちゃびーん」でぃ言ち、皆が、言る事ー、聞ちゃびらんたん。

あんやしが、うぬ思やーや、一年経っちん帰てー来ゃーびらんたん。

村ぬ男ぬ達ん、清らさるまじるーぬ事ー、忘らりやびらん。あんし、毎夜ぬ如っし、まじるー達家訪にてぃ、妻成てぃ呉りんでぃ言ち、頼まびたん。

又、まじるーぬ親ぬ達ん、「早く夫持てー」んでぃ言くとぅ、まじるーや、家んかい居る事ぬ、成らん成てぃ、田名ぬいり（西）むてぃぬ、海端んかいあるしーなかい、隠てぃ暮らさびたん。

まじるーや、うぬしーぬ上をてぃ、必じ帰てぃ来ゅーる思やーんかい、くしーる衣作いる為に、毎日毎日芭蕉ぬ糸ちんじ、布織とーいびーたん。

うんな或る日ぬ事やいびーん。かーまとぅなかから舟ぬ入っちっ来、うぬしーんかい寄てぃ来ゃーびたん。良ー見じーねー、うぬ舟んかい乗とーるっ人ー、まじるーが待ちかんてぃーそーたる思やーどぅやいびーたる。

なー、かんし、思やーぬ帰てぃっ来、まじるーや、やっとぅかっとぅ、うぬっ人とぅ縁結ぶる事成いびたん。

しーぬ上んかえー、毎日泣ち暮らちゃるまじるーぬ涙ぬ水成てぃ、うりが溜まてぃ、あんし、うぬしーぬどぅ無蔵水んでぃ、呼ばっとーんでぃぬ事やいびーん。

（終わい）／共通語訳127頁

語句の説明

- 無蔵：男が恋する女を親しんで言う語。恋人（女）。琉歌など文語によく出ている言葉である。「与那ぬ高ふぃらや　汗はてぃど登る　無蔵とぅ二人成りば　車とー原：与那の高い坂は、汗を流して大変難儀な坂であるが、愛しい恋人と登れば、平坦な原のようなもので、楽なものになってしまう」その他、無蔵が出ている韻文は多い。
- 謂り：謂れ。由来。
- ～なかい：に。の中に。
- ～んでぃ言る：～と言う。「ゆ（ʔju）の発音は、五十音の子音であるゆ（'ju）を言う時の口のかたちは同じで、ちょっと息を止めて、ゆ（'ju）を言うと、ゆ（ʔju）の声門閉鎖音（破裂音）が出る」
- 女ん子：女の子。娘。
- いっぺー：たいそう。非常に。
- あんし：そして。
- しーちかかゆん：つめ寄る。
- 肝呉ゆん：情をかける。
- 思やー：思う相手。恋人。
- 海ん人：漁師。漁夫。
- 運ぬが悪さたら：運が悪かったのだろうか。「…が…ら」の構文はよく使われるから、参考にすると良い。原節子がやら分からん。もその例である。(原節子だろうか分からない。)
- はっちゃかゆん：出くわす。ぶつかる。
- やんでぃゆん：こわれる。
- ～かい：に。目的地を示し場所を表わす語に付く。「島かい戻ゆん：島へ戻る」
- なー：もう。
- ～んでぃ言びたん：～と言いました。「や（ʔja）の発音については、(17)普天満権現ぬ謂りの語句の説明を参照」
- 夫持ちゅん：夫を持つ。とつぐ。
- いりむてぃ：西の方。
- 海端：海ばた。海辺。海岸。
- しー：岩。
- ～をてぃ：で。
- 上をてぃ：上で。「ゐ（ʔwi）の発音については、(18) 泡瀬ぬびじゅるの語句の説明を参照」をてぃ('uti)も、うてぃ（ʔuti）にならないように発音すること。
- くしゆん：着せる。
- 衣：着物。衣服。
- ちんじゅん：紡ぐ。
- うんな：そんな。
- かーま：遠方。遠く。
- とぅなか：沖の海。沖合い。
- 待ちかんてぃー：待ちかねること。
- どぅ：ぞ。こそ。「思やーどぅやいびーたる：紛れもなく恋人であったのです」
- かんし：かように。こんなに。
- やっとぅかっとぅ：やっと。ようやく。
- ～でぃぬ事やいびーん：～とのことです。

(20) 大里ぬ鬼

「南城市大里西原」

昔、大里ぬ西原なかい、をないゐきーぬ暮らちょーいびーたん。

女弟ー、いっぺー清らかーぎーやいびーたん。

あんし、やがてぃ、首里かい夫持っち行じゃんでぃぬ事やいびーん。

いふぃどぅーどぅさる。大里なかい居る女弟ぬしーじゃー、鬼成たんでぃ言ち、沙汰さっとーいびーたん。

うり聞ちゃる女弟ー、「本当やがやー」んでぃ言ち、どぅーぬっ子うふぁっし、大里かい行ちゃびたん。

あんさくとぅ、うぬしーじゃー、汗はい水はいそーてぃ、何がな煮ちょーいびーたん。

女弟ー、「やっちー、何そーが」んでぃ言ち、下かい行じゃれー、うぬしーじゃー、「とー、い゙ー場来ぇーさ。今、旨さる肉煮ちょーくとぅ、まじゅーん食でぃ行けー」んでぃ言びたん。

うぬ女弟ー、しーじゃぬ鍋ぬ前から離りたる場所に、鍋ぬ蓋開きてぃ見ち無ーやびらん。

あきさみよー、鍋ぬ中なかい、はじちぬ入っちょーる女ぬ手ぬ見ーやびたん。

うぬ女弟ー、「思とーたる通い、やっちーや、鬼成とーん。我達親っ子ん食ーりーねー、一大事やさ」んでぃ言ち、うふぁそーる童ぬちび、ちんちきてぃ泣けーさびたん。

あんし、うぬ女弟ー、「やっちー、くぬ童ー、泣ちゅくとぅ、ふるかい添ーてぃ行じ来ーい゙ー」んでぃ言ち、家から出じやびたん。

あんさくとぅ、うぬしーじゃー、「やーや、ふぃんぎーがすら分からんくとぅ」んでぃ言ち、女弟ぬがまく綱さーに括んち、ふるかい遣らさびたん。

女弟ー、うぬままふるかい行じ、あんし、括んだっとーる綱ー、外んち、うぬ綱木んかい括んち置ちきてぃ、童うふぁっし、走ーえー成てぃふぃんぎやびたん。

気に付ちゃる鬼ー、「待てー、待てー」んでぃ言ち、女弟追ー回ち無ーやびらん。

女弟ー、なー、与那原ん越てぃ首里かい向かとーいびーたん。

うぬ鬼ぬ、「待てー」んでぃ言ち、あびたる所ー、「待て川原」んでぃ呼ばりーる如成いびたん。

無事、首里ぬ金城までぃ、ふぃんぎてぃ来ゃる女弟ー、「うぬやっちーや、っ人食いる鬼成てぃ、ちゃーがなっし、しじゅみらんだれー成(な)らん」でぃ思(うむ)やびたん。

あんし、しーじゃぬ好(し)ちゅる餅(むーちー)なかい、鉄(くるかに)ぬ細(くま)きー入(い)っでぃ、餅作(むーちーちゅく)やびたん。うり大里(うふじゃとぅ)かい持(む)っち行(ん)じ、崖端(ふちばんた)ぬにーんかい、鬼成(うにな)とーるしーじゃ、えーじさびたん。

鉄(くるかに)ぬ細(くま)きーぬ入(い)っちょーる餅(むーちー)や、しーじゃんかい呉(く)でぃ、女弟(ゐなぐうっと)ー鉄(くるかに)ぬ細(くま)きーぬ入(い)っちぇー無(ね)ーらんし食(か)まがちー、まるばいっし無(ね)ーやびらん。

あんさくとぅ、うぬ鬼(うね)ー、驚(うどぅる)ち無(ね)ーやびらん。

うぬ時(とぅち)、女弟(ゐなぐうっと)ー、うぬ鬼(うに)押(う)し返(けー)らち、崖端(ふちばんた)んかい落(う)とぅち、しじゅみたんでぃぬ事(くとぅ)やいびーん。

（終(う)わい）／共通語訳128頁

語句の説明

- をない：男の兄弟から見た姉妹。兄に対する妹。または、弟に対する姉。「ゐきー」に対する。宗教的には、男の兄弟に対する守護神であり、また一家の中で、宗教的な任務をになう者である。
- ゐきー：姉妹から見た兄弟。姉または妹から見た、兄または弟。「をない」の対。
- をないゐきー：兄弟姉妹。
- いっぺー：たいそう。非常に。
- 清(ちゅ)らかーぎー：美人。美女。
- いふぃ：少し。わずか。
- ゆーどぅすん：長逗留する。
- しーじゃ：年上（の者）。兄姉。
- 沙汰(さた)さりゆん：うわさされる。
- うふぁ：おんぶ。
- 汗(あし)はい水(みじ)はい：汗水流して。
- 何(ぬー)がな：何か。
- やっちー：兄。にいさん。
- 下(しむ)：しも。台所。
- いー場(ばー)：よい折。いい機会。
- 旨(まー)さる肉(しし)：おいしい肉。
- まじゅーん：一緒（に）。
- とー：さあ。それ。気合を入れる声。もういいよと言う意。良し。
- はじち：入れ墨。
- ちび：尻。
- ちんちきゆん：つねる。
- ふる：便所。
- ～いー：よ。ねえ。対等・目下に対する親しみの気持ちを表わす。「行(ん)じ来(く)ーいー：行って来るねえ」
- ふぃんぎゆん：逃げる。
- がまく：腰周りの細くくびれている部分。
- 走(は)ーえー：かけ足。
- 細(くま)きー：砕けたかけら。細かいかけら。
- 崖端(ふちばんた)ぬにー：断崖の近く。
- えーじすん：呼ぶ。
- ちゃーがなっし：どうにかして。
- しじゅみゆん：片付ける。
- 餅(むーちー)：旧暦12月８日、子どもたちに餅を作って与える行事。また、その時の餅。
- ～がちー：ながら。
- まるばい：まるだし。まるあき。
- 押(う)し返(けー)らすん：突き飛ばす。押し倒す。

(21) 屋部寺ぬ謂り

「名護市屋部」

今から三百年余い前ぬ御話やいびーん。

琉球ぬ国なかい、七月ん雨ぬ降らん年ぬあたんでぃぬ事やいびーん。

あんし、御主加加志前や、凌雲座主んかい、「雨降らする為に拝でぃ取らしぇー」んでぃ、言ー付きやびたん。

うぬ凌雲座主ー、琉球ぬ島々巡てぃ歩ち、拝むる場所んかい、なわゆる所とぅめーとーいびーたん。

丁度、屋部ぬ村んかい着ちゃる時、うぬ凌雲座主ー、「とー、くまやれー、雨降らする事ぬ成いさ」んでぃ言みそーち、一週間ぬ間飲だい食だいすし止みてぃ、拝まびたん。

あんさくとぅ、雨雲ぬ現わりてぃ、国中んかい雨ぬ降たんでぃぬ事やいびーん。

凌雲座主ー、「くまー、いっぺーいー所やくとぅ、寺作りわどぅやさ」んでぃ言みそーち、「凌雲院」でぃ言る小さる寺作やびたん。凌雲座主ー、まぎ寺ぬ座主止みてぃ、此ぬ凌雲院んかい務みゆる事成いびたん。

此ぬ寺ー、今ぬ屋部寺どぅ成とーいびーる。

うぬ凌雲座主ー、屋部ぬ村ぬっ人ぬ達んかい墨習ーさがちー、やーやーとぅ暮らちょーいびーたん。

或る日ぬ事やいびーん。うぬ凌雲座主が、「我んねー、二日後に死ぬくとぅ、首里かい添ーてぃ行じ呉れー」んでぃ言みそーち、村ぬっ人んかい頼まびたん。

うり頼まったる村ぬっ人ー、頼がきらりーる若者ぬ達集みてぃ、うぬ中から五、六人びけーん選ばびたん。

若者ぬ達や、うぬ凌雲座主駕籠なかい乗してぃ、首里かい添ーてぃ行ちゃびたん。

うぬ後、うぬ若者ぬ達ぬ、帰ゆんでぃさくとぅ、凌雲座主ー、「我んねー、今日ぬ夜ー、死ぬん。明日ー、我ん荼毘やさ。あんすくとぅ、今日ぬ夜ー、泊まてぃ、明日ぬ荼毘ー、行じてぃ呉れー。あんし、くゎっちーん、ちゃっさん食でぃから帰てぃ取らしぇー」んでぃ言みそーち、若者ぬ達淀みみそーちゃん。

うぬ凌雲座主ー、あん言みそーちゃる通い、うぬ夜まーしみそーちゃん。

凌雲座主ー、蟻一匹ん殺しゅーさ

んあたいぬ肝清(ちむぢゅ)らん人(ちゅ)やいびーたん。

寺(てぃら)から近(ちちゃ)くなかいあるどぅーぬ家(やー)かい行(い)ちる場(ばー)にん、蟻殺(あいくる)さん如(ぐど)っし歩(あっ)ちみしぇーくとぅ、半日(はんにち)びけーんかかたんでぃぬ事(くと)やいびーん。

（終(う)わい）／共通語訳129頁

語句の説明

- 謂(いわ)り：いわれ。由来。
- 〜なかい：に。の中に。存在する場所を表わす。「沖縄(うちなー)なかいあたる話(はなし)：沖縄にあった話」
- 御主加那志前(うすがなしーめー)：国王様。
- 座主(じゃーし)：和尚。
- 取(と)らすん：次の四つの使い方がある。
  - ①　取らす。「取(と)ゆん」の使役。
  - ②　やる。与える。「一(てぃー)ちなー取(と)らすん」
  - ③　〜してやる。「行(ん)じ取(と)らすん」
  - ④　（命令形で）〜しておくれ。「手紙(てぃがみ)書(か)ち取(と)らしぇー」
- 拝(うが)でぃ取(と)らしぇー：拝んでおくれ。
- 言(い)ー付(ち)きゆん：命令する。
- 〜んかい：に。
- なわゆん：似合う。つり合う。ちょうどよい。
- とぅめーゆん：拾う。捜し求める。
- とー：さあ。それ。気合を入れる声。また、あらたに思いを入れる時などに発する声。
- くまやれー：ここならば。
- 〜ゆーすん：〜することができる。
- 降(ふ)らしゆーすん：降らすことができる。
- 飲(ぬ)だい食(か)だい：飲んだり食べたり。
- あんさくとぅ：そうしたら。
- いっぺー：たいそう。非常に。
- いー所(とぅくる)：良いところ。
- 此(く)ぬ：この。
- うぬ：その。
- 〜がちー：ながら。つつ。
- 〜かい：へ。に。目的地を示し場所を表わす語に付く。「ハワイかい行(い)ちゅん：ハワイへ行く」
- やーやーとぅ：静かに。安らかに。
- 頼(たる)がきゆん：当てにする。頼みにする。
- 〜くとぅ：から。ので。理由を表わす。
- 荼毘(だび)：葬式。
- あんすくとぅ：だから。
- ぐゎっちー：ごちそう。
- ちゃっさん：いくらでも。無制限に。
- 淀(ゆど)みゆん：引き止める。滞在させる。
- まーすん：死ぬ。なくなる。「死ぬん」よりも丁寧な語で、「死ぬん」は多く動物に付いて言う。
- あたい：くらい。ほど。
- 殺(くる)しゆーさんあたい：殺すことが出来ないくらい。
- 肝清(ちむぢゅ)らん人(ちゅ)：心がやさしい人。恵み深い人。
- どぅー：体。自分。「どぅーぬ家(やー)：自分の家」
- びけーん：ばかり。

(22)(にじゅーに) 名護親方(なぐゑーかた)とぅくらー小(ぐゎー)ぬ言葉(くとぅば)

「名護市東江」

昔(んかし)、名護(なぐ)番所(ばんじゅ)ぬ家(やー)作(ちゅく)ゆる為(たみ)に、多(うほー)く家細工(やーじぇーく)とぅ鍛冶屋(かんじゃー)ぬ、集(あち)みらったんでぃぬ事(くとぅ)やいびーん。

うんにーまんぐろー、材木(じぇーむく)ん釘(くじ)ん売(う)てー無(ね)ーんたくとぅ、山(やま)から切(ち)っち出(ん)じゃ来(ち)ゃる木(きー)さーに材木(じぇーむく)作(ちゅく)てぃ、うりんかい使(ちか)ゆる釘(くじ)ん家(やー)作(ちゅく)ゆる所(とぅくる)をぅてぃ、鍛冶屋(かんじゃー)ぬ作(ちゅく)とーいびーたん。

あんし、家細工(やーじぇーく)ぬ達(ちゃー)や、容易(よーい)に手(てぃー)んかい入(い)らん材木(じぇーむく)とぅ釘(くじ)、いふぃ小(ぐゎー)なー、けー取(と)てぃ、家(やー)かい持(む)っち帰(けー)とーいびーたん。

あんさくとぅ、家普請(やーふしん)ぬ終(う)わゆるまんぐろー、材木(じぇーむく)ん釘(くじ)ん不足(ふすく)そーいびーたん。

すっくぇーちょーたる番所(ばんじゅ)ぬっ人(ちょ)ー、此(く)ぬ事(くとぅ)名護親方(なぐゑーかた)んかい、物相談(むぬそーだん)さびたん。

或(あ)る日(ふぃー)ぬ事(くとぅ)やいびーん。名護親方(なぐゑーかた)ー、十時憩(じゅーじゆく)いに、家細工(やーじぇーく)ぬ達(ちゃー)ぬ、憩(ゆく)とーる所(とぅくる)かいめんそーち、「気張(ちば)とーさやー。他(ふか)ぬ事(くとぅ)やしが、今(なま)、木(きー)ぬ上(うゐー)をぅてぃ、ゆんたくふぃんたくそーる、くらー小(ぐゎー)ぬ言葉(くとぅば)聞(ち)ちゆーすみ」んでぃ、家細工(やーじぇーく)ぬ達(ちゃー)んかい問(とー)みそーちゃん。

あんさくとぅ、家細工(やーじぇーく)ぬ達(ちゃー)や、「くらー小(ぐゎー)ぬ言葉(くとぅば)んでーや、聞(ち)ちゆーさびらん」でぃ名護親方(なぐゑーかた)んかいうんぬきやびたん。

「此(く)ぬくらー小達(ぐゎーたー)や、『今(なま)、あなだ橋(ばし)ぬがじまるぬ下(しちゃ)んかい、多(うほー)く米(くみ)ぬ落(う)てぃとーるはじ。でぃー、食(か)みーが行(い)か』んでぃ言(い)ちょーん」でぃ名護親方(なぐゑーかた)ぬ、家細工(やーじぇーく)ぬ達(ちゃー)んかい言(や)びたん。

家細工(やーじぇーく)ぬ達(ちゃー)や、「うん如(ぐとぅ)ーる事(くとぅ)んあがやー」んでぃ言(や)がちー、がじまるぬ下(しちゃ)かい行(ん)じ見(んー)ちゃれー、本当(ふんとー)ぬ事(くとぅ)やいびーたん。多(うほー)く米(くみ)ぬ放(ほー)りとーいびーたん。

家細工(やーじぇーく)ぬ達(ちゃー)や、「名護親方(なぐゑーかた)ー、くらー小(ぐゎー)ぬ物言(むぬゆ)しん聞(ち)ちゆーしみしぇーさやー。大事(でーじ)な事成(くとぅな)とーん。ゆーしーねー、我達(わったー)が、盗(ぬす)でーる事(くとぅ)ん諸分(むるわ)かとーみしぇーるはじやっさー」んでぃ言(い)ち、家(やー)かい持(む)っち行(ん)じゃる材木(じぇーむく)ん釘(くじ)ん、名護親方(なぐゑーかた)ぬ見(んー)だんまーどぅ、するっとぅ返(けー)ち置(う)ちきたんでぃぬ事(くとぅ)やいびーん。

(終(う)わい)／共通語訳130頁

語句の説明

- 親方：位階の名。按司に次ぐ位階で総地頭の家柄。
- くらー：雀。
- ～小：小さいことを表し、またその愛称となる。詳しくは（11）久志ぬ観音堂の語句の説明を参照。
- 番所：間切の役場。
- 家細工：大工。家を作る大工。
- まんぐる：ころ。おおよその時を示す。
- うんにーまんぐる：その頃。
- ～くとぅ:から。ので。理由を表わす。
- ～さーに：で。「木さーに材木作てぃ：木で材木を作って」
- うり：それ。そのこと。その物。その者。彼。彼女。
- ～んかい：に。
- ～をぅてぃ：で。「発音の悪い人は、息を止めて、うてぃ（ʔuti）と言っているが、息を止めないで、をぅてぃ（'uti）を言う。息を止めると、うてぃ（ʔuti）と破裂音になる」
- あんし：そして。
- け～:動詞に付き、ちょっと…する、軽く…する。また、思い切って…する、…しちゃうなどの意を表す。
- けー取ゆん：かっぱらう。ちょろまかす。
- いふぃ小なー：少しずつ。
- あんさくとぅ：そうしたら。
- すっくぇーすん：困る。「すっくぇーちょーたる番所ぬっ人ー：困っていた番所の人は」
- 物相談：相談。
- 憩ゆん：休む。休息する。憩う。
- めんしぇーん：いらっしゃる。おいでになる。いる･行く･来るの敬語。
- 気張ゆん:がんばる。精出して働く。
- ゆんたくふぃんたく：むやみにしゃべるさま。べらべら。
- ～ゆーすん：することができる。「聞ちゆーすん:聞くことができる」
- 言葉んでー：言葉など。
- うんぬきゆん：申し上げる。目上に言うことの敬語。
- がじまる：沖縄至る所にある亜熱帯植物。
- でぃー：いざ。さあ。
- うん如ーる：そんな。そのような。
- 言がちー：言いながら。
- 放りゆん：こぼれる。散らかる。
- ゆーしーねー：多分。
- ～かい：へ。に。目的地を示し場所を表わす語に付く。
- まーどぅ：前（に）。～にならないうち（に）。
- 見だんまーどぅ：見ないうちに。
- するっとぅ：そっと。ひそかに。

（名護親方の琉球いろは歌から）

櫓舵定みてぃど
船ん走らしゅる
寸法はじらすな
肝ぬ手綱

櫓や舵の方向を定めて船を走らせるように、人がこの世を渡るにも、心の手綱をしっかり握って、向かう所をあやまらぬように注意することが大切である。

(23)（にじゅーさん） 善縄（よくつな）御嶽（うたき）ぬ謂（いわ）り

「南風原町宮平」

昔（んかし）、南風原（ふぇーばる）間切（まじり）宮平（みゃーでーら）なかい、善縄大屋子（よくつなうふやく）んでぃ言（ゆ）るっ人（ちゅ）ぬ、めんしぇーびーたん。村外（むらはじ）しんかいまぎ屋敷（やしち）作（ちゅく）てぃ、毎日（めーにち）魚取（いゆと）てぃ暮（く）らちょーいびーたん。此（く）ぬっ人（ちゅ）ぬ仕事（しぐと）ー、魚取（いゆと）やーやいびーたん。

或（あ）る日（ふぃー）ぬ事（くと）やいびーん。

西原（にしばる）ぬ我謝（がーじゃ）ぬ海端（うみばた）をぅてぃ、竹（だき）さーに組（く）でーる竹囲（だきがく）い使（ちか）てぃ、魚取（いゆと）とーいねー、海（うみ）ぬ中（なーか）からまぎ亀（かーみー）ぬ一（てぃー）ち現（あらわ）りてぃ来（ち）ゃーびたん。

あんし、善縄大屋子（よくつなうふやく）ぬ側（すば）んかい女（ゐなぐ）ぬ立（た）っちょーいびーたん。

うぬ女（ゐなぐ）ぬ、「あぬ亀（かーみー）や、うんじゅんかいうさぎやびーさ。うふぁっし家（やー）かい持（む）っちめんそーれー」んでぃ言（い）ち、女（ゐなぐ）ぬ姿（しがた）ー、見（み）ーらん成（な）てぃ無（ね）ーやびらん。

うぬ善縄大屋子（よくつなうふやこ）ー、嬉（うっ）さっし亀（かーみー）うふぁっし、家（やー）かい向（ん）かやびたん。

やしが、帰（けー）ゆる道中（みちなか）をぅてぃ、うふぁそーたる亀（かーみー）ぬ、うぬ善縄大屋子（よくつなうふやく）ぬ首（くび）食（く）ーてぃ無（ね）ーやびらん。

善縄大屋子（よくつなうふやこ）ー、んまをぅてぃ、ぶちくん成（な）てぃ、まーしみそーちゃん。

村（むら）ぬっ人（ちゅ）ぬ達（ちゃー）や、なちかしく成（な）てぃ、うぬ善縄大屋子（よくつなうふやく）大切（てーしち）に葬（ほーむ）やびたん。

三日後（みっかあと）ぬ事（くと）やいびーん。

家人衆（やーにんじょ）ー、習（なれ）ーぬ通（とー）い墓（はか）かい行（ん）じ、棺箱（くゎんばく）開（あ）きたれー、あいびちーむんぬ無（ね）ーん成（な）とーいびーたん。

家人衆（やーにんじゅ）ぬ、驚（うどる）ちょーいねー、天（てぃん）から「善縄大屋子（よくつなうふやこ）ー、まーさる場（ばー）やあらん。生（い）ちち『にらいかない』かい遊（あし）びーがど行（ん）じょーる」んでぃ言（ゆ）る声（くぃー）ぬ、聞（ち）かりてぃ来（ち）ゃーびたん。

家人衆（やーにんじょ）ー、ただ驚（うどる）ちゅるうっぴどやたしが、うぬ善縄大屋子（よくつなうふやこ）ー、帰（けー）てー来（ち）ゃーびらんたん。

善縄大屋子（よくつなうふやく）ぬ、暮（く）らちょーたる屋敷（やしち）んかえー、「ぐしち」ぬ芽出（みーん）じてぃ、「まに」ん「くば」ん芽出（みーん）じやびたん。

後々（あとあと）ぬっ人（ちゅ）ぬ達（ちゃー）ぬ、んまー、善縄（よくつな）御嶽（うたき）とぅっし崇（あが）みてぃ、神（かみ）ぬ名（なー）や、「かみつかさかみふちいべ」んでぃ、付（ち）きたんでぃぬ事（くと）やいびーん。

（終（う）わい）／共通語訳130頁

語句の説明

- 御嶽（うたき）：山の森の中にある神を祭った場所。
- 謂（いわ）り：いわれ。由来。

- 間切（まじり）：市町村制以前の行政区画の単位。現行行政区画の村にほぼ相当する。
- 大屋子（うふやく）：位階の名。
- めんしぇーん：いらっしゃる。おいでになる。いる・行く・来るの敬語。
- ～んかい：に。「先生（しんしー）んかい下手（しちゃでぃー）うさぎゆん：先生に賄賂を差し上げる。下手（しちゃでぃー）：賄賂。袖の下。下からこっそり出す手」
- まぎさん：大きい。
- まぎ屋敷（やしち）：大きな屋敷。
- 魚取（いゆと）やー：漁夫。りょうし。
- 此（く）ぬ：この。
- ～をてぃ：で。
- ～さーに：で。使用する道具・材料を表わす。っし、ともいう。

「竹（だき）さーに：竹で。」

- 組（く）むん：組む。編む。
- 組（く）でーる竹囲（だきがく）い：編まれている竹の囲い。
- 竹囲（だきがく）い：竹の囲い。
- あんし：そして。
- うぬ：その。
- あぬ：あの。
- うんじゅ：あなた。目上および、親しくない同等に礼をもって対する時の、二人称。
- うさぎゆん：押し上げる。ささげる。上に差し上げる。
- うふぁ：おんぶ。
- ～かい：へ。に。目的地を示し場所を表わす語に付く。「家（やー）かい持（む）っちめんそーれー：家へ持っていらっしゃい」
- ～んでぃ：と。引用句を受ける。「んでぃ、の前の語句が（ん）で終わるときは、（でぃ）となる。例、清（ちゅ）らさんでぃ言（ゆ）たん：美しいと言った」
- 見（み）ーらん成（な）てぃ無（ね）ーやびらん：見えなくなってしまいました。
- 嬉（うっ）さすん：喜ぶ。
- やしが：だが。しかしながら。
- 食（く）ーゆん：かみ付く。
- ぶちくん：卒倒。気絶。
- まーすん：死ぬ。亡くなる。
- まーしみそーちゃん：亡くなられました。
- なちかしく成（な）ゆん：悲しくなる。
- 習（なれ）ー：習わし。習慣。
- あいびちーむん：あるべきもの。
- 無（ね）ーん成（な）とーいびーたん：なくなっておりました。
- 場（ばー）：場合。時。わけ。理由。
- にらいかない：海のあなたにあると信じられている常世。あの世。
- ～んでぃ言（ゆ）ん：という。「ゆ（ʔju）の発音は、五十音の、ゆ（'ju）を言う時の口のかたちは同じで、ちょっと息を止めて、ゆ（'ju）を言うと、声門閉鎖音（破裂音）の、ゆ（ʔju）の音が出る。五十音の子音である、ゆ（'ju）は、息を止めないで発音している」
- うっぴ：その大きさ。それだけ（の量）。
- ぐしち：すすき。
- くば：びろう。
- 芽出（みーん）じゆん：生え出る。
- んま：そこ。そっち。そちら。その方。
- んまー：そこは。その方は。「んまー、何処（まー）うやんしぇーびーが：その方は、どなたでいらっしゃいますか」
- 崇（あが）みゆん：あがめる。敬う。

(24) 野底まーぺー

「石垣市野底」

昔、八重山ぬ黒島なかい、「まーぺー」んでぃ言る清ら女ん子ぬ、居いびーたん。

うぬ「まーぺー」んかえー、「かにむい」んでぃ言る思やー小ぬ、居いびーたん。

うぬ二人ぬ仲ぬ、いっぺー宜さぬ、親ぬ達ん、二人や夫婦為し欲さんでぃ思とーいびーん。

あんやしが、或る日ぬ事やいびーん。

王ぬ言ー付きてぃ、黒島ぬっ人ぬ達ぬ内、四百人余いや、石垣ぬ野底かい移さってぃ無ーやびらん。

実ー、うぬ中なかい「まーぺー」ぬ家人衆ん入っちょーいびーたん。

石垣ぬくしむてぃんかいある野底ー、水んゆちくにあたしが、今ちきてぃ、誰ん暮らし方さるっ人ー、居らん所どぅやいびーたる。んまー、荒り地やいびーたん。

黒島ぬっ人ぬ達や、命限り働ちゃびたん。木ん切り倒ち、家作やびたん。もーん耕さびたん。

「まーぺー」ん何時か「かにむい」んかい行逢ゆる時んあんでぃ言ち、信じてぃ命限り働ちゃびたん。

やしが、後ぬうじゅめー、うぬ「まーぺー」や、やきーかかてぃ、倒りてぃ無ーやびらん。

「まーぺー」や、働ちゅーさんくとぅ、たったたった「かにむい」ぬ事、思ゆる如成いびたん。

悪さる病気払い落とぅする為に、行ーったる祭りぬ日に、「まーぺー」や、するっとぅ家から逃てぃ、野底岳かい登やびたん。

此れー、「かにむい」が、居る黒島一目やてぃん見じゅんちどぅやいびーたる。

熱出じゃち、ふとぅふとぅーそーてぃ、うぬ野底岳ぬ真っちじまでぃ、やっとぅかっとぅ登やびたん。

黒島ぬたんかー見ちゃる「まーぺー」や、ちるだいっし泣ち無ーやびらん。

何がどぅんやれー、「まーぺー」ぬ目ぬ前んかえー、石垣をてぃ、いっぺー高さる於茂登岳ぬ立っちょーいびーたん。

あんさーに、黒島ぬ影やちょーん見ーやびらんたん。

「まーぺー」や、どぅくちるだいっし、肝んもーどぅー成てぃ、うりが体ー、野底岳(ずくだき)ぬ真(ま)っちじをてぃ、うぬまま崩(くじ)りてぃ、石(いし)成(な)たんでぃぬ事(くとぅ)やいびーん。

(終(う)わい)／共通語訳131頁

語句の説明

- ～なかい：に。の中に。存在する場所を表わす。「沖縄(うちなー)なかいあたる話(はなし)：沖縄にあった話」
- ～んでぃ言(ゆ)る思(うむ)やー小(ぐゎー)：～という恋人。
- 女(ゐなぐ)ん子(ぐゎ)：女の子。娘。ことに未婚の若い女。
- 思(うむ)やー：思う相手。恋人。
- 小(ぐゎー)：小さいことを表し、またその愛称となる。子供の名について、愛称となる。少量であることを表す。軽蔑の意を表す。分家の意を表す。詳しくは（11）久志(じゅーいち くし)ぬ観音堂(くゎんぬんどー)の語句の説明を参照。
- いっぺー：たいそう。非常に。
- あんやしが：そうであるが。
- 言(い)ー付(ち)きゆん：命令する。言い付ける。
- 石垣(いしがち)：石垣島。
- ～かい：へ。に。目的地を示し場所を表わす語に付く。
- 家人衆(やーにんじゅ)：家の人数。家族。
- くし：背中。うしろ。
- くしむてぃ：後の方。後側。
- ゆちく：豊か。
- 今(なま)ちきてぃ：今でも。
- 暮(く)らし方(がた)：暮らし方。生計。
- んま：そこ。
- んまー：そこは。
- 命限(ぬちかじ)り：命がけ。一生懸命。
- やしが：だが。しかしながら。
- もー：野。耕地でもなく、林でもない荒れ野。
- 行逢(いちゃ)ゆん：出会う。会う。
- 後(あとぅ)ぬうじゅめー：あげくのはては。結局は。
- やきー：八重山にある風土病の名。高熱が間歇的に出る。
- ～ゆーすん：～することができる。
- 働(はたら)ちゅーさん：働くことが出来ない。
- ～くとぅ：から。ので。理由を表わす。
- たったたった：次第に。
- するっとぅ：そっと。ひそかに。
- 此(く)り：これ。
- 此(く)れー：これは。
- 一目(ちゅみ)やてぃん：一目でも。
- ふとぅふとぅーそーてぃ：ぶるぶる震えていて。
- 真(ま)っちじ：頂上。てっぺん。
- やっとぅかっとぅ：やっと。ようやく。
- たんかー：真向かい。正面。
- ちるだいすん：失望する。落胆する。
- 泣(な)ち無(ね)ーやびらん：泣いてしまいました。
- 何(ま)がどぅんやれー：何となれば。
- ～をてぃ：で。
- 於茂登岳(うむとぅだき)：石垣島にある山の名。
- 影(かーがー)やちょーん：影さえ。
- どぅく：あんまり。ひどく。
- 肝(ちむ)んもーどー成(な)ゆん：心が乱れる。どうしてよいかわからなくなる。
- うり：それ。その者。
- うぬまま：そのまま。
- ～んでぃぬ事(くとぅ)やいびーん：～とのことです。

(25)(にじゅーぐ) 来間(くりま)ぬ祭(まち)りぬ始(はじ)まい

「宮古島市来間島」

昔(んかし)、川満村(かーみつむら)ぬ按司(あじ)ぬ妻(とぅじ)ぬ、まぎ卵(たまぐ)三(みー)ち生(な)さびたん。

驚(うどぅる)ちゃる按司(あじぇ)ー、うぬ卵草(たまぐくさ)ぬみーんかい隠(くゎっくゎ)ち置(う)ちきやびたん。

あんし、三月後(みちちあとぅ)、うぬ卵(たまぐ)からまぎ男(ゐきが)ぬ、三人(みっちゃい)生(ん)まりやびたん。

うぬ按司(あじぇ)ー、うぬ童(わらび)ん達(ちゃー)、家(やー)かい添(そ)ーてぃ帰(けー)てぃ育(すだ)てぃやびたん。

あんさくとぅ、うっ達(たー)が、物食(むぬか)むしぇー、大事(でーじ)やいびーたん。嫡子(ちゃくしぇ)ー、ふぃっちーなかい七升(ななす)ぬ御(う)ぶん食(か)でぃ、次男(じなの)ー、五升(ぐす)、うりから三男(さんなの)ー、三升(さんず)食(か)まびたん。

かんし多(うほー)く物食(むぬか)だんどぅんあれー、ちゃっさゑーきん人(ちゅ)やてぃん、育(すだ)てぃゆーさんでぃ思(うむ)てぃ、うぬ按司(あじぇ)ー、此(く)ぬ三人(みっちゃい)んかい、「いっ達(たー)や、来間(くりま)をぅてぃ、暮(く)らしぇー」んでぃ、言(い)ー付(ち)きやびたん。

三人(みっちゃい)ぬ男(ゐきが)ぬ達(ちゃー)や、来間(くりま)かい行(い)ちゃびたしが、誰(たー)ん居(をぅ)らん島(しま)どぅやいびーたる。

やしが、ただ一人(ちゅい)んめーが、鍋(なーび)ぬ中(なーか)なかい隠(くゎっくぃ)てぃ、ふとぅふとぅーそーいびーたん。

何(ぬー)がやーんち、御話(うはなし)聞(ち)ちゃくとぅ、うぬんめーや、「大切(てーしち)な祭(まち)りさんたくとぅ、島(しま)ん人(ちょ)ー、諸(むる)、神(かみ)んかいすびかってぃ、今日(ちゅー)や、此(く)ぬ我(わ)んが、すびかりーる如(ぐとぅ)成(な)とーいびーん」でぃ言(や)びたん。

あんし、三人(みっちゃい)ぬ男(ゐきが)ぬ達(ちゃー)ぬ、「うぬ神(かめ)ー、何処(まー)から来(ち)ゅーが」んでぃ問(とぅー)たくとぅ、うぬんめーや、「ながぴしぬまんぐらから現(あらわ)りやびーん」でぃ言(や)びたん。

うぬ三人(みっちゃい)ぬ男(ゐきが)ぬ達(ちゃー)ぬ、待っちょーいねー、まぎ牛(うし)ぬ現(あらわ)りてぃ来(ち)ゃーびたん。うれー、赤牛(あかうし)やいびーたん。

三人(みっちゃい)ぬ男(ゐきが)ぬ達(ちゃー)や、うぬまぎ牛(うし)とぅ戦(たたか)てぃ、牛(うし)ぬ角(ちぬてぃー)一ち抜(ぬ)じゃびたん。

あんさくとぅ、うぬ牛(うしぇ)ー、ながぴしぬまんぐらかいふぃんぎてぃ、居(をぅ)らん成(な)てぃ無(ね)ーやびらん。

牛(うし)ぬ居(をぅ)らん成(な)てぃから、海(うみ)ぬ中(なーか)ぬばがたくとぅ、海(うみ)ぬ中(なーか)なかい立派(りっぱ)な家(やー)ぬ見(み)ーやびたん。

うぬ三人(みっちゃい)ぬ男(ゐきが)ぬ達(ちゃー)や、海(うみ)んかいしーみっし行(ん)じゃくとぅ、んまー、あぎぬ如(ぐとぅ)成(な)てぃ、女(ゐなぐ)ん子(ぐゎ)ぬ、門番(じょーばーん)そーいびーたん。

うぬ三人(みっちゃい)ぬ男(ゐきが)ぬ達(ちゃー)ぬ、門番(じょーばーん)そーる女(ゐなぐ)ん子(ぐゎ)んかい「主(ぬーし)んかい行逢(いちゃ)い欲(ぶ)さん」でぃ言(い)ちゃくとぅ、あきさみよー、家(やー)ぬ中(なーか)から、面(ちら)いっぺー血(ちー)だらかーそーる主(ぬーし)ぬ、出(ん)じてぃ来(ち)ゃーびたん。

三人(みっちゃい)ぬ男(ゐきが)ぬ達(ちゃー)ぬ、「島(しま)ぬっ人(ちょ)ー、何処(まー)んかい居(をぅ)が」んでぃ問(とぅー)たくとぅ、うぬ主(ぬーし)ぬ、「くまんかい居(をぅ)しが、祭(まち)りさんたる故(ゆい)に、目(みー)なかい鉛(なまり)入(い)ってーくとぅ、目(みー)や見(み)ーらん。目(みー)ぬ見(み)ーゆしぇー、んまんかい立(た)っちょーる門番(じょーばーん)そーる女(ゐなぐ)ん子(ふぁ)一人(ちゅい)どぅやる」んでぃ言(や)びたん。

あんし、うぬ三人(みっちゃい)ぬ男(ゐきが)ぬ達(ちゃー)や、「祭(まち)れー、元(むとぅ)ぬ通(とぅー)いしみーさ」んでぃ言(い)ち、女(ゐなぐ)ん子(ふぁ)添(そ)ーてぃ帰(けー)やびたん。

あんさくとぅ、来間(くりま)ー、又(また)んっ人(ちゅ)ぬ多(うほー)く成(な)てぃ、祭(まち)りんしゆーする如(ぐとぅ)成(な)たんでぃぬ事(くとぅ)やいびーん。

（終(う)わい）／共通語訳132頁

語句の説明

- 按司(あじ)：位階の名。大名。王子の次。
- 草(くさ)ぬみー：草の中。
- まぎ男(ゐきが)：大男。
- うぬ：その。
- 添(そ)ーゆん：連れる。
- 家(やー)かい添(そ)ーてぃ帰(けー)てぃ：家に連れて帰って。
- あんさくとぅ：そうしたら。
- うっ達(たー)：彼ら。それらの者。
- 大事(でーじ)：大変。大ごと。
- ふぁっちー：一日。
- 〜なかい：に。の中に。存在する場所を表わす。
- 御(う)ぶん：ご飯。
- うりから：それから。それ以後。
- かんし：かように。こんなに。
- ちゃっさ：どれくらい（の数量・程度）どれほど。
- ゑーきん人(ちゅ)：金持ち。
- 育(すだ)てぃゆーさん：育てることができない。
- いっ達(たー)：おまえたち。きみたち。
- 〜をぅてぃ：で。
- 言(い)ー付(ち)きゆん：命令する。言い付ける。
- 〜かい：へ。に。目的地を示し場所を表わす語に付く。
- んめー：おばあさん。
- ふとぅふとぅーすん：ぶるぶる震える。
- 〜くとぅ：から。ので。理由を表わす。
- すびかりゆん：ひきずられる。引っぱられる。
- まんぐら：あたり。おおよその場所を示す。「あぬまんぐら：あの辺」
- ふぃんぎゆん：逃げる。
- 居(をぅ)らん成(な)てぃ無(ね)ーやびらん：居なくなってしまいました。
- ぬばがゆん：ちょっと覗く。
- しーみすん：水中にもぐる。
- あぎ：陸。
- 女(ゐなぐ)ん子(ふぁ)：女の子。娘。
- 面(ちら)いっぺー：顔いっぱい。
- 血(ちー)だらかー：血だらけ。血まみれ。
- くま：ここ。
- 〜んかい：に。
- んま：そこ。そっち。そちら。
- 〜ゆーすん：〜することができる。
- しゆーする如(ぐとぅ)：出来るように。

(26) 粟国ぬ『洞寺』

「粟国村」

昔、那覇ぬ寺なかい、優りとーる坊主ぬ二人居いびーたん。

うぬ二人ぬ坊主ー、互に魔法比びゆる事成いびたん。

何がどぅんやれー、うぬ二人ぬ坊主ー、いっペー仲ぬ宜さるどぅしやたしが、いふぃ小ぬ事さーに、おーえー成てぃ無ーやびらん。

二人や、「とー、あぬ屋良座森城から、此ぬたんかーぬ海端までぃ、海ぬ上歩ちゅる業比びてぃ見だな。あんし、先成てぃ着ちゅしぇー、勝やしが、ふぃさから上辺水んかい濡だしーねー、負きやさ。負きたる者ー、首切っち取らすさ」んてぃ言る事成いびたん。

二人や、直ぐ、あしじゃくてぃ海かい行じ、意地出じゃち、海ぬ上歩ちゃびたん。

二人ぬ中ぬ一人ぬ坊主ー、いふぇー先成とーたしが、なーくーてーんっし、海端かい着ちゅんてぃそーる際に、後成とーる坊主ぬ、うぬ先成とーる坊主んかい魔法ふとぅちゅる呪ー事読まびたん。

あんさくとぅ、先成とーる坊主ー、なー一ふぃさっし渡ゆんてぃさる時に、衣ぬ裾濡だち、負きてぃ無ーやびらん。

やしが、「首取いしぇー、肝苦さくとぅ、島流ししみれー」んてぃ言る事成てぃ、うぬ負きたる坊主ー、小さる舟んかい乗しらってぃ、海んかい流さりやびたん。

流さったる舟小ぬ、着ちゃる所ー、粟国やいびーたん。

うぬ舟小や、島ぬ泊かい向かとーたしが、うぬ坊主ー、んまー、好かんくとぅ、海ぬ側ぬしーんかい舟小や着きやびたん。

うぬしーや、「坊主しー」んてぃ言ち、呼ばっとーいびーん。

うぬ坊主ー、んまから浜ぬ側なーてぃー歩ち行じ、がまんかい着ちゃびたん。

あんさーに、うぬ坊主ー、「くまー、我ーが、暮らし方しーびちー所やさ」んてぃ言ち、うぬがまなかい入っち暮らさびたん。

島ぬっ人ぬ達から芋んでー、いーてぃ、暮らし方そーたんてぃぬ事やいびーん。

んまー、「洞寺」んてぃ呼ばりーる如成いびたん。

島ぬ二才達や、牛、馬ぬ草刈いが「洞寺」ぬ側までぃ行ちゅる場ねー、うぬ坊主訪にてぃ、話聞ちゃびたん。

いっぺーゐーりきさたんでぃぬ事(くとぅ)やいびーん。

又(また)、んまをぅてぃ、まーしみそーちゃる坊主(ぼーじぇ)ー、今(なま)やてぃん祀(まち)らっとーいびーん。

（終(う)わい）／共通語訳133頁

語句の説明

- ～なかい：に。の中に。存在する場所を表わす。
- 寺(てぃら)なかい：寺に。
- うぬ：その。
- 何(ぬー)がどぅんやれー：何となれば。なぜなら。
- いっぺー：たいそう。非常に。たいへん。
- どぅし：友。友だち。仲間。
- いふぃ：少し。わずか。
- ～さーに：で。
- おーえー：けんか。格闘。
- おーえー成(な)てぃ無(ね)ーやびらん：喧嘩になってしまいました。
- とー：さあ。それ。気合を入れる声。
- あぬ：あの。
- 此(く)ぬ：此の。
- たんかー：真向かい。正面。
- ふぃさ：足。足首より下をも足全体をも言う。
- 上辺(ゐーび)：上辺。表面。外見。「ゐ（ʔwa）の発音は、五十音の子音である、わ（'wa）をいう時の口のかたちは同じで、ちょっと息を止めて、わ（'wa）を言うと、声門閉鎖音（破裂音）の、ゐ（ʔwa）が発音できる。出来の悪い指導者が、難しく教えているので、何時まで経っても上手に発音が出来ない」
- ～んかい：に。
- あしじゃ：下駄。「あしじゃくむん：下駄を履く」
- いふぇー：少しは。
- なーくーてーん：もう少し。
- ふとぅちゅん：ほどく。また、（願を）解く。
- 呪(ぬれ)ー事(ぐとぅ)：呪い。
- あんさくとぅ：そうしたら。
- なー一(ちゅ)ふぃさ：もう一足。
- 衣(ちん)：着物。
- ～しが：が。けれども。
- やしが：だが。しかしながら。
- 肝苦(ちむぐり)さん：不憫である。気の毒である。
- ～くとぅ：から。ので。理由を表わす。
- ～かい：へ。に。目的地を示し場所を表わす語に付く。「北海道(ほっかいどー)かい行(い)ちゅん：北海道へ行く」
- んま：そこ。そっち。
- しー：岩。
- ～なーでぃー：から。を通って。経由路・経由点を示す。
- 浜(はま)ぬ側(すば)なーでぃー：浜の側を通って。
- がま：洞窟。ほら穴。
- 暮(く)らし方(がた)：生計。生活の方法。
- ～びちー：べき。
- しーびちー：すべき。
- ～んでー：など。
- 芋(んむ)んでー：芋など。
- いーゆん：もらう。
- ゐーりきさん：面白い。楽しい。
- ～をぅてぃ：で。
- まーすん：死ぬ。なくなる。
- 今(なま)やてぃん：今でも。

（27）『通いぐー』ぬ謂り

「宮古島市下地島」

昔、下地島なかい、木泊んでぃ言る小さる村ぬ、あいびーたん。

村ぬっ人ー、魚捕たい、畑耕ち、作い物作てぃ、暮らちょーいびーたん。

うぬ村なかい、「マイバラ」んでぃ言る家と、「シィバラ」んでぃ言る家ぬ、あいびーたん。

或る日ぬ事やいびーん。「マイバラ」ぬ家ぬっ人ぬ、漁いしーが行じ、「ユナイタマ」んでぃ言る赤ん子ー魚、捕てぃ来ゃーびたん。

まぎ物やたくと、皆さーに分きてぃ食むんでぃ言ち、まぎ鍋なかい、うぬ「ユナイタマ」煮やびたん。

あんし、煮ちぇーし、隣ぬ「シィバラ」ぬ、家かい持っち行ちゃびたん。

「ユナイタマ」ぬ肉食だる「シィバラ」ぬ家をてー、夜中鶏ぬわさみち、っ子小添ーてぃ、家から出じてぃ無ーやびらん。

うり見ちょーたる「シィバラ」ぬ家ぬっ人ー、「鶏ぬ夜中起きてぃ、家から出じてぃ行ちゅんでぃ言る事ー、異風な物やっさー。先じぇー、追ーてぃ見だ」んでぃ言ち、家人衆ー、皆出じてぃ追ーてぃ行ちゃびたん。

あんさくと、海ぬかーまから「ユナイタマよー、早く帰てぃ来ーわ」んでぃ言る声ぬ、聞かりてぃ来ゃーびたん。

「ユナイタマ」ー、「我んねー、鍋なかい入りらってぃ煮らっとーくと、帰ゆる事ー、成いびらん」でぃ言ちゃくと、海ぬかーまから、「あんしぇー、迎ーゆる波送ゆみ」んでぃ言る声ぬ、聞かりてぃ来ゃーびたん。

「ユナイタマ」ー、「一波しぇー、何ん役ねー立たん。二波やてぃん、三波やてぃん、送てぃ呉みそーれー」んでぃ言ちゃくと、直ぐ、まぎ波ぬ、島んかい、しがり波ぬ如っし、押し寄してぃっ来、「あね」んでぃ言る間なかい、木泊ぬ村ー、流さってぃ無ーやびらん。

鶏追ーてぃ行じゃる「シィバラ」ぬ家人衆ー、助かたしが、村ぬ家ん、畑ん、木草ん、んちゃまでぃ、あるうっさ流さってぃ、しーびけーんど残とーいびーたる。

あんし、「ユナイタマ」捕たる「マイバラ」ぬ家ぬ、あたる場所んかえー、まぎ穴ぬ開ちょーたんでぃぬ事やいびーん。

うぬ穴ど、「通いぐー」んでぃ言ちょーいびーる。

（終わい）／共通語訳134頁

語句の説明

- 通いぐー：通り池。
- 謂り：いわれ。由来。
- ～なかい：に。の中に。存在する場所を表わす。
- 下地島なかい：下地島に。
- マイバラ：前の方にある家。
- シィバラ：海側にある家。
- ～んで言る家：～と言う家。
- 作い物：作物。農作物。
- 漁いしーが：漁りをしに。
- 赤ん子ー魚：人魚。顔が人に似て、前肢のようなひれのある哺乳類。南海に産する。
- まぎ物：大きな物。
- ～くと：から。ので。理由を表わす。
- ～さーに：で。「皆さーに：皆で」
- あんし：そして。
- ～かい：へ。に。目的地を示し場所を表わす語に付く。「ハワイかい行ちゅん：ハワイへ行く」
- ～をてー：では。「(をて+や) が語尾変化して、(をてー) となっている。「沖縄をてー、暮らしやっさん：沖縄では暮らしやすい」
- わさみちゅん：ざわめく。ざわざわ騒ぐ。
- っ子小：小さい子。
- 小：小さいことを表し、またその愛称となる。子供の名について、愛称となる。少量であることを表す。軽蔑の意を表す。分家の意を表す。詳しくは (11) 久志ぬ観音堂の語句の説明を参照。
- 異風な物：異様なもの。
- 家人衆：家の人数。家族。
- あんさくと：そうしたら。
- かーま：遠方。遠く。
- あんしぇー：そうしたら。
- しがり波：津波。また、高潮。
- あね：ほら。
- んちゃ：土。土壌。
- あるうっさ：あるだけ。ある限り。
- しー：岩。
- ～びけーん：ばかり。
- しーびけーん：岩ばかり。

参考

- あり：あれ。
- ありから：あれから。
- ありかー：あの辺。
- あぬ：あの。
- あま：あそこ。あっち。
- あまから：あそこから。
- あまりかー：あの辺。(「ありかー」と同じ)
- うり：それ。
- うりから：それから。それ以後。
- うりかー：その辺。
- うぬ：その。「うぬ書物：その本。」
- くり：これ。
- くりから：これから。今後。
- くりかー：この辺。このあたり。
- くぬ：この。
- くま：ここ。こちら。
- くまから：ここから。
- くまりかー：この辺。(「くりかー」と同じ)
- んま：そこ。そっち。そちら。
- んまりかー：その辺。

(28) 堂之比屋

「久米島町」

昔、久米島ぬ宇江城ぬ海ん人ぬ、漁いしーが出じゆんて゜そーいに、堂泊んかい箱小ぬ流りて゜っ来、うり見ー当て゜やびたん。

箱ぬ中開きて゜見ちゃくと゜、うぬ中なかい赤ん子ぬ、入っちょーいびーたん。

海ん人や、家かいうぬ赤ん子添ーて゜帰て゜、いっぺー大切に育て゜やびたん。

うぬ海ん人ぬ、うぬ赤ん子育て゜とーいねー、ちゃー、唐ぬ国ぬまんぐらんかい向かて゜、ゑーゑー泣ちょーる事気に付ちゃびたん。

あんさーに、うぬ海ん人や、「ちっと゜うぬ童ー、唐ぬ国から流りて゜来ぇーさやー」んて゜思やびたん。

うぬ童ー、いっぺーそーらーさんあい、墨ん出来やーやたくと゜、ふど゜ゐーて゜からー、「堂之比屋」んて゜言る位んかい付ちゃびたん。

あんし、唐かい渡ゆる時ぬ、来ゃーびたん。

唐ぬ国かい渡たる堂之比屋や、蚕育て゜て゜、糸取みそーちゃん。

うぬ糸織て゜紬作ゆる手段、うりから、ちゃぬよーな節ねー、何ぬ種降るすしぇー増しやが、んて゜言る作いむ作いぬ、業んでー習て゜、久米島かい戻て゜めんそーちゃん。

久米島かい戻て゜めんそーちゃる堂之比屋や、島ぬっ人ぬ達んかい蚕飼らゆる手段習ーしみそーち、あんしから、紬ぬ作い方ん習ーしみしぇーびーたん。

うぬ紬ー、今やて゜ん音打っちょーる久米島紬ど゜やいびーる。

うりから、堂之比屋や、比屋定んて゜言る所なかい、まぎ石置ちきて゜、毎朝うぬ石んかい、かくじ乗して゜、て゜ーだぬ上がて゜来ゅーる方角調びみそーちゃん。

あんし、かーちーぬ頃ー、粟国ぬ真っちじ、彼岸ぬ頃ー、渡名喜ぬ真っちじ、冬至ぬ頃ー、慶良間ぬ久場島ぬ真っちじんかい、て゜ーだぬ上がゆる事ぬ分かやびたん。

あんさーに、種降るする節ぬしかっと゜分かゆる如成いびたん。

うぬ石ー、「て゜だ石」んて゜呼ばって゜、今ん大切にさっとーいびーん。

堂之比屋や、天文学者んやたしが、はる仕事ぬ先走い成たる御師匠やみしぇーびーたん。　（終わい）／共通語訳134頁

語句の説明

- ～比屋(ひゃー)：昔の、按司の家来の役名。
- 海(うみ)ん人(ちゅー)：漁師。漁夫。
- 漁(いざ)い：いさり。
- 漁(いざ)いしーが：漁りをしに。
- 出(ん)じゆんでぃそーいに：出ようとしているときに。
- ～んかい：に。
- ～くとぅ:から。ので。理由を表わす。
- ～なかい：に。の中に。存在する場所を表わす。
- 見(み)ー当(あ)てぃゆん：見つける。
- 赤(あか)ん子(ぐゎ)：赤ん坊。
- 添(そ)ーゆん：連れる。
- ～かい：へ。に。目的地を示し場所を表わす語に付く。
- いっぺー：たいそう。非常に。たいへん。
- うぬ：その。
- ちゃー：いつも。
- まんぐら：あたり。おおよその場所を示す。
- ゑーゑー泣(な)ちゅん：おいおい泣く。
- あんさーに：そうしたら。
- ちっとぅ：きっと。必ず。
- そーらーさん：賢い。しっかりしている。聡明である。
- 墨(しみ)：墨。学問。
- 出来(でぃき)やー：できぶつ。秀才。
- ふどぅ：せたけ。せい。身長。
- ふどぅゐーゆん：成長する。
- あんし：そして。
- 蚕(かいぐ)：糸虫(いとぅむし)とも言う。
- 紬(ちむじ)：紬。久米島で産した。
- 手段(てぃだん)：手段。てだて。方法。
- ちゃぬよーな：どのような。
- 種降(さにう)るすん：種をまく。「種蒔(さにま)ちゅん。とも言うが、降(う)るすん、が生活語であった」
- 作(ちゅく)いむ作(じゅく)い：農作物。季節季節の作物。
- ～んでー：など。でも。
- めんしぇーん：いらっしゃる。おいでになる。いる･行く･来るの敬語。
- 飼(か)らゆん：飼う。
- 今(なま)やてぃん：今でも。
- 音打(うとぅう)ちゅん：評判が高い。
- うりから：それから。
- まぎ石(いし)：大きい石。
- かーちー：夏至。二十四節の一つ。
- かくじ：顎。
- てぃーだ：太陽。
- 真(ま)っちじ：頂上。てっぺん。
- しかっとぅ：しっかと。しっかりと。
- ～みしぇーん：お～になる。～なさる。～される。
- はる仕事(しくち)：畑仕事。農業。
- 先走(さちば)い：先がけ。先駆者。

(29) 清ら女『まむや』ぬ憂ー事

「宮古島市城辺保良」

昔、宮古ぬ東平安名崎ぬ近さる所なかい、保良んでぃ言る村ぬあいびたん。うぬ村なかい「まむや」んでぃ言る清ら女ん子ぬ居いびーたん。

「まむや」や、清らさるびけーのーあいびらんたん。布織いしん上手やい、又、布織いしん早さいびーたん。

出来たる布ー、清らさぬ、村ぬじぬ女ん子やかん上手やいびーたん。

うぬ沙汰聞ちゃる男ぬ達や、毎月ぬかーじ、「まむや」ぬ家訪にゆる如成いびたん。

すっくぇーちょーたる「まむや」や、するっとぅ、隠ゆる如成てぃ無ーやびらん。

或る日ぬ事やいびーん。

保良治みゆる野城按司ぬ、東平安名崎をてぃ、漁いそーいに、布織いる音ぬ、聞かりてぃ来ゃーびたん。

うぬ按司ー、臣下んかい言ー付きてぃ、布機ぬある所とぅめーらさびたん。

あんさくとぅ、崖ばんたから降りたる所なかいある、がまぬ中をてぃ、布織いる「まむや」見ー出じゃち無ーやびらん。

かにてぃから「まむや」望てぃ、是非、うりとぅ具成い欲さそーたる按司ー、「『まむや』よ、我んとぅ賭きてぃ見だ。やーが、一夜なかい一反ぬ布織ゆーするむんどぅんやれー、やーが欲さしぇー、何やてぃん呉ゆさ。我んねー、一夜なかい保良から狩俣までぃ石垣積てぃ見しゆさ」んでぃ言びたん。

ちゃっさ布織いしが上手やてぃん、一夜なかい一反織ゆんでぃ言る事ー、成いびらんたん。

夜ぬ明きてぃ、臣下、うりから村ぬっ人ぬ達使てぃ、石垣積まちゃる按司ぬ、「まむや」ぬにーんかい来ゃーびたん。

「まむや」や、押し押しに城かい添ーてぃ行かりやびたん。

あんし、毎日うぬ「まむや」や、按司ぬ妻んかい、りんちさってぃ暮らさんだれー成いびらんたん。

なー、うぬ「まむや」や、りんちさってぃどぅ居くとぅ、にじららん成てぃ、城から逃んぎやびたん。

あんし、東平安名崎ぬ崖ばんたから胴体投ぎてぃ、此ぬ世失たんでぃぬ事やいびーん。

（終わい）／共通語訳135頁

語句の説明

- 憂ー事(うりぐと)：不幸。不幸なできごと。
- 〜なかい：に。の中に。存在する場所を表わす。
- 所(とぅくる)なかい：所に。
- うぬ：その。
- 〜んでぃ言(ゆ)る：〜という。
- 女(ゐなぐ)ん子(ぐゎ)：女の子。娘。ことに未婚の若い女。
- 〜びけーん：ばかり。
- 〜びけーのーあらん：〜ばかりではない。
- じぬ：どの。
- じぬ女(ゐなぐ)ん子(ぐゎ)やかん：どの娘よりも。
- 沙汰(さた)：沙汰。うわさ。
- かーじ：つど。度。たびに。
- 毎月(めーちち)ぬかーじ：毎月のたびに。
- すっくぇーすん：困る。「すっくぇーちょーたる(まむや)：困っていた(まむや)」
- するっとぅ：そっと。ひそかに。
- 按司(あじ)：位階の名。大名。王子の次。
- 〜をぅてぃ：で。
- 漁(いざ)いそーいに：漁りをしているときに。
- 臣下(しんか)：臣下。手下。
- 〜んかい：に。
- 言(い)ー付(ち)きゆん：命令する。言い付ける。
- とぅめーらすん：捜し求めさせる。
- あんさくとぅ：そうしたら。
- 崖(ふち)ばんた：断崖。絶壁。
- がま：洞窟。ほら穴。
- 見(み)ー出(ん)じゃすん：見つけ出す。見出す。
- かにてぃ：かねて。
- 望(ぬじゅ)むん：望む。結婚の相手に望む。惚れる。
- うり：それ。その者。彼女。彼。
- 具成(ぐーな)ゆん：仲間になる。
- やー：おまえ。君。目下に対する第二人称。「やー（ʔjaa）の発音については、出来の悪い指導者が、難しく教えているが、五十音で、やー（'jaa）をいう時の口のかたちは同じで、ちょっと息を止めて、やー（'jaa）を言うと、簡単に、やー（ʔjaa）を発音することが出来る。少し稽古すると、誰でも修得することが出来る。ちょっと息を止めるのは、声門を閉じるためである。やー（'jaa）は、息を止めないから声門は開いている」
- 織(う)ゆーするむんどぅんやれー：織ることができるのなら。
- 何(ぬー)やてぃん：何でも。
- ちゃっさ：どれほど。
- にー：側。
- 「まむや」ぬにー:「まむや」の側。
- 押(う)し押(う)しに：むりやりに。
- りんち：男女間の嫉妬。
- 暮(く)らさんだれー成(な)らん：暮らさなければならない。
- なー：もう。
- にじゆん：こらえる。耐える。
- にじららん成(な)てぃ：耐えられなくなって。
- 崖(ふち)ばんた：断崖。絶壁。
- 胴体(どーてー)：胴体。

(30) 金ぬ屏風とぅ換ーたる『嘉手志川』

「糸満市大里」

昔、佐敷ぬ若者ぬ、親ぬ形見とぅっし藁一本びーてぃ、旅んかい出じやびたん。あんし、うぬ若者ー、道中をてぃ、味噌包むる藁ぬ無ーんち、すっくぇーちょーる味噌屋ぬっ人んかい行逢やびたん。

味噌屋ぬっ人ー、うぬ若者んかい「うぬ藁呉り」んでぃ言びたん。

若者ー、「味噌とぅ換ーるーするむんやれー、済むんどー」んでぃ言ち、藁とぅ味噌換ーやびたん。

うぬ若者ー、いちゅたー歩ちゃびたん。あんし、鍋なくーする場に味噌ぬ無ーんねー、じゃーふぇーやんち、すっくぇーちょーる鍋なくーするっ人んかい行逢やびたん。

鍋なくーするっ人ー、うぬ若者んかい「味噌呉り」んでぃ言びたん。

若者ー、「鉄とぅ換ーるーするむんやれー、済むんどー」んでぃ言ち、味噌とぅ鉄換ーやびたん。

うぬ若者ー、又んいちゅたー歩っちゃびたん。あんし、いふぃどゆーどさる。刀作いる為ねー、鉄ぬ不足そーんち、すっくぇーちょーる鍛冶屋んかい行逢やびたん。

鍛冶屋や、うぬ若者んかい「うぬ鉄分きてぃ呉り」んでぃ言びたん。

若者ー、「我んにんかい刀作てぃ取らすらー、済むんどー」んでぃ言ち、鍛冶屋んかい鉄分きてぃ呉やびたん。あんさくとぅ、若者ー、作てーる刀一本鍛冶屋からびーやびたん。

うぬ刀ー、振いるうっぴっし、天から飛ぶる鳥ぬ、落てぃゆんでぃ言るあたい、良ー切りーる物やいびーたん。

馬天ぬ港かい着ちゃくとぅ、今度ー、錨上ぎーる事ぬ成らんち、すっくぇーちょーる唐ぬ船ぬ、入っちょーいびーたん。

錨ぬ綱ぬぶたさぬ、誰ん、うぬ綱切ゆーさんでぃ言ち、すっくぇーちょーいびーたん。

あんし、うぬ若者ぬ、「我んが切っち取らすさ」んでぃ言ち、持っちょーる刀さーに、うぬぶたさる錨ぬ綱、うし切っち取らさびたん。

あんさくとぅ、うぬ船ぬ船頭や、驚ち、「うぬ刀とぅ我ん金ぬ屏風とぅ換ーてぃ呉らんがやー」んでぃ言びたん。

若者ー、刀とぅ金ぬ屏風換ーてぃ、金ぬ屏風、手んかい入りやびたん。

若者(わかむの)ー、沙汰(さた)さってぃ、うぬ事(くとぅ)にちーてぃ、南山王(なんざんをぅー)ぬ他魯毎加那志(たるみーがなしー)んうんぬかやびたん。

他魯毎加那志(たるみーがなしー)や、うぬ若者(わかむぬ)んかい「やーが持(む)っちょーる金(ちん)ぬ屏風(びょーぶ)欲(ふ)さん。でぃー、やーが望(ぬじゅ)むしぇー何(ぬー)やてぃん済(し)むくとぅ、換(け)ーら」んでぃ言(い)みしぇーびーたん。

あんさくとぅ、うぬ若者(わかむの)ー、「『嘉手志川(かでしがー)』とぅ換(け)ーやびら」んでぃ言(い)ち、うぬ「嘉手志川(かでしがー)」や、若者(わかむん)ぬ物成(むんな)いびたん。

「嘉手志川(かでしがー)」や、南山(なんざん)ぬ大切(てーしち)な泉(いじゅん)やたくとぅ、村(むら)ぬっ人(ちゅ)ぬ達(ちゃー)や、うぬ若者(わかむん)ぬ味方(みかた)成(な)てぃ無(ね)ーやびらん。

後(あとぅ)ぬうじゅめー、うぬ若者(わかむぬ)んかい南山王(なんざんをぅー)や、滅(ふる)ばさってぃ無(ね)ーやびらん。

若者(わかむの)ー、佐敷(さしち)ぬ小按司(くーあじ)んでぃ言(い)らってぃ、後(あとぅ)から三山治(さんざんをぅさ)みたる尚巴志加那志(しょーはしがなしー)ぬ事(くとぅ)どぅやるんでぃ言(い)ち、伝(ちて)ーらっとーいびーん。

(終(う)わい)／共通語訳136頁

語句の説明

- いーゆん：もらう。
- ～んかい：：に。Nで終わる語に付く時はそのNをnuに変える。「若者(わかむぬ)んかい：若者に」
- あんし：そして。
- うぬ：その。
- ～をぅてぃ：で。
- すっくぇーすん：困る。「すっくぇーちょーる味噌屋(んすやー):困っている味噌屋」
- 換(け)ーるー：交換。
- いちゅたー：ちょっと。しばらく。
- 鍋(なーび)なくー：鍋釜の修理。鍋釜の穴のあいたものをふさぐこと。
- 場(ばー)：場合。折。時。わけ。理由。
- じゃーふぇー:しまつにおえないこと。
- いふぃ：少し。わずか。
- ゆーどぅすん：長逗留する。
- うっぴ：その大きさ。それだけ（の量)。
- あんさくとぅ：そうしたら。
- 振(ふ)いるうっぴっし：振るだけで。
- あたい：くらい。ほど。
- ～かい：へ。に。目的地を示し場所を表わす語に付く。「港(んなとぅ)かい行(い)ちゅん：港へ行く」
- ぶたさん：太っている。
- 切(ち)ゆーさん：切ることができない。
- さーに：で。「刀(かたな)さーに：刀で」
- うし切(ち)ゆん：勢いよく切る。ちょん切る。
- 沙汰(さた)：うわさ。また、評判。
- 加那志(がなしー):様。尊敬の意を表す接尾語。
- うんぬかゆん：お聞きになる。
- でぃー：いざ。さあ。目下に対し誘いかける語。
- やー：おまえ。君。目下に対する第二人称。
- 何(ぬー)やてぃん：何でも。
- ～くとぅ:から。ので。理由を表わす。
- 後(あとぅ)ぬうじゅめー：とどのつまりは。あげくのはては。
- 按司(あじ)：位階の名。大名。王子の次。

(31)　力玉那覇

「伊江村」

＊東村、玉那覇の振り仮名は、伊江島の言葉で付けました。

昔、伊江島ぬ東村なかい、力玉那覇んで言る男ぬ、暮らちょーいびーたん。

うぬ力玉那覇や、童そーいにから五体んまぎさんあい、やから者やたんでぬ事やいびーん。

或る日ぬ事やいびーん。うぬ力玉那覇ぬあんまーが、味噌造ゆる為に、しんめー鍋ぬ満っちゃかーん豆腐豆入ってぃ煮ちょーいびーたん。

いるしがまーし、うぬあんまーや、用事ぬあてぃ、いちゅたー外んかい出じとーいびーたん。

あきさみよー。うぬ力玉那覇や、しんめー鍋なかい煮ちぇーる豆腐豆、どー一人っし、あるうっさ食てぃ無ーやびらん。

あんさくとぅ、うぬ力玉那覇や、あんまーんかい、強かぬらーってぃ、「今只今家から出じてぃ行き」んでぃ言らりやびたん。

あんし、力玉那覇や、うぬ事んかい腸むげーてぃ、二ちぬ手さーに抱ちゅるあたいぬまぎ石持っちっ来、家ぬはしる口んかい置ちきてぃ、家ぬ出口塞じ無ーやびらん。

村ぬっ人ー、うり見ち、驚ち無ーやびらん。

うぬまんぐる、伊江島ー、麦、粟ぬ、いっぺーゆかてぃ、作い物ぬ出来ゆる島やいびーたん。あんすくとぅ、時々近さる村、うりから、別ぬ島からん盗人ぬっ来、作い物ぬ、盗まりーる事ぬあいびーたん。

あんし、後ぬうじゅめー、今帰仁ぬ御主が、兵隊添ーてぃ、伊江島んかい攻みてぃっ来無ーやびらん。

村ぬっ人ー、慌てぃてぃ、島ー、取らってんがやーんち、恐るさそーいびーたん。

やしが、うぬ力玉那覇や、落てぃ着ち、村ぬっ人んかい、「皆竈ぬ灰集みてぃ、城山かい持っち揃り」んでぃ言ー付きやびたん。

あんし、今帰仁ぬ兵隊ぬ、島んかい上がてぃっ来、城山囲でぃ無ーやびらん。

うぬ時、力玉那覇や、「とー、今やさ」んでぃ言ち、村ぬっ人んかい竈から集みてぃ持っち来ゃる灰撒ち放りんでぃ言ち、言ー付きやびたん。

あんし、うぬ灰撒ち放らったる今帰

仁ぬ兵隊ー、目ふらちゅる事ー、成いびらんたん。

とー、くぬ際に力玉那覇や、城山ぬまぎ石ばんない投ぎやびたん。

あんさくとぅ、今帰仁ぬ兵隊追放てぃ、島守ゆる事成いびたん。

うんにーに力玉那覇が投ぎたる石ー、今ん城山ぬ裾んかい残てぃ、んまー、「コーリグスク」んでぃ、呼ばっとーいびーん。

あんし、城山ぬちじんかえー、うぬ力玉那覇が、まぎ石投ぎたいに、くんぱとーたるふぃさ型ぬ、今ん残さっとーんでぃぬ事やいびーん。

（終わい）／共通語訳137頁

語句の説明

- ～なかい：に。
- んでぃ言る：～と言う。
- 童そーにから：子どもの時から。
- 五体：手足。
- やから者：力持ち。また、しっかり者。
- うぬ：その。
- あんまー：母。おかあさん。
- しんめー鍋：鍋の一種。非常に大型のもの。
- 鍋：鍋。小さい順に、五合炊ち、一升炊ち、二升炊ち、にんめー鍋、さんめー鍋、しんめー鍋などの種類がある。
- 満っちゃかーん：いっぱい。満ちているさま。
- いるしがまーし：あいにく。
- いちゅたー：ちょっと。しばらく。
- あきさみよー：あれえっ。きゃあっ。助けてくれ。
- あるうっさ：あるだけ。
- あんさくとぅ：そうしたら。
- 強か：ひどく。
- ぬらーりゆん：叱られる。
- あんし：そして。
- 腸むげーゆん：腹がにえくりえる。非常に立腹する。
- 二ちぬ手さーに：両手で。
- あたい：くらい。ほど。
- 抱ちゅるあたいぬまぎ石：抱くほどの大きな石。
- はしる口：戸口。
- うり：それ。
- うぬまんぐる：その頃。
- いっぺー：たいそう。非常に。たいへん。
- ゆかゆん：生い茂る。
- あんすくとぅ：それだから。だから。
- うりから：それから。
- 作い物：作物。農作物。
- 後ぬうじゅめー：あげくのはては。
- 御主：王様。
- ～かい：へ。に。
- 言ー付きゆん：命令する。
- 撒ち放ゆん：撒き散らす。
- 目ふらちゅん：目を開く。
- ばんない：どんどん。
- うんにーに：そのおりに。その時に。
- ちじ：頭上。頂上。
- くんぱゆん：足を踏まえる。ふんばる。
- くんぱとーたるふぃさ型：ふんばっていた足跡。

(32) 健堅之比屋とぅ神馬

「本部町健堅」

昔、健堅之比屋が、今ぬ瀬底大橋ぬ近辺をぅてぃ、粟作いねー、いっぺーゆかたんでぃぬ事やいびーん。

やしが、毎夜ぬかーじ粟畑ぬ荒らさりーくとぅ、健堅之比屋や、「此ぬしじゃまー、誰んぬ者ぬさが」んでぃ言ち、うりとぅめーゆる為に、月ぬ夜に粟畑をぅてぃ、隠とーいびーたん。

あんさくとぅ、あったに海ぬ中から白馬ぬ現りてぃ、一散走ーえーそーいびーたん。

健堅之比屋や、うぬふぃんちゃー馬止みゆんち、とぅぬじ乗やびたしが、うぬふぃんちゃー馬ー、ゆくんあまてぃ、畑ぬ中をぅてぃ、一散走ーえーっし無ーやびらん。

又、あねーあらん如、うぬふぃんちゃー馬ー、あったに病かかたんねーっし、根気ぬ無ーん成てぃ無ーやびらん。

あんし、うぬふぃんちゃー馬ー、いちゅたー歩ち、川原をぅてぃ、浴みねー、又、根気ぬ出じてぃ、一散走ーえーっし浜崎ぬ浜なーでぃー、うぬまま海んかい入っち無ーやびらん。

あんし、健堅之比屋乗したるまま、久米島かい渡てぃ行ちゃびたん。

うぬふぃんちゃー馬ー、見事に泳じゃびたん。乗とーたる健堅之比屋ぬがまくから上や、何ん濡でぃてー無ーんたる風情やいびーん。

久米島かい着ちゃるふぃんちゃー馬ー、堂之比屋ぬ家ぬ前までぃ走ーえーっし行じ、姿ー、見ーらん成たんでぃぬ事やいびーん。

堂之比屋んでぃ言しぇー、健堅之比屋ぬどぅしやいびーたん。

堂之比屋ぬ家んかえー、唐ぬっ人ぬ達ぬ、泊まとーいびーたん。

うぬ唐ぬっ人ぬ達や、大風んかいはっちゃかてぃ、船ぬやんでぃてぃ唐かい帰ゆる事ー、成らんでぃぬ事やいびーたん。

健堅之比屋や、「久米島をぅてー、船直する材木ー、無ーらんえーさに。我達村をぅてぃ直さな」んでぃ言ち、唐ぬ船健堅かい持っち行じゃんでぃぬ事やいびーん。

あんし、間切中ぬ船大工集みてぃ、うぬ船直さびたん。

あんし、唐ぬっ人ぬ達や、無事に唐かい戻ゆる事成いびたん。

うぬ事ぬあてぃから、唐とぅ琉球ぬ国ー、商ーや、ゆくん栄ーやびたん。

あんさくとぅ、健堅之比屋(きんきんぬひゃー)や、唐(とー)ぬ皇帝(こーてぃー)から御礼儀(ぐりーじ)とぅっし、石(いし)さーに作(ちゅく)てぃーる碑文(ふぃむん)ぬ送(うく)らってぃ、浜(はま)なかい建(た)てぃらっとーたんでぃぬ事(くとぅ)やいびーしが、今(なま)ー、うぬ碑文(ふぃむの)ー、無(ね)ーやびらん。

（終(う)わい）／共通語訳138頁

語句の説明

- 比屋(ひゃー)：昔の、按司の家来の役名。
- ～をぅてぃ：で。「発音の悪い人は、息を止めて、うてぃ（ʔuti）と言っているが、息を止めないで、をぅてぃ（'uti）を言う。息を止めると、うてぃ（ʔuti）と破裂音になる」
- いっぺー：たいそう。非常に。たいへん。
- ゆかゆん：生い茂る。よくみのる。
- やしが：だが。しかしながら。
- かーじ：つど。たびに。
- ～くとぅ：から。ので。理由を表わす。
- しじゃま：さま。ざま。
- 誰(た)んぬ者(むん)：どいつ。何物。誰の卑語。
- うり：それ。
- とぅめーゆん：拾う。捜し求める。
- 隠(くゎっくぃ)ゆん：隠れる。
- あんさくとぅ：そうしたら。
- あったに：にわかに。突然。
- 一散走(いっさんば)ーえーすん：一目散に走る。
- ふぃんちゃー馬(んま)：怒って人に噛み付いたりする馬。暴れやすい馬。
- とぅぬじゅん：跳ねる。跳ねて飛ぶ。
- ゆくん：さらに。なお。
- あまゆん：あばれる。
- 病(やんめー)かかゆん：病にかかる。
- いちゅたー：ちょっと。しばらく。
- ～なーでぃー：から。を通って。「浜(はま)なーでぃー：浜を通って」
- ～んかい：に。「海(うみ)んかい入(い)っちゃん：海に入った」
- うぬまま：そのまま。
- あんし：そして。
- ～かい：へ。に。
- がまく：腰周りの細くくびれている部分。ウエスト。
- 風情(ふーじ)：ようす。のような。
- どぅし：友。友達。
- はっちゃかゆん：出くわす。
- やんでぃゆん：こわれる。破損する。
- ～えーさに：～はしないか。
- 無(ね)ーらんえーさに：無いではないか。
- 間切(まじり)：市町村制以前の行政区画単位。現行行政区画の村にほぼ相当する。
- ～さーに：で。「石(いし)さーに：石で」
- ～なかい：に。の中に。存在する場所を表わす。「沖縄(うちなー)なかいあたる話(はなし)：沖縄にあった話」

(33) 伊是名とぅ尚円王

「伊是名村」

昔、北山とぅ中山ぬ、戦さる時、北山ぬ今帰仁按司ぬ妻ー、しどぅー果報そーいびーたん。

今帰仁按司ー、っ子持っちょーる妻助きーる為に、妻舟んかい乗してぃ、海んかい流しみそーちゃん。

あんし、うぬ舟ー、伊是名ぬ近くんかいある屋那覇島かい着ちゃびたん。

按司ぬ妻ー、うぬ島をぅてぃ、じょーしちゃーとぅっし働ちょーみしぇーびーたん。

やしが、或る日ぬ事やいびーん。

分ぬあるっ人んでぃ言る事ぬ、分からったくとぅ、伊是名ぬ諸見かい渡てぃ暮らしみそーちゃん。

やがてぃ、っ子生する事成いびたん。やしが、どぅく身分ぬ変わとーる為に、っ人ぬ家をぅてぃ、っ子生する事ー、成らんでぃ言ち、竹ぬみーとーる山をぅてぃ、っ子生しみそーちゃん。

うぬっ子ー、後ぬ尚円御主加那志前どぅやみしぇーびーる。

尚円御主加那志前や、若さいねー、松金んち、呼ばっとーいびーたん。あんし、うんにーねー、伊是名をぅてぃ、暮らちょーいびーたん。

うぬ松金ー、良ー働ちゅい、さっぱっとぅな二才やくとぅ、島ぬ女ん子ぬ達から、うんたささっとーいびーたん。

松金ぬ田や、千原ぬ底ぬ上むてぃんかいあたしが、ちゃっさひゃーいぬ続ちゃんてーまん、水ー、ゆちくにあたんぬ事やいびーん。

あんすくとぅ、うぬ田や、「逆田」んでぃ、呼ばっとーいびーたん。

島ぬ二才達や、どぅくふぃるまさぬ、夜中松金ぬ田かい行じ見ちゃれー、島ぬ女ん子ぬ達ぬ、皆さーに、松金ぬ田んかい水持っち入っとーいびーたん。

うぬ為に、松金ー、二才達からみっくゎささってぃ、島をぅてー、暮らさらん如成てぃ無ーやびらん。

あんすくとぅ、松金ー、夜ぬ明きーる前に舟出じゃち、国頭かい向かやびたん。

うぬ舟ー、国頭ぬ奥間んかい着ち、松金ー、奥間鍛冶屋んかい助きらりやびたん。

あんし、松金ー、鍛冶屋ぬ仕事手がねーさがちー、奥間をぅてぃ、暮らさびたん。

いふぃどぅゆーどぅさる。うぬ松金ー、

さっぱっとぅな二才(にーしぇー)やくとぅ、くまをぅてぃん、村(むら)ぬ女(ゐなぐ)ん子(ぐゎ)ぬ達(ちゃー)から、うんたささりーる如(ぐとぅ)成(な)いびたん。

あんすくとぅ、松金(まちがね)ー、村(むら)ぬ二才達(にーしぇーたー)から又(また)ん、みっくゎささってぃ無(ね)ーやびらん。

あんさーに、奥間鍛冶屋(うくまかんじゃー)ぬ計(はか)れーっし、村(むら)から出(ん)じてぃ、首里(すい)かい向(ん)かやびたん。

あんし、松金(まちがね)ー、徳持(とぅくむ)ちやてーくとぅ、王(をー)ぬ位(くれー)んかい就(ち)ち、尚円御主加那志(しょーえんうすがなしー)前成(めーな)みそーちゃんでぃぬ事(くとぅ)やいびーん。

（終(う)わい）／共通語訳138頁

語句の説明

- 按司(あじ)：位階の名。大名。「王子(をーじ)」の次、「親方(ゑーかた)」の上に位する。
- しでぃー果報(がふー)そーん：ありがたい頂戴物をいただいている。妊娠。天から賜った果報の意。
- っ子持(くゎむ)っちょーん：子供が出来ている。妊娠している。
- ～んかい：に。「舟(ふに)んかい乗(ぬ)したん：舟に乗せた」
- ～みしぇーん：お～になる。～なさる。～される。
- あんし：そして。
- ～かい：へ。に。目的地を示し場所を表わす語に付く。「東京(とーちょー)かい行(い)ちゅん：東京へ行く」
- ～をぅてぃ：で。
- じょーしちゃー：下女。台所女中。
- やしが：だが。しかしながら。
- 分(ぶん)ぬあるっ人(ちゅ)：身分の高い人。
- ～んでぃ言(ゆ)る事(くとぅ)：～と言うこと。
- ～くとぅ：から。ので。理由を表わす。
- やがてぃ：やがて。間もなく。
- どぅく：あんまり。ひどく。
- みーゆん：生える。
- 竹(だき)ぬみーとーる山(やま)：竹が生えている山。
- 御主加那志前(うすがなしーめー)：国王様。
- ～どぅ：ぞ。こそ。「尚円御主加那志前どぅやみしぇーびーる：尚円国王でいらっしゃるのです」
- うんにーねー：そのおりには。その時には。
- 二才(にーしぇー)：青年。
- さっぱっとぅな二才(にーしぇー)：好青年。
- うんたさすん：慕う。
- 上(ゐー)むてぃ：上の方。上側。
- ちゃっさ：どれくらい（の数量・程度）。どれほど。
- ひゃーい：日照り。
- ～てーまん：ても。とて。
- 続(ちぢ)ちゃんてーまん：続いても。
- ゆちくに：豊かに。
- あんすくとぅ：それだから。
- ふぃるまさん：不思議である。怪しい。
- ～さーに：で。
- みっくゎさん：憎い。憎らしい。
- 手(てぃ)がねー：手伝い。
- ～がちー：ながら。つつ。
- 手(てぃ)がねーさがちー：手伝いをしながら。
- ゆーどぅ：よど。よどむ。
- いふぃどぅゆーどぅさる：ちょっと長逗留した。
- くまをぅてぃん：ここでも。
- あんさーに：それで。
- 徳持(とぅくむ)ち：徳のある人。

(34) 北谷長老

「北谷町大村玉代勢」

北谷長老や、北谷ぬ玉代勢村をてぃ、生まりやびたん。

此ぬ北谷長老や、童そーいにから、風変わいなっ子やいびーたん。川原ぬ側んかいある石ぬ上をてぃ、いち、良ー目くーてぃ、静かに考ーとーいびーたん。

うぬ事見ちょーみしぇーたるある坊主ぬ、「此ぬ童ー、ちっとぅいっぺー優りーる坊主成ゆん」でぃ言みそーち、まぎ寺かい出じ、悟ゆし求みてぃ習ー事しんでぃ言ち、勧みしぇーびーたん。

此ぬ北谷長老や、十九ぬ歳に、大和ぬ東北なかいある松島ぬ瑞巌寺かい、うぬ坊主ぬ添ーてぃ行ちゃびたん。

うりから、此ぬ北谷長老や、十六年ぬ間、大和をてぃ、悟ゆし求みてぃ習ー事さびたん。

あんし、うぬ後、沖縄かい戻てぃめんそーち、首里ぬ建善寺ぬ座主成みそーちゃん。

北谷長老や、首里とぅ北谷ぬ間行ち戻いしみしぇーいねー、駕籠ー使らん如っし歩ちょーみしぇーたんでぃぬ事やいびーん。

あんすくとぅ、ふぃっちーかかてぃん行ち戻いや、成らんたんでぃぬ事やいびーん。何がどぅんやれー、蟻一匹んくなーちぇー成らんでぃ言ち、よーんなー歩ちみしぇーたんでぃぬ事やいびーん。

或る日ぬ事やいびーん。

北谷長老や、火事ーあらんしが、あったに、「寺ぬ火事どーい。早く水掛きれー」んでぃ言ち、あびてぃ無ーやびらん。

若さる坊主小、うりから隣ぬっ人ぬ達や、「ふぃるましー事やっさー」んでぃ思いがちー、うぬ北谷長老が言みしぇーる通い、急じ寺んかい水掛きやびたん。

いふぃどぅゆーどぅさる。かーま唐ぬ寺から、「火事ぬ際ねー、見ー考ーし呉みそーち、いっぺーにふぇーでーびる。御蔭に大事な火事ー成らん如成いびたん」でぃ言ち、御礼儀ぬ届ちゃんでぃぬ事やいびーん。

或る時ぬ事やいびーん。

北谷長老や、「二月、三月びけーん旅かい行ちゅくとぅ、我んとぅめーらん如っし呉れー」んでぃ言ち、寺から出じてぃめんしぇーびーたん。

やいびーしが、五月、六月経っちん

戻てーめんそーらんたくとぅ、皆心配し、とぅめーいが出じやびたん。

あんさくとぅ、まぎ赤木ぬ木ぬ上をぅてぃ、いちょーるまま、まーしみそーちゃる北谷長老見ー当てぃたんでぃぬ事やいびーん。

村ぬっ人ぬ達や、北谷ぬ長老山んかい墓作てぃ、いっぺー丁寧に扱てぃ、葬たんでぃぬ事やいびーしが、実ー、北谷長老や、まーしみそーちゃるちむえーやあらん、生ちち唐ぬ旅かいめんそーち、あんし戻てぃめんしぇーいねー、体ぬ無ーん成てぃ、うぬまま神成みそーちゃんでぃ言らっとーいびーん。

（終わい）／共通語訳139頁

語句の説明

- 此ぬ：この。
- 童そーいにから：子供のころから。
- 風変わいな：風変わりな。
- いゆん：座る。
- いち：座って。
- くーゆん：閉じる。
- 目くーてぃ：目をつむって。
- うぬ：その。
- ちっとぅ：きっと。
- いっぺー：たいそう。非常に。たいへん。
- まぎ寺：大きな寺。
- 〜なかい：に。の中に。存在する場所を表わす。
- うりから：それから。
- 間：間。「ゑ（ʔwe）の発音は、五十音のゑ（'we）をいう時と同じ口のかたちで、ちょっと息を止めて言う」
- あんし：そして。
- 〜かい：へ。に。目的地を示し場所を表わす語に付く。「沖縄かい行ちゅん：沖縄へ行く」
- めんしぇーん：いらっしゃる。おいでになる。いる･行く･来るの敬語。
- 座主：和尚。住職。
- あんすくとぅ：それだから。だから。
- ふぃっちー：一日。また、一日中。
- 何がどぅんやれー：何となれば。なぜなら。
- くなーすん：踏みつける。
- よーんなー：ゆっくり。
- あったに：にわかに。不意に。
- あびゆん：叫ぶ。大声で呼ぶ。
- ふぃるましー事：不思議なこと。
- 〜がちー：ながら。つつ。
- 思いがちー：思いながら。
- いふぃどぅゆーどぅさる：ちょっと長逗留した。
- かーま：遠方。遠く。
- 見ー考ーすん：世話する。
- にふぇーでーびる：ありがとうございます。
- 〜くとぅ：から。ので。
- とぅめーゆん：拾う。求める。
- あんさくとぅ：そうしたら。
- まーすん：死ぬ。なくなる。「死ぬん」よりも丁寧な語で、「死ぬん」は多く動物についていう。
- 見ー当てぃゆん：見つける。見つけ出す。
- ちむえー：意味。わけ。理由。

（35）熱田マーシリー

「北中城村熱田」

昔、具志頭間切なかい、樽金んでぃ言る男ぬ居いびーたん。うぬ樽金ー、丈ふどぅちゃてぃ、いっぺーぃ゙ー二才やいびーたん。

或る日ぬ事やいびーん。

樽金ー、ちゃー行ち戻いする畑から帰いに、かーんかい、ぬばがてぃ見じゃびたん。

あんさくとぅ、旅ぬっ人ぬ達ぬ、「此ぬ世なかい、勝連間切ぬ浜村ぬ真鍋樽やか他ねー、清らかーぎーや居らん」でぃ言る話そーいびーたん。

樽金ー、うぬ清らかーぎーんかい、一目やてぃん行逢い欲さんでぃ思てぃ、勝連間切ぬ浜村かい行じ、真鍋樽んかい行逢やびたん。

樽金ー、うぬ清らさる真鍋樽んかい惚りてぃ無ーやびらん。あんし、直ぐ、夫婦成てぃ呉りんでぃ言ち、伝ーやびたん。

真鍋樽ん、此ぬ樽金んかいまん惚りっし無ーやびらん。

やしが、うぬ真鍋樽ー、うぬ日ねー、合点ーさびらんたん。

真鍋樽ー、うぬ樽金んかい、「後ー、目ぬ一ち成いる頃、二ちぬ馬んかい鞍一ち掛きてぃ、どぅー一人めんそーれー」んでぃ言びたん。

樽金ー、何ぬちむえーがやら、むさっとぅ分かいびらんたん。

あんさーに、村ぬ物知りんかい、うぬ事問やびたん。

あんさくとぅ、うぬ物知れー、「真夜中に、かさぎとーる馬んかい、鞍掛きてぃ行ちーねー増しやさ」んでぃ言びたん。

樽金ー、うぬ物知りんかい、習ーさったる通い、真鍋樽ぬ家かい行ちゃびたん。

真鍋樽ー、蚊帳引ち寝んとーいびーたん。あんし、蚊帳ぬ外んかえー、しーぐとぅ、竹とぅ、御ぶんぬ、置かっとーいびーたん。

あきさみよー。うぬ樽金ー、勘取ゆーさんどぅあくとぅ、しーぐさーに竹ふぃじ、御めーし作てぃ、御ぶん食でぃ無ーやびらん。

うり見ちょーたる真鍋樽ー、じんぶのー無ーらん樽金んかい、「家かい帰みそーれー」んでぃ言びたん。

樽金ー、村かい帰てぃ、又ん、村ぬ物知りんかい、何ぬちむえーがやら分からんどぅあくとぅ、うぬ訳聞かしんでぃ言ち、問やびたん。

あんさくとぅ、うぬ物知れー、「うれー、

しーぐ、だき（竹）、くみ（米）やくとぅ、直ぐ抱ち込みんでぃ言る肝どぅやんどーやー」んでぃ言ち、習ーさびたん。

うぬちむえーぬ分からんたる樽金ー、恋ぬ病かかてぃ無ーやびらん。

丁度うぬ頃、真鍋樽ん病かかてぃ無ーやびらん。

二人や、「たきとぅとぅーみ、相手ぬ村ぬ見ーゆる場所んかい葬てぃ呉り」んでぃ言ち、遺言残ち、此ぬ世失たんでぃぬ事やいびーん。

此ぬ二人ぬ体葬たる場所ー、熱田マーシリーんでぃ言る、しーやたんでぃぬ事やいびーん。

（終わい）／共通語訳140頁

語句の説明

- 間切：市町村制以前の行政区画単位。現行行政区画の村にほぼ相当する。
- ～なかい：に。の中に。
- ふどぅ：せたけ。せい。身長。
- 丈：たけ。背の高さ。
- うちゃゆん：似合う。適合する。調和する。
- 丈ふどぅ：体格。身の丈と体格。
- 丈ふどぅうちゃゆん：体格の均衡が取れる。（男前のよいさまを言う。美男子）
- いっぺー：たいそう。非常に。
- いー二才：よい青年。
- ちゃー：いつも。常に。
- かー：井戸。また、天然に湧いていて用水に使われるものをさす。
- ～かい：へ。に。
- ぬばがゆん：ちょっと覗く。ちょっと顔を出す。ちょっと立ち寄る。
- あんさくとぅ：そうしたら。
- 清らかーぎー：美人。美女。
- 一目やてぃん：一目でも。
- 行逢ゆん：行き逢う。出会う。遇う。
- 惚りゆん：惚れる。恋に落ちる。
- まん惚り：首ったけ。
- どぅー一人：自分一人。
- めんしぇーん：いらっしゃる。おいでになる。いる･行く･来るの敬語。
- ちむえー：意味。わけ。理由。
- むさっとぅ：毛頭。少しも。
- かさぎゆん：はらむ。みごもる。妊娠する。「かさぎとーる馬：はらんでいる馬」
- 増し：まし。一方よりまさる事。
- しーぐ：小刀。ナイフ。
- ～さーに：で。使用する道具・材料を表す。「しーぐさーに：ナイフで」
- 御ぶん：御飯。
- 勘取ゆん：さとる。了解する。
- ふぃじゅん：そぐ。へぐ。薄く削り取る。
- 御めーし：お箸。
- じんぶん：知恵。分別。才能。
- ～くとぅ：ので。
- 肝：心。心情。情。
- たきとぅとぅーみ：ありったけ。あるだけ全部。せいぜい。
- しー：岩。

（36） 慶留間魂

「阿嘉・慶留間島」

昔、慶留間島なかい、上地仁屋んでぃ言るっ人ぬ居いびーたん。

うぬっ人ー、六百斤んあるまぎ石、どぅー一人っし外地島から持ち出じゃち、家かい持っちっ来、くだみ作たんでぃぬ事やいびーん。

うふぃなーぬ石担みゅーするあたいぬ、やから者やいびーたん。

うぬまんぐる、阿嘉島とぅ慶留間島ぬ間なかい、まぎ鮫ぬ出じてぃ、島渡いる舟ぬ、うりんかい襲ーってぃ、島ぬっ人食とーいびーたん。

六月御祭ぬ日に、祝女ぬ、阿嘉島から慶留間島までぃ渡いる事成とーいびーたん。

あんし、鮫んかい襲ーりーねー、じゃーふぇー成いくとぅ、慶留間島ぬっ人ぬ達や、「祝女守らねー成らん」でぃ言ち、島ぬ若者ぬ達さーに祝女ぬ乗とーる舟守やびたん。

祝女ぬ乗とーる舟、若者ぬ達ぬ、囲むる如っし進どぅーたしが、丁度、阿嘉島とぅ慶留間島ぬ間ぬ海ぬ真ん中なかい来ゃいに、鮫ぬ現りてぃ、後から後から舟ぬ襲ーってぃ無ーやびらん。

あんし、祝女ぬ乗とぅーる舟ぬ襲ーりーる丁度うぬ時、やから者ぬ上地仁屋や、勇み立っち、鮫んかい向かてぃ、舟漕ーじ行じゃしが、舟添ーてぃうぬ鮫んかい飲み込まってぃ無ーやびらん。

あんし、持っちょーたるえーくさーに、鮫ぬ腸ぬ中縦横んかい引ち裂ち、うぬ鮫倒ちゃんでぃぬ事やいびーん。

あんしが、うぬ上地仁屋や、鮫引ち裂ち、やっとぅかっとぅ外んかい出じたしが、力ぬ無ーん成てぃ、まーさびたん。

あんし、うぬ上地仁屋ぬ胴体や、浜んかい押し寄しらってぃ無ーやびらん。

慶留間島ぬっ人ぬ達や、墓作てぃ、流さってぃ来ゃる上地仁屋丁寧に葬やびたん。

うぬ上地仁屋や、慶留間島ぬ魂どぅやる。「慶留間魂どぅやる」んでぃ言ち、崇みやびたん。

うぬ後、うぬ墓ー、慶留間御嶽とぅっし祀らりーる如成いびたん。

うりから、六月御祭に祝女迎ーゆる若者ぬ、船揃ーすしん、続きらったんでぃぬ事やいびーん。

（終わい）／共通語訳141頁

語句の説明

- 〜仁屋(にゃー)：士族・平民の初階の位の名。性の後につけて言う。
- 〜なかい：に。の中に。存在する場所を表わす。「慶留間島(ぎるまじま)なかい：慶留間島に」
- んでぃ言(ゆ)るっ人(ちゅ)：〜と言う人。「ゆ（ʔju）の発音について、説明しておこう。五十音の子音である、ゆ（'ju）を発音するときは、息を止めていないから声門は開いている。しかし、ゆ（ʔju）は、声門閉鎖音であるから、ちょっと息を止めて、ゆ（'ju）を言うと、確実に、ゆ（ʔju）の音が出る。組踊の唱えでもよく出てくる音であるが、下手な唱えをする人は、特に注意を要する。沖縄語独特の音である」
- まぎ石(いし)：大きな石。
- どぅー一人(ちゅい)：自分一人。
- 〜かい：へ。に。目的地を示し場所を表わす語に付く。「大和(やまとぅ)かい行(い)ちゅん：本土へ行く」
- くだみ：踏み台。
- うふぃなーぬ石(いし)：そんなに大きな石。
- 〜ゆーすん：〜することができる。
- あたい：くらい。ほど。
- 担(かた)みゆーするあたい：担ぐことができるくらい。
- やから者(むん)：力持ち。力のある人。
- うぬまんぐる：その頃。
- 間(ゑーだ)：間。「ゑ（ʔwe）も沖縄語独特の音であるが、ワ行にある子音である、ゑ（'we）をいう時は、息を止めないで発音している。ちょっと息を止めて、ゑ（'we）を言うと、確実に声門閉鎖音（破裂音）の、ゑ（ʔwe）が発音できる。特に難しいものではない」
- 祝女(ぬーる)：沖縄で、部落の神事をつかさどる世襲の女性司祭者。
- うり：それ。そのこと。その物。その者。彼。彼女。
- んかい：に。「鮫(さみ)んかい向(ん)かてぃ：鮫に向かって」
- あんし：そして。
- じゃーふぇー：しまつに終えないこと。めちゃめちゃ。
- 〜くとぅ：から。ので。理由を表わす。「じゃーふぇー成(な)いくとぅ：しまつに負えなくなるので」
- 襲(うさ)ーってぃ無(ね)ーやびらん：襲われてしまいました。「沖縄語的表現である。（襲(うさ)ーってー無(ね)ーやびらん：襲われてはいません）と混同しないようにしてほしい」
- 勇(いさ)み立(た)ちゅん：勇み立つ。
- 〜さーに：で。「えーくさーに：櫂で」
- えーく：櫂。舟を漕ぐもの。
- あんしが：そうだが。
- やっとぅかっとぅ：やっと。ようやく。
- まーすん：死ぬ。なくなる。「死ぬん」よりも丁寧な語で、「死(し)ぬん」は多く動物についていう。
- 胴体(どーてー)：胴体。
- 崇(あが)みゆん：あがめる。敬う。
- 御嶽(うたき)：山の森の中にある神を祭った場所。聖地とされ、婦人が御願道具(うぐゎんどーぐ)を持って熱心に祈願をしに行った。
- うりから：それから。

(37)『ギミンノヘイカ』

「金武町並里区」

昔、並里なかい、清ら女ん子ぬ、暮らちょーいびーたん。うぬ清ら女ん子ー、んまんかい見ー回いしーがめんそーちょーたる御主と、初みてぃ御会拝でぃ、結ばりやびたん。あんし、っ子持っち無ーやびらん。

うぬ清ら女ん子ー、「我達百姓ぬ女ん子ー、御主ぬっ子生すんでぃ言る事ー、成らん」でぃ思てぃ、毎日鉄ぬ細きー煎じてぃ飲でぃ、っ子降るすんでぃそーたしが、生し月までぃん、うぬっ子ー、降るしゅーさびらんたん。

或る日ぬ事やいびーん。

腸ぬ中なかい居るっ子ぬ、「我ーが生まりーねー、あんまーや、死ぬしが、あんし済むがやー」んでぃ言びたん。

あんまーが、「我んねー、死じん済むくと、生まりてぃ来ーわ」んでぃ言ちゃくと、うぬっ子ー、あんまー腸やてぃ、生まりてぃ来ゃーびたん。

あんし、うぬっ子ー、喉やか外ー、諸鉄さーに包まっとーたんでぃぬ事やいびーん。

うぬっ子ー、ふどゐーてぃ、やから者成てぃ、武士ぬ業んかいん優りてぃ、っ人ぬ達から「ギミンノヘイカ」んでぃ呼ばりーる如成いびたん。

一万坪ぬ畑ー、半日なかい耕ち、一鍬さーに作たんでぃ言る盛ん、残とーんでぃぬ事やいびーん。

薩摩ぬ兵隊ぬ攻みてぃ来ゃいねー、うぬ「ギミンノヘイカ」ー、どぅー一人っし千人ぬ敵倒ちゃんでぃぬ事やいびーん。

薩摩ぬ兵隊ー、断髪屋ぬっ人ぬじ、うぬっ人んかい「ギミンノヘイカ」ぬ髭剃てぃ取らしんでぃ言ち頼でぃ、喉切らさびたん。

「ギミンノヘイカ」ー、腸むげーてぃ、断髪屋ぬっ人ぬ二ちぬふぃさ、かっ掴でぃ、胴体引ち裂ち、うり東ぬ海と、いり（西）ぬ海んかい投ぎ飛ばち、うぬ「ギミンノヘイカ」んまーさびたん。

んまんかい、又ん薩摩ぬ兵隊ぬ攻みてぃ来ゃくと、村ぬっ人ぬ達や、鉄さーに作らっとーる「ギミンノヘイカ」ぬ胴体、戦いる所ぬ一番前んかい立てぃやびたん。

薩摩ぬ兵隊ー、うぬ「ギミンノヘイカ」ぬ喉から蛆ぬ這い出じとーし見ち、「うぬギミンノヘイカー、今ん生ちち、はちゃぐみどぅ食とーる場い」んでぃ言ち、勘違ーさびたん。

あんし、薩摩ぬ兵隊ー、戦いし止みてぃ、どぅーなーくる命捨てぃたんでぃぬ事やいびーん。

あんすくとぅ、うぬ「ギミンノヘイカ」ー、此ぬ世失てぃ後ん、千人ぬ敵倒ちゃんでぃ言るちむえー成とーいびーん。

(終わい)／共通語訳142頁

語句の説明

- ～なかい：に。の中に。存在する場所を表わす。「並里なかい：並里に」
- 女ん子：女の子。娘。ことに未婚の若い女。
- んまんかい：そこに。
- 見ー回いしーが：見回りしに。
- めんしぇーん：いらっしゃる。おいでになる。いる・行く・来るの敬語。
- 御会：御面会。お会いすること。
- 御会拝むん：お会いする。お目にかかる。
- 御主：王様。
- 結ぶん：結ぶ。契る。
- っ子持ちゅん：子供が出来る。妊娠する。
- 細きー：砕けたかけら。細かいかけら。
- 生し月：臨月。
- ～ゆーすん：～することができる。
- 降るしゆーさん：降ろすことができない。
- あんまー：母。おかあさん。
- ～しが：が。けれども。
- ～んでぃ言びたん：～と言いました。「や（ʔja）の発音は、や（'ja）をいう時の口のかたちは同じで、ちょっと息を止めて、や（'ja）をいうと、声門閉鎖音（破裂音）や（ʔja）が言える」
- やゆん：破る。「腸やてぃ：お腹を破って」
- ～さーに：で。「鉄さーに：鉄で」
- ふどぅ：せたけ。せい。身長。
- ゐーゆん：成長する。発育する。
- ふどぅゐーてぃ：成長して。
- やから者：力持ち。力のある人。
- ～んかい：に。
- どぅー一人：自分一人。
- ぬじゅん：だます。
- 断髪屋ぬっ人ぬじ：散髪屋の人をだまして。
- 腸むげーゆん：腹が煮え繰り返る。非常に立腹する。
- ふぃさ：足。
- うり：それ。
- まーすん：死ぬ。なくなる。「死ぬん」よりも丁寧な語で、「死ぬん」は多く動物についていう。
- んまんかい：そこに。
- はちゃぐみ：菓子の名。もち米を蒸し、乾かして炒り、砂糖を入れて四角に固めたもの。おこし。
- どぅーなーくる：自分たちで。
- あんすくとぅ：それだから。だから。
- 此ぬ世失てぃ後ん：亡くなって後も。
- ちむえー：意味。わけ。理由。

(38) てぃさが盛

「大宜味村根路銘」

昔、大宜味ぬ「てぃさが盛」んでぃ言る盛なかい、天作んでぃ言る男ぬ神ぬ、暮らちょーみしぇーびーたん。

あんし、「たまんちじ」んでぃ言る盛なかえー、玉鶴んでぃ言る女ぬ神ぬ、暮らしみそーち、うりから、「うらひ」んでぃ言る盛なかえー、天鶴んでぃ言る女ぬ神ぬ、暮らちょーみしぇーたんでぃぬ事やいびーん。

「たまんちじ」ぬ玉鶴ー、果てぃるか清らかーぎーやみしぇーびーたん。

やしが、しむちぬ悪さる神やみしぇーびーたん。

なー一所ぬ「うらひ」ぬ天鶴ー、あんすか清らこー無ーやびらんたん。やしが、しむちん宜さい、歌ん上手やみしぇーびーたん。

男ぬ神ぬ天作ー、清らさる玉鶴んかい惚りてぃ、うぬ玉鶴妻とぅっし迎ーみそーちゃん。

やしが、うぬしむちぬあんすか宜しこー無ーらん玉鶴とぅぬ暮らしぇー、長ーや続ちゃびらんたん。

あんし、やがてぃ天作ー、しむちぬ宜さんあい、歌ん上手やみしぇーる天鶴とぅ暮らする如成いびたん。

天鶴ぬ歌んかえー、天作ぬ肝んやーやーとぅ成てぃ、二人や、いっぺー幸ーに暮らしみそーちゃん。

玉鶴ー、天作んかいうっちぇーらかさったんでぃぬ思いぬ、強く成いびたん。あんし、うぬ玉鶴ー、「天鶴ぬあぬ歌ぬ声やちょーん無ーん成いねー、天作ん、ちっとぅ我ーにんかい戻てぃ来ゅーん」でぃ考ーみそーちゃん。

あんさーに、うぬ玉鶴ー、天鶴ぬ好ちゅる和ーてーる、んじゃ菜なかい、声失ゆる薬入ってぃ、二人がにーんかい届きみそーちゃん。

二人や、ふぁるましー事やっさーんでぃ思いがちー、うぬ和ーてーるんじゃ菜、うさがてぃ見じゃびたん。

いっぺー旨さぬ、腸ぬみーうさがてぃ無ーやびらん。

うぬ後、天鶴ぬ声や、たった出じらん成てぃ、二度とー、あぬ清らさる声や、出じゃしゆーさびらんたん。

あんし、うぬ天鶴ー、うぬ事んかいなちかしく成てぃ、まーしみそーちゃん。

うぬ事ぬあてぃから、根路銘をてー、天鶴が、此ぬ世失たくとぅ、なちかさぬ毎年三月三日ー、旨さるんじゃ菜和ーてぃ、うさぎーる如成たんでぃぬ事やいびーん。

（終わい）／共通語訳143頁

語句の説明

- 〜なかい：に。の中に。存在する場所を表す。
- 〜みしぇーん：お…になる。…なさる。…される。
- 暮らちょーみしぇーびーたん。：暮らして居られました。
- あんし：そして。
- うりから：それから。
- 〜か：ほど。「果てぃるか：果てるほど。限界を超えるほど」
- 清らかーぎー：美人。美女。
- やしが：だが。しかしながら。
- しむち：心だて。気だて。根性。
- なー一所：もう一箇所。
- あんすか：それほど。
- 惚りゆん：惚れる。
- やがてぃ：やがて。間もなく。
- 肝：肝臓の他に、「心」を言う。「心」より多く用いる。
- やーやーとぅ成ゆん：ほっと安心する。
- いっぺー：たいそう。非常に。たいへん。
- うっちぇーらかすん：うっちゃらかす。ほったらかす。
- うぬ：その。
- 〜ちょーん：すら。さえ。
- 声やちょーん：声さえ。
- ちっとぅ：きつく。きっと。必ず。
- にー：そば。近所。
- 我ーにー：私のそば。
- んじゃ菜：わだん。ほそばわだん。薬草の名。
- 和ーゆん：あえる。和え物にする。
- ふぃるましー事：不思議なこと。
- 〜がちー：ながら。つつ。
- 思いがちー：思いながら。
- うさがゆん：召し上がる。
- 腸ぬみー：腹一杯。
- たった：たびたび。次第に。
- 〜ゆーすん：〜することができる。
- 出じゃしゆーさん：出すことが出来ない。
- なちかさん：悲しい。
- まーすん：死ぬ。なくなる。「死ぬん」よりも丁寧な語で、「死ぬん」は多く動物についていう。
- 〜をぅてぃ：で。「発音の悪い人は、息を止めて、うてぃ（ʔuti）と言っているが、息を止めないで、をぅてぃ（'uti）を言う。息を止めると、うてぃ（ʔuti）と破裂音になる」
- 〜くとぅ：から。ので。理由を表わす。
- うさぎゆん：押し上げる。さし上げる。お供えする。

(39)『おやけ赤蜂』

「石垣市大浜」

昔、波照間ぬ東ぬ海端なかい、赤ん子一人ぬ、捨てぃらっとーいびーたん。

島ぬっ人ぬ、うぬ赤ん子見ち、御年寄いんかい相談さびたん。

あんさくとぅ、「うぬっ子ぬ、東んかい向かとーてぃ泣ちょーいねー、添ーてぃっ来、育てぃれー」んでぃ、うぬ御年寄いぬ、言みそーちゃん。

あんし、うぬ赤ん子ぬにーかい、出じ見ちゃれー、赤ん子ー、まぎ声っし東ぬ海んかい向かてぃ、泣ちょーいびーたん。

うぬっ子ー、島ぬっ人とー、変わてぃ、体んまぎさんあい、赤毛そーる若者成いびたん。やから者んやい、いっぺーそーらーさるっ人成いびたん。

島ぬっ人からん赤蜂んでぃ言ち、呼ばってぃ、うんたささっとーいびーたん。

十五ぬ歳成たる頃、うぬ赤蜂ー、「なーふぃんまぎさる島かい行ち欲さん」でぃ言ち、波照間から飛出じてぃ、石垣かい渡やびたん。

あんし、石垣をぅてー、うぬ赤蜂ー、どぅーやかしーじゃぬ長田大主が、石垣ぬはるさー、くちさしみやがちー、島治みゆんでぃそーる姿見ちょーいびーたん。

かんしぇー成らんむんでぃ思てぃ、赤蜂ー、大浜なかい暮らち、はるさーぬ味方成てぃ、長田大主んかいふぃんけーそーいびーたん。

うぬ長田大主ー、首里天加那志んかいうさぎーる上納ぬ取らんでぃ言ち、赤蜂討ちゅんでぃさびたん。

やしが、赤蜂ー、どぅく強さぬ討ちゅる事ー、成いびらんたん。

あんさーに、うぬ長田大主ー、どぅーぬ女弟赤蜂ぬ妻成ち、毒飲まち、殺すんでぃさしが、「こいつば」んでぃ言る女弟ー、赤蜂うんたさっし、殺しゆーさびらんたん。

赤蜂ー、長田大主んかい味方する按司、うりから、相中後から後討ちゃびたん。

後ぬうじゅめー、うぬ長田大主討ちゅんでぃさしが、うぬ長田大主ー、「石垣なかい首里天加那志んかい害するっ人ぬ居いびーん」でぃ言ち、御主加那志前んかい、もーさぎっし無ーやびらん。

あんし、うぬ長田大主ー、西表かい逃んぎてぃ隠やびたん。

御主加那志前(うすがなしーめー)や、ふぁんじ者(むん)ぬ赤蜂(あかはち)討(う)ちゅる為(たみ)に、石垣(いしがち)かい多(うほー)く兵隊(ふぃーたい)遣(や)らさびたん。

赤蜂(あかはち)ん色々(いるいる)ぬぼー考(かんげ)ーてぃ、ふぁんけーさしが、底原(すくばる)なかいある田(たー)ぶっくゎをてぃ、討(う)たったんでぃぬ事(くとぅ)やいびーん。

(終(う)わい)/共通語訳144頁

語句の説明

- ～なかい：に。の中に。存在する場所を表す。
- ～んかい：に。
- あんさくとぅ：そうしたら。
- 添(そ)ーゆん：連れる。連れそう。
- にー：そば。近所。
- 赤(あか)ん子(ぐゎ)ぬにー：赤ん坊のそば。
- ～かい：へ。に。目的地を示し場所を表す語につく。
- 行(ん)じ見(んー)ちゃれー：行って見たら。
- まぎ声(ぐぃー)：大声。
- 体(からた)んまぎさんあい:体も大きいし。
- やから者(むん)：力持ち。力のある人。
- いっぺー：たいそう。非常に。たいへん。
- そーらーさるっ人(ちゅ)：賢い人。しっかりしている人。
- うんたさすん：慕う。
- うんたささっとーいびーたん：慕われておりました。
- なーふぁんまぎさる島(しま)：もっと大きい島。
- どぅー：自分。
- しーじゃ：年上(の者)。
- 大主(うふぬし)：按司の家来の中の頭役。
- くちさん：苦しい。また、つらい。情けない。やるせない。
- はるさー：農民。
- ～がちー：ながら。
- かんし：かように。こんなに。
- かんしぇー成(な)らん：このようには出来ない。
- ふぁんけー：口答え。目上への反抗的な返答。
- 首里天加那志(すいてぃんがなし)：首里の国王様。
- うさぎゆん：ささげる。献上する。
- どぅく強(ちゅー)さぬ：あんまり強いので。
- あんさーに：それで。
- 女弟(ゐなぐうっとぅ)：妹。
- 殺(くる)すんでぃさしが：殺そうとしたが。
- 殺(くる)しゅーさびらんたん：殺すことは出来ませんでした。
- 按司(あじ):位階の名。大名。「王子(をーじ)」の次、「親方(ゑーかた)」の上に位する。
- 相中(えーちゅー)：同僚。仲間。
- 後(あとぅ)から後(あとぅ)：次から次。
- 後(あとぅ)ぬうじゅめー：あげくのはては。結局は。
- 害(げー)するっ人(ちゅ)：反抗する人。敵対する人。
- 御主加那志前(うすがなしーめー)：国王様。琉球王に対する敬称。
- もーさぎすん：告げ口する。密告する。
- ふぁんじ者(むん)：反逆者。
- ぼー：はかりごと。たくらんで、だますこと。
- 田(たー)ぶっくゎ：田んぼ。田のたくさんあるところを言う。
- ～をてぃ：で。

(40) 八重山ぬ赤馬

「石垣市宮良」

昔、宮良村ぬゑーだい人ぬ、川平から宮良までぃ帰ゆる途中をてぃ、潮ぬ引ちょーる名蔵湾歩ちょーみしぇーいに、海ぬ中から馬小ぬ、現りてぃっ来、ゑーだい人ぬくしから追ーてぃ来ゃーびたん。あんし、ちゃっさ追放てぃん追ーてぃ来ゃーびたん。

あんさーに、うぬゑーだい人ー、「神から御賜みそーちゃる物どぅやる」んでぃ思てぃ、大切に育てぃやびたん。

うぬ馬小や、見事に赤馬んかい成てぃ、っ人乗しーる場ねー、いぢ乗したんでぃぬ事やいびーん。

又っ人乗してぃ走ーえーする場ねー、手なかい持っちょーる、盃ぬ酒んいーけーらさん如、走ーえーすたんでぃぬ事やいびーん。

うぬ事ぬ、首里ぬ御主加那志前ぬ耳んかい入っち、首里から「うぬ馬ー、御主加那志前んかいうさぎり」でぃ言るる、言ー付きぬっ来無ーやびらん。

うぬ馬飼らとーる主ー、仕方ー無ーらんしが、うぬ馬首里かい贈い物さびたん。

やしが、首里をてー、うぬ赤馬ー、優りとーる馬ーあらん、誰ん手や、掛きゆーさん、ふぃんちゃー馬どぅ成いびたる。

御主加那志前や、くんじょー出じてぃ、宮良ぬ馬飼らゆる主呼び寄しーねー、ふぃるましー事、うぬ赤馬ー、あったに元ぬ優りとーる馬んかい成いびたん。

あんし、御主加那志前や、いっぺー嬉さしみそーちゃん。

やしが、うぬ事にちーてぃ、肝んふがんたる首里ぬゑーだい人ぬ達や、宮良ぬ馬飼らゆる主とぅ、うぬ馬殺ち取らすんち、馬上なかい落とぅし穴掘やびたん。

うぬ落とぅし穴ぬ事知っちょーる女ぬ、馬飼らゆる主んかい、うぬ事知らさびたん。うぬ女んでぃ言しぇー、馬飼らゆる主とー、いー仲やいびーたん。

なーちゃ、うぬ赤馬ー、見事にうぬ落とぅし穴飛ぬじ、馬上から走ーえー成いびたん。

御主加那志前や、いっぺーふぃるまさしみそーち、「うぬ馬ー、飼らとーる主んかい返すしぇー、増しやさ」んでぃ言みそーちゃん。

あんし、うぬ馬飼らとーる主とぅ馬ー、八重山かい帰さびたん。

やしが、うぬ優りとーる馬ー、音打っち、薩摩藩ぬ大名ぬ耳んかい入っち無ーやびらん。

あんし、うぬ馬ー、後ぬうじゅめー、薩摩かい添ーてぃ行かりーる如成いびたん。

やしが、うぬ馬乗したる船ー、大風んかいはっちゃかてぃ、平久保崎ぬ、とぅなかをぅてぃ、沈でぃ無ーやびらん。

赤馬ー、平久保崎までぃ泳じ着ちゃんでぃぬ事やいびーん。

あんし、うぬ赤馬ー、宮良村ぬ馬飼らとーたる主ぬ家とぅめーいどぅめーいっし、戻てぃ来ゃしが、いっぺー弱てぃ、けー死じゃんでぃぬ事やいびーん。

（終わい）／共通語訳144頁

語句の説明

- ゑーだい人：宮仕えの人。役人。
- をぅてぃ：で。
- くし：背中。うしろ。
- ちゃっさ：どれくらい（の数量・程度）。どれほど。
- 御賜みそーちゃる物：賜った物。
- い゙ゆん：すわる。
- い゙ち乗したん：すわって乗せた。
- 走ーえーすん：走る。「走ーえー成ゆん」とも言う。
- 〜なかい：に。
- いーけーらさん：こぼさない。
- 御主加那志前：国王様。
- うさぎゆん：押し上げる。ささげる。献上する。
- 言ー付き：言い付け。命令。
- 飼らゆん：（家畜など）やしなう。
- 贈い物すん：進物をする。贈り物をする。
- 掛きゆーさん：掛けきれない。
- ふぃんちゃー馬：暴れやすい馬。
- くんじょー出じゆん：怒る。立腹する。
- ふぃるましー事：不思議なこと。
- あったに：にわかに。不意に。
- いっぺー：たいそう。非常に。たいへん。
- 肝んふがん：満足しない。
- 馬上：馬場。
- い゙ー仲：いい仲。「い゙ー（'ii）の発音に注意。息を止めないで、いー（?ii）を言うと良い。声門閉鎖音（破裂音）にならないように言うためである」
- なーちゃ：翌日。
- 飛ぬじゅん：跳ねる。跳ねて飛ぶ。
- 音打ちゅん：評判が高い。遠方まで知られる。
- 後ぬうじゅめー：あげくの果ては。結局は。
- 大風：大風。あらし。暴風。
- はっちゃかゆん：出くわす。ぶつかる。
- とぅなか：沖の海。沖合い。
- とぅめーいどぅめーい：あちこち捜し求める様。
- けー：動詞につき、ちょっと…する。軽く…する。また、思い切って…する。…しちゃうなどの意を表す。
- けー死じゃん：死んじゃった。

（41） 張水ぬ神

「宮古島市平良」

昔、平良ぬ何処がなんでぃる家なかい、いっぺー清らさる女ん子ぬ、暮らちょーいびーたん。

あんし、うぬ女ん子ー、十四、五びけーん成たる歳に、かさぎてぃ無ーやびらん。女ぬ親ー、驚ち、「うぬっ子ー、誰っ子が。男ぬ親ー、誰やが」んでぃ言ち、問やびたん。

やしが、うぬ女ん子ー、「分かいびらん。いっぺー清ら二才ぬ、毎夜、我達家かい名ん言ん如、忍でぃめんそーち、何時ぬみーにがやら、我んねー、腸ぬまぎく成とーいびーん」でぃ言びたん。

うぬ女ん子ぬ二人ぬ親ー、心配しみそーち、「やーんかい、いっぺー長さる糸とぅ針渡すくとぅ、今度、うぬ男ぬっ来、帰ゆる時に、男ぬ、かたかしらんかい糸貫ちぇーる針するっとぅ刺ちょーけー」んでぃ言みしぇーびーたん。

あんし、うぬ夜、男ぬ来ゃくとぅ、二人ぬ親んかい言ったる通い、男ぬ帰いに、うぬ男ぬかたかしらんかい、するっとぅ糸貫ちぇーる針刺さびたん。

なーちゃぬすとぅみてぃ、二人ぬ親とぅまじゅーん、うぬ糸とぅめーいどぅめーいっし行じゃくとぅ、うぬ糸や、張水御嶽ぬがまぬ中なかい、入っちょーいびーたん。

がまぬ中ぬ奥見ちゃれー、頭んかい針ぬ刺さっとーるまぎ蛇ぬ、長ぼーいそーいびーたん。

女ん子ん、二人ぬ親ん、驚ち、家かい戻やびたん。

うぬ日ぬ夜、男ー、来ーんたしが、女ん子ー、夢見じゃびたん。あんし、「やーや、やがてぃ三人ぬ女童生すさ。うぬ童ぬ三ちぬ歳成いねー、ツカサヤーんでぃ呼ばっとーる張水御嶽かい添ーてぃ行けー」んでぃ言る夢やいびーたん。

あんし、生し月ぬっ来、うぬ女ん子ー、夢ぬ通い、三人ぬっ子生さびたん。

うぬ童ん達や、たったふどぅゐーてぃ、三ちぬ歳成たる日に、うぬ女ん子ー、又ん、「ツカサヤーかい添ーてぃ行き」んでぃ言る夢見じゃびたん。

あんし、うぬ女ん子ぬ、童ん達添ーてぃツカサヤーかい行じ見ちゃれー、んまんかえー、まぎ蛇ぬ居いびーたん。

やしが、うぬ童ん達や、何ん恐るさーさん如、蛇ぬ頭、胴体、うりから、じゅーんかい絡でぃ、遊どぅーいびーたん。

ふぃるましー事、やがてぃ、うぬ蛇や、

天(てぃぬ)んかい昇(ぬぶ)てぃ、童(わらび)ん達(ちゃー)や、がまぬ中(なーか)なかい入(い)っち、見(み)ーらん成(な)てぃ無(ね)ーやびらん。

あんし、うぬ童(わらび)ん達(ちゃー)や、島守(しままむ)ゆる神成(かみな)たんてぃぬ事(くとぅ)やいびーん。

(終(う)わい)／共通語訳145頁

語句の説明

- 何処(まー)がなんてぃる家(やー)：ある家。
- いっぺー：たいそう。非常に。たいへん。
- 女(ゐなぐ)ん子(ぐゎ)：女の子。娘。ことに未婚の若い女。
- あんし：そして。
- ～びけーん：ばかり。
- かさぎゆん：はらむ。みごもる。妊娠する。「かさぎてぃ無(ね)ーやびらん：妊娠してしまいました」
- やしが：だが。しかしながら。
- 二才(にーしぇー)：青年。
- 忍(しぬ)でぃめんそーち：忍んで来られ。
- 何時(いち)ぬみーにがやら：何時の間にであろうか。
- まぎさん：大きい。
- やー：おまえ。君。「何故か、やー（ʔjaa）の発音を難しく教えているようである。研究発表の場でも質問が出るが、よく考えてみると指導者に問題がある。五十音の、やー（'jaa）を言う時は、息を止めていない。しかし、ちょと息を止めて言うと、やー（ʔjaa）が発音できる」
- ～んかい：に。
- かたかしら：成人男子の髪型。
- するっとぅ：そっと。ひそかに。こっそり。
- なーちゃ：翌日。
- なーちゃぬすとぅみてぃ：翌日の朝。
- まじゅーん：一緒（に）。共（に）。
- とぅめーいどぅめーい：あちこち捜し求めるさま。
- がま：洞窟。ほら穴。
- まぎ蛇(じゃー)：大蛇。
- 長(なが)ぼーい：長々と寝ること。ねそべること。
- 生(な)し月(ぢち)：臨月。
- たった：次第に。
- ふどぅ：せたけ。せい。
- ゐーゆん：成長する。「ゐ（ʔwi）の発音について、五十音の子音である、ゐ（'wi）をいう時の要領で、つまり息を止めないで言っているが、口のかたちは同じで、ちょっと息を止めて、ゐ（'wi）を言うと、声門閉鎖音（破裂音）である、ゐ（ʔwi）が発音できる」
- たったふどぅゐーてぃ：次第に成長して。
- ～かい：へ。に。
- んまんかえー：そこには。「ん（ʔN）の発音は、音楽の先生方の中には、間違って指導をしている。ん（'N）と混同しているようである。んな（'Nna）（皆）と言うのを、ん（ʔNna）（うんこ）と言っているので、注意すること」
- うりから：それから。
- じゅー：尾。しっぽ。
- ふぃるましー事(くとぅ)：不思議なこと。
- やがてぃ：やがて。間もなく。
- 見(み)ーらん成(な)ゆん：姿が消える。（見えなくなる）

(42) 多幸山ぬふぇーれー

「恩納村山田・真栄田」

昔、沖縄ぬいり(西)むてぃぬ海端なーでぃー、にし(北)んかい向かてぃ歩ち、国頭かい向かゆる道ー、「西宿」んでぃ言ち、うりやか上てー無ーん往来ぬ、難しー所ぬ、あいびーたん。んまー、多幸山やいびーん。

多幸山ー、読谷山ぬ喜名から、恩納ぬ久良波ぬ間なかいあいびーん。

すとぅみてぃ、旅ぬっ人ぬ、首里から出じーねー、丁度多幸山近辺をてぃ、夕ゆっくぃちょーいびーたん。

あんさーに、旅ぬっ人ぬ達や、っ人ぬ家ぬ無ーん山道からー、急じ歩ちょーいびーたん。

あんし、多幸山ー、ふぇーれーぬ出じゆんでぃ言ち、いっぺー音打っちょーたくとぅ、くくりぬあるゑーだい人ぬ達や、夕ゆっくぃーるまーどぅ、喜名番所かい着ち、んまをてぃ、泊まてぃ、なーちゃぬすとぅみてぃ出じてぃ、多幸山通とーいびーたん。

あんさんてーまん、ふぇーれーぬ害や、逃ーららん事ぬ、多さいびーたん。

やくとぅ、公儀ー、ふぇーれーしじゅみゆんでぃ言ち、喜名ぬ「たかはんじゃー」んでぃ言るっ人んかい「ふぇーれーしじゅみてぃ取らし」んでぃ言ー付きやびたん。

うぬ「たかはんじゃー」や、勇み立っち、戦いる事んかい優りてぃ、音打っちょーるっ人やいびーたん。

「たかはんじゃー」や、三線弾ちゃがちー、多幸山通てぃ、嫌なふぇーれー小わくてぃ見じゃびたん。

やしが、うぬふぇーれーや、「たかはんじゃー」ぬ事ー、良ー知っちょーたくとぅ、しーからー出じてー来ゃーびらんたん。

あんさーに、或る女んかい頼てぃ、頭んかい荷物かみらち、多幸山歩かさびたん。

あんし、うぬ女ぬ、しーぬ下むてぃ通たいに、まぎ魚釣ぬ如ーる物ぬ、しーぬ上から下がてぃっ来、うぬ荷物引っ掛きてぃ無ーやびらん。

うぬふぇーれーが、「とー。今やさ」んでぃ言ち、うぬ荷物引ち揚ぎゆんでぃそーいに、うぬ女ぬ、頭んかいかみとーる荷物落とぅちゃくとぅ、うぬ荷物ぬ、どぅく重さぬ、しーぬ上んかい居たるふぇーれーや、しーぬ下んかい落てぃてぃ無ーやびらん。

うぬ際に「たかはんじゃー」が、うぬ

ふぇーれーとぅっかちみてぃ、しじゅみてぃ、うみなーく成(な)たんでぃ言(ゆ)る事(くとぅ)やいびーん。

うぬ女(ゐなご)ー、いっぺーやから者(むん)やたんでぃ言(ゆ)る事(くとぅ)やいびーん。何(ぬー)がどぅんやれー、頭(ちぶる)んかいかみとーたる荷物(にむちぇ)ー、砂(しな)ぬ入(い)っちょーる袋(ふくる)やたる風情(じ)やいびーん。

(終(う)わい)／共通語訳146頁

語句の説明

- ふぇーれー：追いはぎ。
- いり：西。
- 東(あがり)：東。
- にし：北。
- 南(ふぇー)：南。
- 〜んかい：に。
- 〜なかい：に。の中に。存在する場所を表わす。
- 〜かい：へ。に。
- いりむてぃ：西の方。西側。
- 〜なーでぃー：から。を通って。
- うりやか上(ゐー)てー：それ以上は。
- んま：そこ。「んまー：そこは」
- すとぅみてぃ：朝。
- をぅてぃ：で。「近辺(ちんぴん)をぅてぃ：近辺で」
- 夕(ゆー)ゆっくぃすん：(日を）暮れさせる。道中や仕事なかばなどで日が暮れる場合を言う。「夕(ゆー)ゆっくぃゆん：日が暮れる。とは違うので、使い方に注意」
- あんさーに：それで。
- あんし：そして。
- いっぺー：たいそう。非常に。たいへん。
- 音打(うとぅう)っちょーん：遠方まで知られている。評判になっている。
- 〜くとぅ：から。ので。理由を表わす。
- くくり：注意する心。用心。
- ゑーだい人(にん)：宮仕えの人。役人。
- くくりぬあるゑーだい人(にん)：注意心のある役人。「ゑ（ʔwe）の発音は、五十音の子音である、ゑ（'we）を、ちょっと息を止めて言うと良い。口のかたちは、ゑ（'we）を言う時のかたちと同じである」
- まーどぅ：前（に）。
- んまをぅてぃ：そこで。
- なーちゃ：翌日。
- あんさんてーまん：そうしても。
- やくとぅ：であるので。
- 公儀(くーじ)：王府。
- しじゅみゆん：片付ける。
- 〜がちー：ながら。
- 弾(ふぃ)ちゃがちー：弾きながら。
- わくゆん：おびき出す。
- しー：岩。
- かみゆん：頭の上にのせる。
- 荷物(にむち)かみらち：荷物を頭の上にのせてやる。
- まぎ魚釣(いゆじー)ぬ如(ぐとぅ)ーる物(むん)：大きな釣り針のようなもの。
- とー：さあ。それ。気合を入れる声。
- どぅく：あんまり。ひどく。
- どぅく重(んぶ)さぬ：あんまり重いので。
- とぅっかちみゆん：とっ捕まえる。
- うみなーく成(な)ゆん：心配がなくなる。
- やから者(むん)：力持ち。
- 何(ぬー)がどぅんやれー：何となれば。
- 風情(ふーじ)：ようす。のような。
- 袋(ふくる)やたる風情(ふーじ)やいびーん：袋だったようです。

(43) 屋良無漏池ぬ『餌食』

「嘉手納町屋良」

昔、七月ぬ間、ひゃーぬあいびーたん。うぬ後、今度ー、七月ぬ間雨ぬ降てぃ、作い物ー、諸腐りやびたん。又、ふーちぬふぇーてぃ、多くっ人ぬ、まーしみそーちゃんでぃ言る事やいびーん。

此ぬ事ー、屋良無漏池なかい居るまぎ蛇んかい、『餌食』うさぎらん故に、「何がなぬ、あらべーあらに」んでぃ言っとーいびーたん。

あんさーに、公儀ー、「辰年ぬ辰ぬ日に生まりたる二十成いる女ん子ぬ、『餌食』成いる者ぬ居らー、うぬ家人衆ー、生ちみとぅとぅーみ見ー考ーすん」でぃ言ち、書ちぇーる高札立てぃやびたん。

運ぬ、悪さいびーてーさ。屋良村ぬゑーきん人ぬ女ん子ー、此ぬ高札なかい書ちぇーる事んかい当たとーいびーたん。

やしが、うぬゑーきん人ー、村ぬっ人ぬ達ぬ、『餌食』ぬ事、ちゃっさ頼でぃん合点ーさびらんたん。

丁度うぬ頃、首里から屋良村かい移てぃ、暮らちょーる目ぬ悪さる男ぬ親とぅ、女ん子ぬ居いびーたん。

うぬ女ん子ん、辰ぬ日に生まりてぃ、二十成とーいびーたん。

高札見ちゃるうぬ女ん子ー、「目ぬ悪さる男ぬ親、見ー考ーし呉ーるむんやれー、増しやさ」んでぃ思やびたん。

あんし、親んかえー、高札なかい書ちぇーる事ー、言ん如っし、『餌食』さってぃん済むんでぃ言る事、申し出じやびたん。

『餌食』うさぎーる日に、村ぬ神ん人ぬ、屋良無漏池をぅてぃ、集まてぃ、拝みぬ終わいねー、うぬ女ん子ー、くむいぬ崖んかい立たさりやびたん。

あんさくとぅ、平生や、静かな無漏池やるむんぬ、んまんかい、あったに風ぬ吹ち無ーやびらん。

水ぬ上辺んかい、だてーん水ぬ、巻ち、うぬ中からまぎ蛇ぬ現わりやびたん。あんし、うぬまぎ蛇ぬ、だてーん口開きてぃ、女ん子飲み込むんでぃさくとぅ、ピカみかち、うぬまぎ蛇ぬ頭んかい、的当てぃてぃ、雷ぬ落てぃてぃ無ーやびらん。

あきさみよー。「あね」でぃ言る間なかい、うぬまぎ蛇や、見ーらん成てぃ無ーやびらん。

あんさくとぅ、今までぃ降い続ちょーた

る雨ー、晴りてぃ無ーやびらん。

あんし、雲ん無ーん成てぃ、てぃーだん照やびたん。

女ん子ぬ親思ゆる心地ー、まぎ蛇までぃしじゅみてぃ、国ん救たんでぃ言る事やいびーん。

あんさーに、うぬ女ん子とぅ男ぬ親ー、公儀から、ちゃっさん褒美いーてぃ、幸ーに暮らちゃんでぃぬ事やいびーん。

（終わい）／共通語訳147頁

語句の説明

- 餌食：「いけにえ」のことを玉城朝薫作の組踊五番「孝行之巻」の台詞から引用して使った。
- 間：間。「ゑ（ʔwe）の発音については、（42）多幸山ぬふぇーれーの語句の説明を参照」
- ひゃーい：日照り。旱魃。
- 作い物：作物。農作物。
- ふーち：流行病。
- ふぇーゆん：はやる。流行する。
- ふーちぬふぇーゆん：伝染病が流行る。
- まーすん：死ぬ。なくなる。
- ～なかい：に。の中に。存在する場所を表わす。
- まぎ蛇：大蛇。
- ～んかい：に。
- うさぎゆん：押し上げる。ささげる。さし上げる。献上する。
- うさぎらん故に：ささげないせいで。
- あらび：祟り。また、祟りの前兆。
- 何がなぬ、あらべーあらに：何かの祟りの警告ではないか。
- 公儀：王府。官府。
- 女ん子：女の子。娘。ことに未婚の若い女。
- 生ちみとぅとぅーみ：生きている限り。一生。
- 見ー考ーすん：世話する。
- 高札：昔、禁制や法度などのむねを記して路傍に高く立てたもの。時には禁止ばかりでなく、一般に告知する内容のものもあったであろう。
- ゑーきん人：金持ち。
- ちゃっさ：どれくらい（の数量・程度）。どれほど。
- 神ん人：神に仕える人。
- をてぃ：で。
- くむい：池。沼。自然のもの・人口の溜池のどちらをも言う。
- あんさくとぅ：そうしたら。
- 平生：平常。ふだん。
- んま：そこ。
- あったに：にわかに。不意に。
- だてーん：大きく。大いに。うんと。
- ～くとぅ：から。ので。理由を表わす。
- ～みかすん：擬声語・擬態語につき、……という、……という音を立てるの意を表す。「ひやみかすん：えいっという」など。
- あね：ほら。それ。
- てぃーだ：太陽。お日さま。
- しじゅみゆん：片付ける。
- ちゃっさん：いくらでも。無制限に。
- いーゆん：もらう。

(44) 平安座『はったらー』

「うるま市与那城平安座」

昔、平安座なかい、平安座『はったらー』んでぃ言るやから者ぬ、居いびーたん。

或る日ぬ事やいびーん。

首里ぬ武士ぬ、『はったらー』とぅ勝負すんでぃ言ち、平安座かい行ちゃびたん。

うぬ武士ぬ、『はったらー』家訪にてぃ来ゃーびたん。あんし、『はったらー』ぬ女弟ぬ、出じてぃっ来、「『はったらー』や、今ー、海かい行じょーいびーん。本ぬいちゅた待っちょーる間なかい、戻てぃ来ゅーくとぅ、一時ー、憩とーちみそーれー」んでぃ言ち、ぬしきてぃ呉たる煙草盆ー、二トン余いぬ石彫てぃ作らっとーいびーたん。

うぬ煙草盆女弟ぬ、軽々とぅ持っちっ来、出じゃちゃくとぅ、うぬ首里ぬ武士ー、いっぺー驚ち、急じ首里かいふぃんぎゆんねーっし、帰てぃ無ーやびらん。

うぬ話聞ちゃる首里ぬ力持ちぬ達や、「何、うぬあたいぬ事ー、四、五人さーに、ばんみかしーねー、何んあらんさ」んでぃ言ち、『はったらー』家訪にやびたん。

『はったらー』や、「あんやみ。あんやれー、受きてぃ見じゅさ」んでぃ言ち、力勝負ぬ始まてぃ無ーやびらん。

うぬ勝負ー、まぎ石持ち上ぎゆんでぃ言る事やいびーたん。

あんしが、首里ぬ力持ちぬ達や、四、五人かかてぃん、うぬ石ー、動かしゅーさびらんたん。

『はったらー』や、「ちゃーる場が。うっぴ小ん成らん場い」んでぃ言ち、うぬ石軽々とぅ持ち上ぎてぃ、「うーん」でぃ言ち、八百メーター先んかいある海までぃ、投ぎ飛ばち無ーやびらん。

うり見ちょーたる首里ぬ力持ちぬ達や、「あきさみよー。うりんかえー、ちゃぬ如っしん敵ーん」でぃ言ち、詫びし帰やびたん。

『はったらー』や、唐船ぬ船頭そーたしが、或る渡海をてぃ、大風んかいはっちゃかてぃ、居らん成たんでぃ言らっとーいびーん。

やしが、『はったらー』や、いっぺー三線好ちやたくとぅ、うぬ三線ん抱ち、うぬまま浜んかい打ち上ぎらっとーたんでぃぬ事やいびーん。

（終わい）／共通語訳148頁

語句の説明

- 〜なかい：に。の中に。存在する場所を表す。
- やから者（むん）：力持ち。力のある人。また、しっかり者。働きのある人。
- 〜かい：へ。に。目的地を示し場所を表す語につく。「沖縄（うちなー）かい行（い）ちゅん：沖縄へ行く」
- 女弟（ゐなぐうっとぅ）：妹。
- 本（ふん）ぬ：本当。本当に。
- いちゅた：しばらくの間。
- 本（ふん）ぬいちゅた待（ま）っちょーる間（えーだ）なかい：ほんのちょっと待っている間に。
- 憩（ゆく）ゆん：休む。休息する。いこう。
- 憩（ゆく）とーちみそーれー：休んでいてください。
- ぬしきゆん：差し出す。ちょっと出す。
- うぬ：その。
- 〜くとぅ：から。ので。理由を表わす。
- いっぺー：たいそう。非常に。たいへん。
- ふぃんぎゆん：逃げる。
- 〜ねー：（〜する）ように。「ふぃんぎゆんねーっし：逃げるようにして」
- うぬあたいぬ事（くとぅ）：それぐらいのこと。
- 〜さーに：で。「五人（ぐにん）さーに：五人で」
- 〜みかすん：擬声語・擬態語につき、……という、……という音を立てるの意を表す。「ひやみかすん：えいっと言う」など。
- ばんみかすん：ばんとくらわす。やっつける。
- あんやみ：そうであるか。
- あんやれー：そうならば。
- 〜ゆーすん：〜することが出来る。
- 動（んじゅ）かしゆーさびらんたん：動かすことが出来ませんでした。
- ちゃーる場（ばー）が：どういうわけか。
- うっぴ小（ぐゎー）：それっぽち。それっぱかり（の量・大きさ）。
- 成（な）らん：できない。
- 場（ばー）：場合。折。時。わけ。理由。「ちゃーる場が：どういうわけか」
- 〜い゙：か。疑問の助詞。
- うり：それ。
- 〜んかい：に。
- ちゃぬ如（ぐとぅ）っしん：どういうふうにしても。
- 唐船（とーしん）：唐船。中国から来る船。
- 船頭（しんどー）：船長。
- 渡海（とぅけー）：航海。海を渡ること。
- 〜をぅてぃ：で。「近辺（ちんぴん）をぅてぃ：近辺で」
- はっちゃかゆん：出くわす。ぶつかる。
- やしが：だが。しかしながら。
- うぬまま：そのまま。

(45) 津堅ぬまーたんこーぬ謂り

「うるま市勝連津堅」

昔、津堅ぬ海なかい、七ちぬ頭持っちょーる鰻ぬ、暮らちょーたんてぃぬ事やいびーん。

うぬ鰻ー、霜月十四日成いねー、海から上がてぃっ来、っ人一人食まん間ー、村中荒らち、海んかえー、帰てー行かんたる風情やいびーん。いっぺー嫌ないちむしやたんてぃぬ事やいびーん。

今年ん、霜月ぬ近く成てぃ、村ぬっ人ぬ達や、「村荒らすしぇー、なー、済むん。仕方ー無ーんくとぅ、籤引っし、うぬ嫌な鰻ぬ餌食成いるっ人選てぃ、置ちょーちゅしぇー、増しぇーあらに」んてぃ言ち、十月十三日にニンギ浜をてぃ、村ぬっ人ぬ達や、集まてぃ籤引さびたん。

あんし、うりんかい当たたるっ人ー、十七、八成いる女ん子やいびーたん。

女ん子ぬ家人衆ー、なー、いっぺー、なちかしく成てぃ、うぬ日から泣ち暮らちょーいびーたん。

御蔵里之子ー、何処がなかいめんしぇーる道中やいびーたん。丁度、うぬ女ん子ぬ家ぬにー通てぃ、「何んでぃち、あんし泣ちゅが」んてぃ言みそーち、問やびたん。

あんさくとぅ、うぬ女ん子ぬ家人衆ー、「此ぬ女ん子ー、七ちぬ頭持っちょーる鰻ぬ、餌食成いる籤当たてぃ無ーやびらん」てぃ言ち、返答さびたん。

あんし、うぬ御蔵里之子ー、「あきさみよー。餌食成いる場い。あんしぇー、我ーが、うぬ嫌な鰻しじゅみてぃ取らすさ。村中から酒集みてぃ、うり七ちぬ瓶なかい入ってぃ、うぬ鰻ぬ通ゆる道んかい置ちきとーけー。あんし、うぬ上んかいやっくゎ構ち、んまんかい女ん子立たちょーけー」んてぃ言びたん。

あんし、村ぬっ人ぬ達や、言ったる通い、しこーてぃ待っちょーいびーたん。

やがてぃ、海からうぬ鰻ぬ現りてぃ来ゃーびたん。

七ちぬ瓶んかい映とーるうぬ女ん子ぬ姿見ち、うぬ鰻ー、直ぐ七ちぬ瓶なかい頭押しんち、うぬ瓶なかい入っちょーる酒、あるうっさ飲み込でぃ、ゐーてぃ無ーやびらん。

とー。うぬ際に、御蔵里之子ー、太刀抜じ、うぬ鰻ぬ七ちぬ首うし切っち、しじゅみたんでぃぬ事やいびーん。

うぬ後から、津堅をぅてー、御蔵里之子敬てぃ、沖縄暦ぬ霜月十四日ー、「まーたんこー」んでぃ言る祭りぬ、始またんでぃぬ事やいびーん。

「御蔵里之子ぬ如っし、立ち勝ゆるっ人成りよー」んでぃ言る事やいびーん。又、「まーたんこー」んでぃ言しぇー、「又科んかい掛かりよー」んでぃ言るちむえーとぅっし、伝ーらっとーんでぃぬ事やいびーん。

（終わい）／共通語訳149頁

語句の説明

- 謂り：いわれ。由来。
- 〜なかい：に。の中に。
- 霜月：11月。
- 行かんたる風情やいびーん：行かなかったようです。
- いっぺー：たいそう。非常に。たいへん。
- いちむし：けだもの。
- 〜くとぅ：から。ので。
- 餌食：「いけにえ」のことを玉城朝薫作の組踊五番「孝行之巻」の台詞から引用して使った。
- 女ん子：女の子。娘。
- 家人衆：家族数。家族。
- なちかさん：悲しい。
- 里之子：位階の名。脇地頭（一村の領主）になりうる士族の位階。
- 何処がな：どこか。
- めんしぇーん：いらっしゃる。おいでになる。居る･行く･来るの敬語。
- うぬ：その。
- 家ぬにー：家の側。
- しじゅみゆん:片付ける。整頓する。
- やっくゎ:やぐら。「やっくゎ構ちゅん：やぐらを組み立てる」
- んまんかい：そこへ。
- しこーゆん：用意する。準備する。
- しこーてぃ待っちょーいびーたん：準備して待っておりました。
- やがてぃ：やがて。間もなく。
- 押しんちゅん:押し込む。突っ込む。
- あるうっさ：あるだけ。ある限り。
- ゐーゆん：酒・船などに酔う。
- ゐーてぃ無ーやびらん：酔ってしまいました。
- とー:さあ。それ。気合を入れる声。
- うし切ゆん:押し切る。ちょん切る。
- 沖縄暦：旧暦。
- 立ち勝ゆん:たちまさる。すぐれる。
- 科：士族男子の受ける文官試験の第一次試験を言う。士族の中でも、身分によって受験資格が違っていた。合格はなかなか難しく、初めての受験で合格する者はいたって少なかった。「科」に合格すれば「再科」を受ける。
- 又科んかい掛かりよー：また科に受かってね。
- ちむえー：意味。わけ。理由。

(46)(しじゅーるく) 風(かじ)まやーぬ始(はじ)まい

「うるま市」

かーま大昔(うふんかし)、天(てぃぬ)んかいいちゃゆるあたいぬ、まぎ木(ぎー)ぬあいびーたん。

天(てぃん)ぬ神(かみ)ぬ、うぬ木伝(きーちた)わてぃ降(う)りてぃっ来(ち)、地見(ぢーんー)ちゃれー、んまんかえー、やふぁらさるい゙ーんちゃぬ、多(うほー)くあいびーたん。

あんし、うぬ神(かめ)ー、うぬんちゃさーに、人間(にんじん)ぬ形(かたち)創(ちゅく)てぃ、息(いーち)吹(ふ)ち込(く)でぃ、命(ぬち)入(い)りゆんでぃそーいびーたん。

うぬ神(かみ)ぬ、んちゃさーに、六(むー)ちぬ人(にん)形(じょー)創(ちゅく)い終(う)わたしぇー、なー、夕(ゆ)さんでぃ成(な)とーいびーたん。

あんさーに、うぬ神(かめ)ー、「夕(ゆ)さんでぃ成(な)てぃから、うぬ人形(にんじょー)んかい命(ぬち)入りゆしぇー、増(ま)しぇーあらん。すとぅみてぃ、潮(うす)ぬ満(み)ちゅる時分(じぶん)に、命入(ぬちい)りらんどぅんあれー成(な)らん」でぃ言(い)ち、天(てぃぬ)んかい昇(ぬぶ)てぃ行(い)ちゃびたん。

なーちゃぬすとぅみてぃ、うぬ神(かみ)ぬ、天(てぃん)から降(う)りてぃっ来(ち)、昨日(ちぬー)、創(ちゅく)たる人形(にんじょー)見(んー)ちゃれー、うぬ人形(にんじょー)や、壊(くー)さっとーいびーたん。

あんし、うぬ神(かめ)ー、なー一回(ちゅけーん)、んちゃさーに、六(むー)ちぬ人形(にんじょー)創(ちゅく)やびたん。

やしが、創(ちゅく)い終(う)わいねー、又(また)ん、夕(ゆ)さんでぃ成(な)てぃ無(ね)ーやびらん。

うぬ神(かめ)ー、今度(くんど)ん、人形(にんじょー)んかい命(ぬちぇ)ー、入(い)りらん如(ぐとぅ)天(てぃぬ)んかい昇(ぬぶ)てぃ行(い)ちゃびたん。

うぬ後(あとぅ)、三日目(みっかみー)に、うぬ神(かみ)ぬ、天(てぃん)から降(う)りてぃっ来(ち)、人形見(にんじょーんー)ちゃれー、又(また)ん、あるうっさ壊(くー)さっとーいびーたん。

天(てぃん)ぬ神(かめ)ー、強(しただ)かくんじょー出(ん)じてぃ、今度(くんど)ー、六(むー)ちぬ人形(にんじょー)創(ちゅく)てぃ後(あとぅ)、番(ばーん)そーいびーたん。

真夜中(まゆなか)に、あったに、地(ぢー)ぬ二(たー)ちんかい割(わ)りてぃ、白髪頭(しらぎちぶる)ぬ神(かみ)ぬ、現(あらわ)りてぃ、うぬ六(むー)ちぬ人形(にんじょー)壊(くー)すんでぃさびたん。

あんさくとぅ、天(てぃん)ぬ神(かめ)ー、あびてぃ、「待(ま)てぃ。待(ま)てぃ。我(わ)ーが創(ちゅく)てーし壊(くー)すな」んでぃ言(や)びたん。

うぬ白髪頭(しらぎちぶる)ぬ神(かみ)ぬ、「我(わ)んねー、地(ぢー)ぬ神(かみ)どぅやる。我(わ)んにんかい断(くとぅわ)らん如(ぐとぅ)、此(く)ぬんちゃさーに物創(むぬちゅく)てーしぇー、やーどぅやるい゙」んでぃ言(や)びたん。

あんし、天(てぃん)ぬ神(かめ)ー、「え゙ー、あんやみ。うれー、我(わ)ーが悪(わっ)さたん。我(わ)んねー、人間創(にんじんちゅく)ゆんちどぅやる。あんしぇー、御無礼(ぐぶりー)やしが、此(く)ぬんちゃ、百年(ひゃくにん)ぬ間借(ゑーだか)らち呉(くぃ)らんがやー」んでぃ言(や)びたん。

天(てぃん)ぬ神(かめ)ー、地(ぢー)ぬ神(かみ)んかい頼(たる)でぃ、うぬんちゃ借(か)てぃ、六(むー)ちぬ人形創(にんじょーちゅく)やびたん。

あんし、すとぅみてぃ成(な)いねー、六(むー)ちぬ人形(にんじょー)んかい命吹(ぬちふ)ち込(く)まびたん。

六ちぬ人形や、っ人成いびたん。あんしから、三組ぬ夫婦成てぃ、人間ぬ世ぬ始まいびたん。

人間ぬたった多く成たくとぅ、天ぬ神ー、嬉さそーいびーたん。

うぬ頃、地ぬ神ぬ、九十七年目にっ来、「なー、約束さる日成とーくとぅ、今日、うぬ地返ち取らし」んでぃ言びたん。

あんさくとぅ、天ぬ神ー、「なーだ、百年ー、余てー無ーんえーさに。何んち、地返しんでぃ言が」んでぃ返答さびたん。

地ぬ神ー、「あらん。ゆん月ぬ三年分あくとぅ、今日や、丁度百年目成とーん。あんすくとぅ、今日、うぬ地返ち取らし」んでぃ言びたん。

やしが、うぬ時ー、なーだ童ん居い、若さる人間ん居いびーたん。

あんすくとぅ、天ぬ神ー、地ぬ神とぅ、ちゅーごーっし、九十七年余い生ちち来ゃる人間んかえー、風まやー待たち、生まりてぃちゃーきぬ、童ぬ、ねーびしみーる如成たんでぃぬ事やいびーん。

（終わい）／共通語訳149頁

語句の説明

- 風まやー：風車。
- かーま：遠方。遠く。
- 〜んかい：に。
- いちゃゆるあたい：届くほど。
- まぎ木：大きな木。
- うぬ：その。
- やふぁらさん：柔らかい。
- いーんちゃ：よい土。
- 〜さーに：で。
- 夕さんでぃ：夕方。夕暮れ。
- 命入りらんどぅんあれー成らん：命を入れなければならない。
- なーちゃぬすとぅみてぃ：翌日の朝。
- あるうっさ：あるだけ。ある限り。全部（の数量）。
- くんじょー出じゆん：怒る。立腹する。
- 番：番すること。また、番人。
- あったに：にわかに。突然。
- あびゆん：叫ぶ。大声で呼ぶ。また、わめく。怒鳴る。
- やー：おまえ。きみ。
- たった：たびたび。次第に。
- 〜えーさに：〜はしないか。「余てー無ーんえーさに：余ってないではないか」
- ゆん月：閏月。
- なーだ：まだ。いまだ。
- やしが：だが。しかしながら。
- あんすくとぅ：それだから。だから。
- ちゅーごー：協議。示し合わせること。
- ちゃーき：すぐ。じき。
- ねーび：まね。
- ねーびしみーる如成たん：真似をさせるようになった。

(47) 十二支ぬ謂り

「うるま市」

十二支んでぃ言ーねー、子、丑、寅、卯、辰、巳、午、未、申、酉、戌、亥ぬ十二あしが、此りんかえー、ゐーりきさる御話ぬあいびーん。

昔、唐ぬ神ぬ、「暦ー、月ぬ、十二あくとぅ、でぃー、うぬ十二ぬ神創てぃ見だな」んでぃ言ち、ゑんちゅ呼でぃ、ちゅーごーさびたん。

あんし、うぬ神ー、「我ーにーんかい先成てぃ来ゃしから、十二ぬ月ぬ神創いくとぅ、生ち物ぬ達んかい、何時ぬ何日ねー、我ーにーんかい来ーよー」んでぃ言ち、ゑんちゅんかい伝ーやびたん。

うぬゑんちょー、生ち物ぬ達んかい、神から言ったる通い伝ーやびたん。やしが、まやーんかえー、わじゃっとぅ、ゆくしむにーし、ふぁっちー遅らちゃる日伝ーやびたん。

あんし、うぬゑんちょー、どぅーや楽すんち、牛んかい、「やーや、歩ちゅしぇー、にーさくとぅ、2〜3日前から歩ち行かんどぅんあれー成らんさ」んでぃ言ち、するっとぅ牛んかい乗てぃ行ちゃびたん。

うぬ牛ー、一番成ゆんち、2〜3日前から歩ち行じ、神ぬ家ぬ前をぅてぃ、揃ゆる日ぬ、来ゅーし待っちょーいびーたん。

あんし、うぬ日ぬっ来、神ぬ、はしる開きゆしとぅまじゅん、牛ぬ腰むてぃんかい隠とーたるゑんちゅぬ飛ん出てぃ、牛ぬ前んかい並でぃ無ーやびらん。

あんすくとぅ、うぬゑんちょー、一番成たるちむえーやいびーん。あんし嫌なだくまーやいびーるやー。

あんさーに、牛ー、二番成てぃ、虎ー、三番。うりから、四番ー、兎。五番ー、竜。六番ー、蛇。七番ー、馬。八番ー、めーなーふぃーじゃー。九番ー、猿。十番ー、鳥。十一番ー、犬。十二番ー、やまししやたんでぃぬ事やいびーん。

まやーや、ふぁっちー遅りてぃ行じゃくとぅ、神んかい、「うぬ勝負ー、昨日をぅてぃ終わたん。やーや、十二ぬ神んかえー、入りらん」でぃ言らってぃ無ーやびらん。

あんさーに、まやーや、ゑんちゅんかい、ぬがったくとぅ、腸むげーてぃ、「やー如ーる物、ぬがーらちぇー置かん」でぃ言ち、うぬ日から、まやーや、ゑんちゅみっくゎさっし、どぅーぬっ子孫(くゎんまが)んかいん、「我達(わったー)や、ゑんちゅぬ故(ゆい)に十二(じゅーに)ぬ神(かみ)んかえー、入(い)りららんたん。ゑんちゅ見(んー)じーねー、直(し)ぐ殺(くる)ち食(くゎ)でぃ取(と)らし」んでぃ言(い)ち、習(なら)ーさびたん。あんすくとぅ、まやーや、ゑんちゅ見(んー)じーねー、追(う)ーてぃ食(くゎ)いる如(ぐとぅ)成(な)たんでぃぬ事(くとぅ)やいびーん。

（終(う)わい）／共通語訳150頁

語句の説明

- 謂(いわ)り：いわれ。由来。
- ゐーりきさん：面白い。楽しい。
- ゐーりきさる御(う)話(はなし)：面白いお話。
- 唐(とー)：中国。沖縄では中国をいつも唐と呼んだ。
- 〜くとぅ:から。ので。理由を表わす。
- 〜んでぃ言(い)ち：〜と言って。
- でぃー：いざ。さあ。目下に対し誘いかける語。目上には「でぃーさい」などと言う。
- うぬ：その。
- ゑんちゅ：ねずみ。
- ちゅーごー：協議。示し合わせること。
- 我(わ)ーにー：私の側。
- 生(い)ち物(むん)：生き物。動物。
- 〜んかい：に。「我(わ)ーにーんかい来(く)ーよー：私の側に来てね」
- まやー：猫。
- わじゃっとぅ：わざと。故意に。
- ゆくしむぬにー：うそ。
- ゆくしむにーすん：うそをつく。
- ふぃっちー：一日。
- やー：おまえ。君。
- にーさん：遅い。のろい。
- 歩(あっ)ち行(い)かんどぅんあれー成(な)らん：歩いて行かなければならない。
- するっとぅ：そっと。ひそかに。こっそり。
- 〜をぅてぃ：で。
- はしる：雨戸。くり戸。
- まじゅん：一緒（に)。共（に)。
- 開(あ)きーしとぅまじゅん:開けると共に。
- 腰(くし)：背中。背。また、腰。腰及び背中全体。
- むてぃ：方。方向。側。
- 牛(うし)ぬくしむてぃんかい：牛の後側に。
- あんすくとぅ：それだから。だから。
- ちむえー：意味。訳。理由。
- 嫌(や)なだくまー：悪知恵のある者。
- あんし：①（副詞）そんなに。それほど。また、微妙な感動の意を表して用いる。なんと。②（接続）そうして。そして。それから。
- あんし嫌(や)なだくまーやいびーる：なんと悪知恵のある者でしょう。
- めーなーふぃーじゃー：綿羊。羊。
- やましし：猪。
- ぬじゅん：だます。
- ゑんちゅんかいぬがったくとぅ：ねずみにだまされたので。
- 腸(わた)むげーゆん：腹が煮え繰り返る。非常に立腹する。
- やー如(ぐとぅ)ーる物(むん)：おまえごとき物。
- ぬがーらすん:開放する。許してやる。
- ぬがーらちぇー置(う)かん：許しておかない。
- みっくゎさん：憎い。
- どぅー：体。自分。

(48)(しじゅーはち) 若水(わかみじ)ぬ謂(いわ)り

昔(んかし)、年(とぅし)ぬ夜(ゆる)に、物乞(むぬく)ーやーぬ如(ぐとぅ)っし衣着(ちんち)ちょーるたんめーが、はる道小(みちぐゎー)から歩(あっ)ちょーる間(あーだ)なかい、夕(ゆー)ゆっくゎち無(ね)ーやびらん。

なー、此(く)れー、じゃーふぇー成(な)とーさやーんでぃ思(うむ)とーいねー、明(あか)がいぬ一(てぃー)ち見(み)ーやびたん。

あんし、うぬ家(やー)かい行(ん)じ見(んー)ちゃれー、立派(りっぱ)な門(じょー)成(な)てぃ、うぬ門(じょー)んかえー、正月(そーぐゎち)に飾(かじゃ)いる縄(なー)ぬ、掛(か)きらっとーいびーたん。

うぬたんめーや、「来(ち)ゃーびらさい。なー、夕(ゆー)ゆっくゎてぃ、此(く)りから後(あとぅ)ぬ村(むら)までー、行(い)ちゅーさんくとぅ、一夜(ちゅゆる)ー、泊(とぅ)みてぃ呉(くぃ)みそーれー」んでぃ言(い)ち、御願(うにげ)ーさびたん。

あんし、うぬ家(やー)から、ばーが出(ん)じてぃっ来(ち)、うぬ物乞(むぬく)ーやーぬ如(ぐとぅ)ーるたんめーんかい、「思(うま)ーらん者(むん)やっさー。今只今(なまたでーま)、此(く)ぬ屋敷(やしち)から出(ん)じてぃ行(い)き」んでぃ言(い)ち、わじゃんかーそーいびーたん。

あんさくとぅ、うぬ物乞(むぬく)ーやーぬ如(ぐとぅ)ーるたんめーや、「我(わ)んねー、すとぅみてぃから何(ぬー)ん食(か)でー無(ね)ーやびらん。何(ぬー)やてぃん済(し)むくとぅ、食(か)むしぇー無(ね)ーやびらんがやー」んでぃ言(い)ち、問(とぅー)やびたん。

やしが、うぬかまじし喰(く)ーとーるばーんかい、まーす撒(ま)ち放(ほー)らってぃ、断(くとぅわ)らってぃ無(ね)ーやびらん。

仕方(しかた)ー無(ね)ーん。んまから出(ん)じてぃ、いちゅたー歩(あっ)ちょーいびーたん。

あんさくとぅ、又(また)ん、明(あか)がい小(ぐゎー)ぬ見(み)ーやびたん。

うぬ家(やー)や、小(くー)さんあい、貧相者(ふぇんすーむん)ぬ暮(く)らちょーる家(やー)ぬ如(ぐとぅ)どぅあたしが、いっぺー肝持(ちむむ)ち者(むん)ぬんめー、たんめーが、めんしぇーびーたん。

う粥(けー)とぅ、んな汁(しる)ぬどぅあたしが、なー、いっぺー立派(りっぱ)な御取(うとぅ)い持(む)ちっし呉(くぃ)みそーち、有(あ)り難(がて)ー事(くとぅ)やんでぃ思(うむ)やびたん。

うーどー、藁(わら)さーに作(ちゅく)てーる被(か)んじ物(むん)やいびーたん。

冷(ふぃ)ーさしみてー成(な)らんでぃ言(い)ち、うぬ家(やー)ぬんめーや、夜(ゆ)ながた起(う)きてぃ、火(ふぃー)燃(め)ーち、温(ぬく)たみてぃ呉(くぃ)みしぇーびーたん。

なーちゃぬすとぅみてぃ、うぬ家(やー)んかい泊(とぅ)まとーたるたんめーや、「元日(ぐゎんじち)ぬ夜(ゆー)ぬ明(あ)きらんまーどぅ、ちゃー使(ちか)とーる泉(いじゅん)から新(みー)さる水飲(みじぬ)でぃ、うぬ水(みじ)さーに面洗(ちらあら)てぃ、仏壇(ぶちだぬ)んかい御茶湯(うちゃとぅー)うさぎみそーれー。又(また)、うぬ水(みじ)さーに面洗(ちらあら)みそーれー」んでぃ言(い)ち、ちゅーちゃん居(をぅ)らん成てぃ無ーやびらん。

うぬ家ぬんめーや、泉から水汲でぃっ来、たんめーとぅまじゅーん面洗てぃ、うぬ水飲だくとぅ、ちゅーちゃん若返てぃ無ーやびらん。

うぬ家ぬんめー、たんめーや、年頭回いしーが出じてぃ、ゑーきん人ぬ家かい行じ、挨拶さびたん。

見ーばっぺーするあたい若く成とーたくとぅ、ゑーきん人ぬ家ぬばーや、驚ち、何んちあんし若返とーがんでぃ言ち、問とーいびーたん。

あんし、うぬゑーきん人ー、どぅーぬ使ー者んかい言ー付きてぃ、うぬ物乞ーやーぬ如ーるたんめー、とぅめーらさびたん。あんし、見ー当てぃてぃ、無理に添ーてぃっ来、泊まらさびたん。

やしが、なーちゃぬすとぅみてー、正月二日成てぃ、若水ぬちむえーや、無ーん成てぃ、うぬゑーきん人ぬ家人衆ー、皆年寄い成たんでぃぬ事やいびーん。

（終わい）／共通語訳151頁

語句の説明

- 物乞ーやー：乞食。
- たんめー：おじいさん。
- 夕ゆっくぃすん：（日を）暮れさせる。道中や仕事なかばなどで日が暮れる場合を言う。「夕ゆっくぃゆん：日が暮れる。とは違うので、使い方に注意」
- じゃーふぇー成ゆん：しまつにおえなくなる。
- 明がい：あかり。燈火。
- ばー：叔母さん。
- すとぅみてぃ：朝。
- 行ちゅーさんくとぅ：行くことが出来ないので。
- 思ーらん者：心外な者。けしからぬ者。
- わじゃんかーそーん：しかめっ面をしている。
- かまじし喰ーゆん：苦虫をかみつぶしたように、無愛想にしている。
- まーす：塩。食塩。
- んま：そこ。そっち。そちら。
- いちゅたー：ちょっと。しばらく。
- いっぺー：たいそう。非常に。
- 肝持ち者：温かい心の持ち主。人情のある人。
- んな汁：実のないおつゆ。
- 御取い持ち：おもてなし。
- うーどぅ：布団。「うーどぅー：布団は」
- 夜ながた：終夜。一晩中。
- なーちゃ：翌日。
- ～まーどぅ：前（に）。
- ちゃー：いつも。常に。
- うさぎゆん：差し上げる。
- ちゅーちゃん：たちまち。急に。
- まじゅーん：一緒（に）。
- ゑーきん人：金持ち。
- 見ーばっぺー：見間違い。
- 見ーばっぺーするあたい：見間違うくらい。
- とぅめーらすん：尋ね求めさせる。
- ちむえー：意味。わけ。

(49) 天から降いる餅

「今帰仁村古宇利」

かーま大昔、沖縄なかいん、アダムとぅイブぬいふぁなしんかい似ちょーる「創世神話」ぬ、伝ーらっとーいびーん。

昔、古宇利なかいあたる御話やいびーん。

古宇利なかい、男ん子とぅ女ん子ぬ、現りたんでぃぬ事やいびーん。

うぬ二人ー、裸成てぃ暮らちょーいびーたん。

二人ー、何ん恥じかささん如、裸成いしぇー、当たい前ぬ事やんでぃ思とーいびーたん。

あんし、毎日天から降てぃ来ゅーる餅食てぃ、裸ぬまま、あてぃってーんそーてぃ暮らちょーいびーたん。

或る日ぬ事やいびーん。

二人ー、「毎日天から餅御賜みそーち、有難ー事やしが、むしか、天から餅ぬ、降らん成いねー、ちゃーすがやー」んでぃ言ち、心配そーいびーたん。

あんし、うぬ二人ー、じんぶん出じゃち、食み残ちぇーる餅くーてーんなー、くーてーんなー、たぶゆる如さびたん。

あんさくとぅ、ふぃるましー事、うぬ餅ー、降てー来ゃーびらんたん。

二人ー、まん魂抜ぎてぃ、天んかい面うちゃぎてぃ、「とーとー前さい。とーとー前さい。大餅やとぅ餅御賜みそーり。ちんぼーらー拾ってぃうさぎやびら」んでぃ言ち、涙落とぅさがちー頼まびたん。

あんさんてーまん願ー事ぬ、叶やびらんたん。

此ぬ時から、二人ー、海かい行じ、魚、あふぁくーんでー、取てぃ食てぃ暮らする如成いびたん。

くん如っし人間ー、働ちゅる如成たんでぃぬ事やいびーん。

或る日ぬ事やいびーたん。ちぇー、ふぃるましーむん。海端をてぃ、赤ん子ー魚ぬ、たっくゎいむっくゎいそーてぃ、ちるどーいびーたん。

二人ー、うり見ち、男とぅ女ぬ行会ゆる事ぬ、分かやびたん。

うぬ後から、二人ー、裸成いしぇー、恥じかしく成てぃ、くばぬ葉さーに前押すいる如成たんでぃぬ事やいびーん。

島ぬっ人ー、此ぬ二人ー、古宇利ぬ元祖やんでぃ言ち、信じとーんでぃぬ事やいびーん。

(終わい)/共通語訳152頁

語句の説明

- かーま：遠方。遠く。
- 大昔(うふんかし)：先史時代の意で用いる。
- 〜なかい：に。の中に。存在する場所を表す。「沖縄(うちなー)なかいん：沖縄にも」
- いふぁなし：昔物語。伝説。また、教訓的な話。説話。
- 〜んかい：に。
- 古宇利(くい)：古宇利島。沖縄本島本部半島東北方にある小島。
- うぬ：その。
- 当(あ)たい前(めー)：当然そうあるべきこと。あたりまえ。
- あんし：そして。
- あてぃってーんそーん：あどけないさまをしている。
- 御賜(うたび)みしぇーん：くれるの敬語。賜る。
- 有難(ありがて)ー事(くとぅ)：ありがたいこと。感謝すべきこと。
- むしか：もし。かりに。
- ちゃーすがやー：どうしようかね。
- あんし：そして。
- じんぶん：知恵。
- くーてーんなー：少しずつ。
- たぶゆん：ためる。たくわえる。
- あんさくとぅ：そうしたら。
- ふぃるましー事(くとぅ)：不思議なこと。
- まん魂(だまし)：魂全体の意。
- まん魂(だまし)抜(ぬ)ぎゆん：びっくり仰天する。
- 面(ちら)うちゃぎゆん：顔を上に向ける。あおむく。
- とーとー前(めー)：お月様。
- 〜さい：目上に話しかける時・呼びかける時などに男が発する敬語。女は「たい」と言う。
- やとぅ餅(むち)：大きな餅。特に大型に作った餅。
- ちんぼーらー：海産の小さい巻き貝の名。
- うさぎゆん：押し上げる。ささげる。
- 〜がちー：ながら。
- 涙落(なだう)とぅさがちー：涙を落としながら。
- あんさんてーまん：そうしても。それでも。
- 〜かい：へ。に。「海(うみ)かい行(ん)じ：海へ行って」
- あふぁくー：二枚貝。はまぐりなど、二枚貝の総称。
- 〜んでー：など。でも。「あふぁくーんでー：はまぐりなど」
- くん如(ぐとぅ)っし：このようにして。
- ちぇー、ふぃるましーむん：おや、珍しい。
- 海端(うみばた)：海辺。海岸。
- 〜をぅてぃ：で。
- 赤(あか)ん子(ふぁ)ー魚(いゆ)：人魚。じゅごん。
- たっくゎいむっくゎい：くっつき合うさま。
- ちるぶん：つるむ。交尾する。
- ちるどーいびーたん：交尾していました。
- うり：それ。
- 行会(いちゃ)ゆん：出会う。会う。(紐などが)届く。交接する。
- うぬ後(あとぅ)から：その次から。
- くばぬ葉(ふぁー)：びろうの葉。
- 〜さーに：で。
- くばぬ葉(ふぁー)さーに：びろうの葉で。
- 前(めー)：前。前のもの。陰部。
- 元祖(ふぁんす)：元祖。祖先。

(50) 竜とぅ百足

昔、何処がなてぃがろーなかい、あたんでぃ言る御話やいびーん。

寝んとーる竜ぬ耳なかい、百足ぬ、ふぃーりんち無ーやびらん。

あんし、うぬ耳ぬ中ー、曲がやーふぃぐやーっし暗ぞーりとーいびーたん。

うぬ百足ー、出じ口とぅめーとーたしが、ちゃぬ如っし出じゆしぇー、増しがやら、むさっとぅ分かやびらんたん。

うぬ百足ー、よーんなー出じ口とぅめーとーいびーたん。うぬ間ー、竜や、何がやらはちこーさしが、いぃー按配そーてぃ、とぅるみかちょーいびーたん。

やしが、耳ぬ中をぅてぃ、うぬ百足ー、たった荒く成てぃ動ちゃびたん。あんさくとぅ、うぬ竜や、うじゅでぃ無ーやびらん。

後ぬうじゅめー、うぬ百足ー、竜ぬ耳ぬ中食ー付きたいすくとぅ、病でぃ、ちゃーん成いびらんたん。

うぬ竜や、「此れー、ちっとぅ虫ぬ入っちょーさ」んでぃ言ち、なー、にじららんくとぅ、医者んかい診しらんどぅんあれー成らでぃ思やびたん。

あんし、うぬ竜や、人間んかい化きてぃ、医者ん屋かい行ちゃびたん。

やしが、うぬ医者ー、「此れー人間ー、あらん」でぃ言ち、直ぐ見ーしまち無ーやびらん。

医者ー、「やー如ーる者、人間んかい化きとーしが、病むし治し欲さらー、本当ぬ姿んかい戻れー。あんしーねー、治ち取らすさ」んでぃ言びたん。

竜や、元ぬ姿成いびたん。

医者ぬ、耳ぬ中見ちゃくとぅ、あきさみよー。百足ぬ、竜ぬ耳ぬ中をぅてぃ、動ちゃーはったいーそーいびーたん。

あんさくとぅ、医者ー、ピンセット耳ぬ中なかい入ってぃ、うぬ百足取ゆんでぃさしが、届ちゃびらんたん。

今度ー、鳥添ーてぃっ来、うぬ鳥耳ぬ中なかい入ってぃ見じゃびたん。

あんし、うぬ鳥ー、直ぐ百足咥てぃ出じてぃ来ゃーびたん。あんさくとぅ、耳ぬ病むしぇー、治てぃ無ーやびらん。

うりからー、竜や、鳥んかい、にふぇーうんぬきてぃ、うぬ恩義ー、忘りーる事ー無ーやびらんたん。

此ぬ事ぬあてぃから、山原船ぬ帆柱んかい鳥ぬ型ぬ旗揚ぎてぃ、灘易さる旅願たんでぃぬ事やいびーん。

竜や、水ぬ神やくとぅ、くんじょー出じてぃ、あまいねー、大風吹かちゃい、大雨降らちゃいさしが、鳥んかえー、害する事ー、無ーやびらんたん。

また、かーま遠さる旅かい行ちゅる場ねー、進貢船んでーぬ帆柱んかい百足ぬ型ぬ旗揚ぎやびたん。

此ぬ事ー、竜ぬ、百足恐るさっし、うぬ船んかい近寄らん為どぅやる、んでぃ言らっとーいびーん。

(終わい)／共通語訳153頁

語句の説明

- てぃがろー：とか。とか言う。
- 〜なかい：に。の中に。
- 何処がなてぃがろーなかいあたんでぃ言る御話：何処とかいうところにあったというお話。
- 竜：想像上の動物。また、たつまき。たつまきは竜と見なされていた。
- ふぃーりんちゅん：入り込む。
- あんし：そうして。そして。
- 曲がやーふぃぐやー：曲がりくねったさま。くねくね。
- 暗ぞーりゆん：薄暗くなる。
- とぅめーゆん：拾う。捜し求める。
- ちゃぬ如っし：どのように。
- むさっとぅ：毛頭。少しも。
- よーんなー：ゆっくり。
- 何がやら：どうしたのか。
- はちこーさん：ごわごわしている。
- とぅるみかすん：うとうと眠る。
- 〜をぅてぃ：で。
- たった：次第に。
- 荒く成ゆん：乱暴になる。
- あんさくとぅ：そうしたら。
- うじゅむん：目がさめる。
- 後ぬうじゅめー：あげくの果ては。
- 食ー付きゆん：食いつく。
- 病でぃちゃーん成らん：痛くてどうにもならない。
- ちっとぅ：きつく。きっと。
- にじららん：我慢できない。
- 診しらんどぅんあれー成らん：診せなければならない。
- 医者ん屋：病院。
- 見ーしますん：見破る。見抜く。
- やー如ーる者：お前ごときもの。「やー（ʔjaa）の発音については、(41)漲水ぬ神の語句の説明を参照」
- あんしーねー：そうすると。
- あきさみよー：あれえっ。きゃあっ。助けてくれ。非常に驚いた時、悲しい時、苦痛に耐えないとき、救いを求める時などに発する声。
- 動ちゃーはったい：ばたばた動いてじっとしていないこと。
- にふぃー：ありがたく思うこと。感謝すること。
- うんぬきゆん：申し上げる。目上に言うことの敬語。
- 灘易さん：おだやかである。
- くんじょー出じゆん：怒る。
- あまゆん：あばれる。
- かーま：遠方。遠く。
- 〜んでー：など。「進貢船んでー：進貢船など」
- 進貢船：中国へ貢物を持ってゆく船。

共通語訳

（1）経塚（ちょーじか）ぬ譚（いわ）り

昔、王様が、臣下に「国頭まで行ってくれ」と言われまして、用事を頼みました。

臣下は、「はい、分かりました」と言って、直ぐ、国頭へ向かいました。

そして、臣下は、用事は済ませ、翌日は、首里へ戻ることになりました。

臣下は、道中で、あまりにもくたびれていたので、首里から近いところにある経塚の丘で休みました。

しかしながら、臣下は、非常に疲れているので、そこで寝ちゃってしまいました。

その時、あいにく、琉球の国に大きな地震が起きてしまいました。

しかし、その臣下は、この大きな地震のことは、全く分かりませんでした。

臣下は、目覚めると「何だろうか、そのあたりは、がやがや騒いでいるようだが、変なものだなあ」と思いながら、急いで王様が居られる首里へ戻りました。

首里へ着いたら、王様は、「おい、今日の地震は大きかったね」とおっしゃいました。

臣下は、その事は、全く分からなかったので、「今日は、地震が起きたのですか」と言いました。

王様は「あれほど大きな地震が起きても分からなかったのか」と臣下におっしゃいました。

「実は、経塚の丘で休んでおりました」と、臣下が返答したら、王様は、「そうすると、その丘は揺れ動かなかったのか」と言われました。

臣下は、「はい。ちっとも揺れ動きませんでした」と申し上げました。

その後から、琉球の国では、地震が起きると、「経塚（ちょーじか）。経塚（ちょーじか）」と言うようになったようです。

また、昔、その丘には、化け物が出ると言って、噂があって村の人たちは困っておりました。

それ故、日秀とおっしゃる和尚様が、経文を書いてある石を丘の中に埋めたから、化け物は出ないようになったとのことです。

だから、その丘は、経塚と呼ばれるようになったとのことです。

（終わり）

（2）稲（んに）ぬ始（はじ）まい

昔、石川の伊波按司が、進貢船に乗って唐の国へ渡りました。伊波按司は、あちらで、米を作るのをご覧になって、「これは並みのものではないよ。是非沖縄へ種を持って帰りたい」と思って、その稲の種を持ち帰ろうとしました。

しかしながら、「それは持ち出してはいけない」と言い、断られてしまいました。

仕方がない。手ぶらで沖縄へ戻られました。

伊波按司は戻って帰られてからも、

どうにかして、沖縄にその稲を持って来ることは出来ないかと考えていました。「なるほど。鶴を使って稲の穂を取らしてやろう」と思いつきました。

そして、鶴を養って、その鶴に唐の国から稲の穂を持って来ることを教えました。そして、進貢船で唐の国へ渡る人に鶴を持って行ってもらうように頼みました。

その後、鶴が戻ってくる頃になると、伊波按司は、唐の国に非常に近い百名の丘に仮屋を作って、そこで寝泊りをし、鶴が戻ってくるのを待っておりました。

しかしながら、いくら待っても鶴は戻って来ませんでした。「嵐に出くわして、そのあたりに落ちていないかね」と思い、その辺の海端を探したが、見つけることは出来ませんでした。

そして、伊波按司は、これからのことは、全部、仲村渠の天美津に頼んで、城へ戻りました。

伊波按司に頼まれた天美津は、毎日、鶴を探し回っておりました。

そうしたら、新原の米地で、稲の穂を銜えて死んでいる鶴を見つけ出してしまいました。

「それ！これに間違いない」と言って、稲の穂を持ち帰って、三穂田に植えました。そして、稲を育てるのがうまくいきました。

それから、沖縄で稲が作られたとのことです。

そして、「沖縄へ稲の種を唐の国から持って来てくれた非常に大切な鶴だ」と言い、その鶴の骨は、玉城王に献上して、それから鶴を養っていた主の伊波按司のところに届けられたようです。

（終わり）

（3）運玉義留（うんたまぎるー）

昔、運玉義留と言う人が、幸地殿内で、使用人として働いておりました。

ある日のことです。

主人の髪を結いながら運玉義留は、「ご主人様。私達百姓は、どの程度の職分が与えられますかね」と聞きました。

主人は、どんなに頑張っても地頭代以上にはならないね」と言いました。

そうしたら、その運玉義留は、「それだったら、私は盗人になって有名になったほうがいいね」と言って、盗人になってしまいました。

そして、運玉義留は、「ご主人様。今夜、お宅の黄金枕を盗みに参上します」と言いました。

そうしたら、主人は「取りきれるものなら、さあ、取って見ろ」と言いました。

そして、主人は、臣下の人たちを集めて、屋敷の番をやらせました。

その夜のことです。運玉義留は、主人の家の屋上に登り、屋根の上から砂を撒き散らしました。

その砂の音を聞いた主人は、「雨が降って来ているから、今日は、あいつは来ないよ」と言って、番をするのを止めて寝ました。

運玉義留は、主人が寝入ったときに寝室に忍び入って、主人の耳に水を垂らしました。主人が寝返りしたすきに持ってきた自分の枕と主人の枕を急に取り換えました。

そして、運玉義留は、「黄金枕はいただいていきましょう」と言って、逃げてしまいました。

主人は、「おっと、しまった」と思い、大急ぎで、直ぐ、槍を投げました。

きゃあっ、運玉義留は、その槍で腿を刺されてしまいました。

そして、運玉義留は、腿から槍を引き抜いて「外れていますよ。危ういところでしたね」と言って、逃げて城の下にある蓮が生えている池に隠れ、難を逃れました。

その後から、運玉義留は有名な盗人になって、金持ちの家に入って盗み、その盗んだ物とかお金を貧乏人の家に入って、こっそり置いて行ったとのことであります。

また、運玉義留が住み着いていたところは、「運玉盛(うんたまむい)」と言われております。

（終わり）

（4）赤犬子(あかいんこ)

昔、読谷の楚辺に非常にきれいな娘さんがおりました。

その娘さんには、親たちが決めて結納も済ませて、後々夫婦になる相手が居りました。

だから、村の青年たち、それから、隣の村の青年たちが、どんなに結婚の相手に望みに来ても心は動きませんでした。

村の青年たちは、「結納を済ませたその男が生きている間は、どうにもならないよ」と言って、大変なことを考え、結納を済ませた男を殺してしまいました。

それでも、その娘さんは、村の青年たちに心を動かされることはありませんでした。

その娘さんは、心さびしくなって、心を安んずるために赤犬を養いました。

そして、その頃は、娘さんは、結納を済ませた男の子どもを授かっておりました。

そして、村の青年たちは、「あれは、赤犬との子であるぞ」と言って、ののしってしまいました。

それだから、その娘さんは、そこには居れなくなり、ずっと遠い津堅へ渡って、あそこでお産をしました。その子が、まさに赤犬子だというのです。

赤犬子は、非常に聡明な子になって、くばの葉に雨が落ちるときに、その水の音を聞いて、くばの葉の柄で三線を作りました。そして、たくさんの琉歌を作って琉球の国に歌を広めました。

赤犬子は、旅へ行く道中の瀬良垣の海端で、船を作っている船大工に「水を飲ませてくださいませ」と言いました。

だけど、その船大工は、「旅の人に

飲ます水はない」と言いました。

赤犬子は、断られてしまったので、ちょっと歩いて、谷茶の海端まで行きました。そこにも船大工がおりました。その船大工にまたも「水を飲ませてくださいませ」と言いました。

そうしたら、今度は、水を飲ませてくれました。

そして、赤犬子が、「谷茶速船」と言ったので、谷茶の船は、飛ぶように早い船になったとのことです。

赤犬子は、大人になって、唐へ渡り学問を習うことになりました。

その後、沖縄へ戻ることになり、麦、粟などの五穀のお土産を持って来て、琉球の国に広げました。

だから、赤犬子は、五穀の神としても崇められ、村のお祭りなどがあるときには、赤犬子宮に五穀、それから野菜などをお供えするとのことです。

（終わり）

（5）白銀堂(はくぎんどー)ぬ謂(いわ)り

昔、糸満に満子という漁師が居りました。

ある日のことです。

その満子は、海が荒れている日に出くわして、舟も魚を取る道具も、全部失ってしまいました。

だけど、薩摩の人からお金を借りて、魚を取る道具を揃え、再び魚を取りに行くようになりました。

満子は、借りてあるお金を返すために、非常に励み働いたが、お金は溜まりませんでした。

約束した日に返すお金がないので、返す日を延ばしてくださいと言い、薩摩の人に頼みました。

そして、薩摩の人は、その日を延ばしてくれました。

満子は、今までよりもっと働いたが、又も、お金は溜まりませんでした。

そして、約束した日が来てしまいました。

満子は、「いまだ、返すお金は溜まっておりません」と言ったので、薩摩の人は、「おまえごとき人間は、返さない考えであるのか」と言って、怒って、直ぐ、刀を抜いてしまいました。

満子は、「待ってください。沖縄には『腹が立っても手を出すな。手が出そうになったら自分の怒りを静めよ』という言葉があります。今、私を切ったら、お金を返すことは出来ません」と言いました。

その言葉を聞いた薩摩の人は、刀をおろし「もう一回待つよ」と言い、薩摩へ帰りました。

薩摩の人は、たまに薩摩へ戻ったので、妻が別の男と暮らしている姿が見えました。怒って刀を抜き妻を切りつけようとした際に、「腹が立っても手を出すな。手が出そうになったら自分の怒りを静めよ」という言葉を思い出し、その刀を納めて、よく見ると男の姿をしていたのは、自分の母親だったのです。

薩摩の人は、その言葉を教えてくれ

た満子に感謝して、返されたお金は、受け取らないようにして、今の白銀堂に埋めたとのことです。

（終わり）

（6）野國總官（のぐにそーかん）

「芋（んむ）うすめー」と呼ばれていた野國總管は、北谷間切の野国のお生まれでいらっしゃいました。

北谷間切の野国は、海に近かったので、野國總管は、小さい時から泳ぐのが上手で、舟を扱うのも大変上手でいらっしゃいました。

大人になってからもその腕前は、村中に評判になって、やがて、王様の耳に届きました。

丁度その頃、琉球の国は、唐の国とお互いに品物を交換して、商いをし、非常に栄えておりました。

しかしながら、海が荒れて何回も船が沈んだので、船をよく操縦する人を探しておりました。

王様は、野國總管を呼んで、「今度の船に乗っておくれ」と頼まれました。

野國總管が乗った船は、荒れている海も見事に越えて、無事に唐の国へ着きました。

そして、野國總管は、總管と言う役職を賜われ、船の船長として何度も唐の国に通いました。

役人たちが、唐の国で用事を済まされる間、野國總管は、唐の国の暮らしぶりを見て回りました。

ある時、野國總管は、畑に一杯広がっている蔓を見つけて、「あれは何ですか」と唐の人に聞きました。

そしたら、唐の人は、「芋なんです」と言って、土を掘り、芋を取り出して見せてくださいました。

唐の人が、「これは煮てもいいし、天麩羅にしても美味しいです。なによりもいいのは、台風にとても強いです」と言われました。

だから、野國總管は、是非琉球の国へ持ち帰りたいと言ってお願いをしたが、それは持ち出すのは、強く禁止されておりました。

野國總管は、どうにかして持ち帰り、琉球の人たちの飢えを救いたいと言い、考えておりました。

そして、野國總管は、知恵を出し、竹で作ってある杖の中に蔓を隠し持ち帰って、村の畑に植えたら、うんと広がって、たくさんの芋が出来ました。

その噂が琉球の国中に広がり、やがて王様の耳に入りました。

それから、儀間真常が琉球の国中に植えるのを広めたようです。

（終わり）

（7）為朝（ためとも）と牧港（まちなと）

昔、弓を扱うのに優れて、評判になっている源為朝という人が、戦争に負けて、伊豆大島へ島流しされました。

島へ着いた為朝は、「何時までもこの島にいることは出来ない」と言って、船を出し、島を出たが、台風に出くわし船の帆は折れてしまいました。

為朝は、「幸運は、おのずと賜るよ」と言い、潮が流れるまま流されて、着いたところが今帰仁の浜でした。

為朝が、無事に島へ着いたので、その島に運天と名付けたとのことです。

船を失った為朝は、今帰仁城へ上がって、「私を使ってください」と言って申し上げたのですが、「今は、人はたくさんいる。浦添城へ行け」と言われ、断られてしまいました。

そして、浦添城へ行ったら、そこでも「人はたくさんいる。大里城へ行け」と言われ、断られてしまいました。

大里城へ行って訳を話したので、結局「こちらで働け」と言われた為朝は、大里按司の側で、働くことになりました。

為朝は、城の人たちに弓の使い方、それから、大和の字を教えたりしました。

大里按司には、娘が居りました。

為朝は、その美しい娘に惚れてしまいました。娘も為朝を思い、二人は結ばれて一緒になりました。

やがて、二人の間に男の子が生まれました。

ようやく、船を直した為朝は、妻子を連れて大和へ行くことになりました。

波もたたない穏やかな日に船を出したが、あいにく台風に出くわしてしまいました。台風が止むまで待ってから船を出したが、又も、台風になってしまいました。

それで、もう、船頭が「船に女を乗せてはいけない」と言いました。

どうにもならなくなり、妻子を港へ置いて「必ず戻ってくるからねぇ」と言って、為朝は旅へ出ました。

そして、妻と男の子は、何時までもその港で、為朝が帰ってくるのを待ちかねていたとのことです。

それで、この港を待ち港「牧港（まちなと）」と言って、呼ばれるようになったとのことです。

（終わり）

（8）鬼慶良間（うにぎらま）

昔、渡嘉敷に鬼慶良間と言う男が居りました。

この男は、島で生まれた者では、なかったが、島で暮らし島の人のために、非常によく尽くしておりました。

背も大きいし、力のある人で、とても心の優しい人でした。

ある年のことです。

台風のために島の作物がやられて餓死になると大変だから、その備えとして、鬼慶良間は島の人たちに蘇鉄を植えるように勧めました。

そして、鬼慶良間は「餓死になるとその蘇鉄を切って召し上がり、餓死のない年には、実を取って召し上がってください」と言って、教え、多くの島の人の命を救いました。

鬼慶良間が暮らしていた村は、渡嘉敷島の渡嘉敷でした。丘を越えてあちらには、阿波連という村があって、そこには、阿波連弁慶という力のある者が居りました。

渡嘉敷の村から、その阿波連へ行くときは、川を一つ越えなければなりませんでした。

その川には、橋はかけられてなかったので、島の人たちは困っておりました。

それで、鬼慶良間は、丘から木を切って来て橋をかけました。

そうしたら、阿波連弁慶は、その橋を踏み潰し壊してしまいました。

鬼慶良間は、「お前のような人間に負けるものか」と言って、今度は石の橋をかけました。

そして、阿波連弁慶は、その橋を割ることは出来なかったので、「相撲を取って勝負だよ」と言って、鬼慶良間に勝負を仕掛けました。

阿波連弁慶は、大きな竹を割り、強くねじって、ウエストに巻きつけると、鬼慶良間は、船についている粗い網を引きちぎって来て、ウエストに巻いてしまいました。

そして、もう、勝負を始めようとしたとき、島の人たちが「誰か一人は死ぬけど」と思い、その勝負は止めさせました。

その勝負をする際に、二人が互いに目に角立てて、怒って立っておりました。

その足跡が、今でも岩の上に残っているとのことです。

（終わり）

（９）安谷屋ぬ若松（あだんなぬわかまち）

昔、安谷屋に若松という若者が居りました。

ある日のことです。

大根をしっかり背負い込んで畑から帰る道中で、首里の侍とひょっこり出会いました。

その侍は、大変お腹を空かしておられるようでしたので、若松が、大根を差し上げると、侍は、かじりつくように召し上がりました。

その侍は、「大変感動するほど立派な若者だなあ」と言い、若松を褒めてお礼をされました。

それから、しばらくしてから、若松は、首里の侍に呼ばれて、学問をすることになり、毎日首里へ行くことになりました。

ある日のことです。

帰るのが遅くなったので、道中で宿を借りることになりました。

その宿は、毎日、首里へ行く若松に思いを寄せている娘の家になっておりました。

その娘は、宿を借りに来た若松があまりにも美しいので、ますます思いが強くなり「私と結婚してくださいませ」と言ってしまいました。

若松は、「私は、今は、学問をする身分です。それは出来ません」と言って断ってしまいました。

夜が明けて、若松は、宿から出て行ったが、この娘は、だんだん思いが強くなり、若松を追って行きました。

若松は、追ってくる娘の姿があまりにも恐くなったので、助けてくれと言い、寺へ入り込んでしまいました。

寺の和尚さんも、若松は、大変な様子だと思い、鐘の中へ若松を隠してしまいました。

そうしたら、この娘は、蛇に化けて「今すぐ若松を出せ」と言って、寺に入って来たので、和尚さんは、経文を読んで、蛇を追放してしまいました。

蛇に化けた宿の娘は、生きている間に、思いを成し遂げることが出来なかった娘の幽霊だったとも言われております。

（終わり）

(10) てぃらがまぬまぎ蛇（じゃー）

昔、運天村の若者が、畑仕事へ行く途中でのことです。

その若者は、「てぃらがま」から近いところで、白い煙が上がって行くのを見ました。良く見ると天に上がろうとしている大きな蛇が居りました。

その大きな蛇は、若者がいるということに気が付き、天に上がるのを止めてしまいました。

その大きな蛇は、「私は、この洞窟で暮らしている大きな蛇である。千年の間、人間に見られなければ、竜になれる。明日は、千年目になっている。しかしながら、今日は、君に私の姿を見られたので、もう、竜にはなれない」と若者に言いました。

若者は、可哀そうに思って、「私が何か出来るのはないか」と、その大きな蛇に問いかけました。

大きな蛇は、「今日、私の姿を見たことを誰にも言ってくれるな。この約束を守ってくれるなら、私は天に上がることが出来る。そして、もし、困ったことがあったら、この洞窟に来て願え。きっと願い事が叶えられるようにしてあげるよ」と言いました。

若者は、このことを人に報せてはいけないことを約束したら、大きな蛇は、洞窟の中に入り込んで、姿を隠してしまいました。

翌日の朝、古宇利の新崎から白い煙が立ちあがって、大きな蛇が竜になって天に上がりました。

ある年のことです。

若者の家が、火事になり、焼けてしまいました。

困った若者は、大きな蛇の言葉を信じて、洞窟の前で、「家と井戸を賜ってくださいませ」と言い、願うと急に家が建ち、きれいな水が湧く井戸が出来ました。

そして、若者は、妻をめとりました。

だけど、ある年のことです。

その妻は、病気してしまいました。

その事を物知りに聞いたら、「隠し事をしている限り、妻の病気は治らないぞ」と言われました。

だから、その若者は、妻の命とは代えられないと思い、あの大きな蛇のことを全部話してしまいました。

そしたら、病気になっていた妻は、

元気になったが、家も井戸も急になくなって、その洞窟の前には、大きな蛇が死んでいたとのことです。

（終わり）

（11）久志ぬ観音堂

昔、久志間切の地頭をやっておられた豊見城親方が、務めのために唐の国へ行かれました。五、六年の務めを終えて、沖縄へ帰る頃のことでした。

豊見城親方は、「お土産は何がいいかねぇ」と言い、街を歩いておられた時に、気に入る一つの観音様がありました。その観音様の姿があまりにもきれいので、豊見城親方は、沖縄へ持って行くお土産は、その観音様を買って帰ることに決められました。

観音様を船に乗せて、無事那覇の港へ着きました。

そして、お土産として持ってきた観音様を港へ降ろそうとしたとき、その観音様が、「久志小へ。久志小へ」と言ったとのことです。

久志小は、豊見城親方が、統括している久志間切の中にある村のことです。

豊見城親方は、「分かった」とおっしゃって、観音様を再び船に乗せて久志小へ向かったとのことです。

そして、観音様を久志小へ降ろして立派な観音堂を創り、その観音様を祀ったとのことです。

また、別の話がありますが、久志小の隣の古知屋村の海に観音様が、流れてきて、その古知屋の村の漁師が見つけて、船に掬い上げようとしたら、その観音様は、「久志小へ。久志小へ」と言ったとのことです。

びっくり仰天した漁師は、急いで船に乗せて、そのまま久志小へ向かって、観音様を久志小へ届けたとのことです。

（終わり）

（12）星ぬ砂ぬ謂り

昔、子の方角の星と、午の方角の星が結ばれて、赤ん坊を生むことになりました。午の方角の母親の星は、赤ん坊のお産前になってきたので、天の神様へ「何処で赤ん坊を産んだらいいですかねぇ」と言って、尋ねました。

天の神は、「赤ん坊を生むのだったら南の海がいいだろう。竹富島の南の海で生むと良いよ」と言いました。

母親の星は、教えられた通り竹富島の南の海へ降りて行って、たくさん星の子を産みました。

そのことを分かった海の神は、「私に断わりもなく、海で生むことは、許しておかない」と言って、怒って海の蛇を呼び、「あの星の子を全部食ってやれ」と言いました。

海の蛇は、仲間を集めて生まれたばかりの星の子を全部噛み切ってしまいました。

その海の蛇に食い切られた星の子の死骸が海でゆらゆら浮いていると、小さな星の形になっている砂になり、竹富島の南の東美崎の海端に押し寄せられたとのことです。

そして、押し寄せられた星の子の死骸を竹富島の神に仕える人が、見つけて「御岳のお香炉に入れて置いたら、母親の星の前に戻れるだろう」と言って、祭りのたびに星の形をしている砂を拾って、お香炉の中においてありました。

神に仕える人が、思っていた通り、星の子達は、お香の煙と一緒に母親の星の前に後になり先になりして戻って行ったとのことです。

だから、南の母親の星の傍らで光るようになったとのことです。

そして、南の天では、数えきれないくらい光っているようです。

今でも、竹富島では、毎年一回東美崎の御岳の祭りには、必ずお香炉に星の砂を入れてあるとのことです。

（終わり）

(13) 阿麻和利（あまをぃ）ぬじんぶん

阿麻和利は、屋良で生まれて、「屋良のあまんじゃな」と呼ばれておりました。

生まれつき体が弱いので、七つになっても立つことが出来ませんでした。また、親が畑へ行く場合は、何時も木の下でほったらかされておりました。

ある日のことです。

あまんじゃなが、阿檀の木の下で寝ているときに、目の前で蜘蛛が巣を作っておりました。

あまんじゃなは、巣を作っている様子を見て、「小さい蜘蛛もあんな立派な巣を作る訳か。何時までも長々と寝そべることは出来ないな」と言って、立つことの稽古を始めて、十七歳になって、人並みに歩くことが出来るようになりました。

そして、あまんじゃなは、蜘蛛が巣を作るのを真似て、網を作りました。その網を中城の海へ持って行き、魚を取ったら、たくさん魚が取れました。あまんじゃなは、取れた魚を海端の人たちに分けてくれて、網の作り方まで教えました。

ある日のことです。

あまんじゃなは、勝連城の近くにある村まで行ったら、勝連城の茂知附按司が、村の人たちを苦しめているということが分かりました。

あまんじゃなは、その按司を倒して村の人たちを救ってあげようと言って考えておりました。

そして、あまんじゃなは、これまで回ってきた海端の人たちに城のお祝いの夜、松明を点けて海に出てくれと言い、頼みました。

祝儀の夜、あまんじゃなは、城に入り込みました。約束した通り海端の人たちが、松明を点けて海に出ると、あまんじゃなは、その按司に「首里からたくさん船が入ってきます。あなたを討ちに来ます」と申し上げました。そうしたら、按司は物見台に登りました。

その時にあまんじゃなは、按司を押し倒して落としてしまいました。

そして、あまんじゃなは、城の臣下の方々と、村の人たちの勧めで、勝連按司になったとのことです。

（終わり）

（14）前川（めーがー）ぬまぎ蛇（じゃー）

昔、松田の村は、古知屋と呼ばれておりました。

その古知屋の村に「ふーちがま」と言う通りぬけになっている穴がありました。

そして、その穴は、前川という洞窟に通っておりました。

何時からだろうか、その前川に大きな蛇が入って、時々村に出てきて、農作物とか、家畜が襲われ、食われておりました。

そして、挙句の果ては、村の人まで襲われるようになりました。

毎日、村に出てきて、子供たちが襲われて食われるようになったので、「この大きな蛇を殺してやらなければ、村の人は、だんだん少なくなって、大変だよ」と言って、村の人たちは困っておりました。

村の人たちは、首里の坊主に頼んで、その大きい蛇を追放するようにしました。

首里から連れられて来られた坊主は、古知屋村で暮らされ、毎日、毎日一生懸命経文を読んで、厄を払い落しました。

そして、その大きな蛇は、二度と村に現れないようになりました。

そして、古知屋の村は、栄えて、今のように村の人たちも多くなり、村も広がって行ったとのことです。

その大きな蛇を追放した坊主は、門屋という家の娘と結婚して、古知屋の村で、暮らしました。

そして、その坊主は、村で一生涯暮らされ亡くなられた時には、古知屋の人は、恩人でいらっしゃるということで、墓を作って差し上げ、大切に葬り感謝を申し上げました。

その時から、毎年正月十八日と九月十八日には、その坊主を祀ってある神屋を拝んで、村の人たちの健康と村の繁盛を祈願しているとのことです。

（終わり）

（15）鬼大城（うにうふぐしく）

勇み立って、戦いに強い大城（うふぐしく）は、鬼大城（うにうふぐしく）と呼ばれておりました。

そして、鬼大城（うにうふぐしく）は、尚泰久国王様のお側で、勤めておりました。

ある年のことであります。

国王様の百度踏揚とおっしゃる王女様が、勝連按司の阿麻和利の側に嫁ぐことになって、鬼大城（うにうふぐしく）は、お供として百度踏揚様を連れて勝連城に入りました。

しばらくは、何事もなく、穏やかに暮らしておられました。

ある日のことです。

鬼大城（うにうふぐしく）は、城の中が異様な様子に気が付きました。

そして、阿麻和利が首里城を攻めるために、いろいろ準備をしていることが分かってしまいました。

鬼大城（うにうふぐしく）は、このことを百度踏揚様に申し上げて、急いで勝連城から逃れるよう企てました。

城の南側の崖から二反続きの反物を垂らして､その布を渡って逃げました。鬼大城（うにうふぐしく）は、百度踏揚様をおぶって闇の夜の中、首里へ向かいました。

しかしながら、直ぐ、追ってくる追手の火が見えました。

そうしたら、百度踏揚様が、「私の行いがよいと思うなら、どうぞ台風を起こしてくださいませ」と言って、拝みました。

そうしたら、追手たちが持っていた松明の火は消えてしまいました。

二人は、無事に首里城へ着くことになりました。

百度踏揚様が、拝んだところは､「ウガングヮーニー」と言われて、今の高原の十字路あたりだと言われております。

国王様は、鬼大城（うにうふぐしく）から阿麻和利が首里城に背くことをお聞きになりました。国王様は、鬼大城（うにうふぐしく）に大将の役職を与えられ､直ぐ､勝連城へ兵隊を送って阿麻和利を討ちに行かせました。

守ることの強い勝連城と、戦うことに経験がある阿麻和利は、攻められたので、逆転して来て、それ故、鬼大城（うにうふぐしく）は、たくさんの兵隊を失ってしまいました。

しかしながら、ようやく、阿麻和利を倒し首里へ戻りました。

鬼大城（うにうふぐしく）は、その手柄を褒められ、越来城の按司になったとのことです。

（終わり）

(16) 盛（むい）ぬかーぬ飛（と）び衣（ぢん）ぬ伝（ちて）ー

昔、宜野湾の謝名に奥間という男が居りました。その奥間は、畑仕事が終わると、丘にある井戸へ行き、鍬、鎌などを洗っておりました。

ある日のことです。

何時も行く丘にある井戸へ行ったら、今まで見たこともない大変美しい着物が木に掛けられておりました。

そのあたりを見ると、美しい娘が井戸で浴びておりました。

奥間は、その木にかかっている着物を取っちゃって、自分の家の蔵に隠してしまいました。

その娘は、天の人だったのです。

その天の人は、浴びて後、上がって来て、羽衣がないのに気が付き、心配していると、奥間が現れて、「心配するなよ。家へ来て。着物を貸してあげるよ」と言って、その天の人を自宅へ連れて行きました。

天に帰れない天の人は、奥間の妻になり、やがて、二人の間には、女の子と男の子が生まれました。

ある日のことです。

姉が弟の子守をやりながら、「〽泣かないで。泣かないで。泣くと蔵の中にある羽衣は着せないよ」と言う歌を歌っておりました。

それを聞いた天の人は、蔵の中で、羽衣を探したので、見つけ出してしまいました。

そして、天の人は、二人の子供を置いて羽衣を着て天へ帰ってしまいました。

天の人の子達は、大人になって、姉は、按司の妻になりました。

弟は、謝名殿と呼ばれる若者になりました。

謝名殿が暮らしていた家は、黄金がたくさんありました。その黄金を唐、大和の国の鉄と交換して、その鉄で、畑道具を作りました。

そして、その道具は、農民に配りました。

世間の方々に慕われている謝名殿は、やがて浦添城の按司になられ、そして、首里城を創って察度王になられたとのことです。

（終わり）

（17）普天満権現（ふてぃまぐんじん）ぬ謂（いわ）り

昔、首里に「まじるー」という娘が居りました。

「まじるー」は、たいへん美しく、また、那覇まで、たいへん評判になっておりました。

しかしながら、人には見られることはなく、何時も家の裏座で、一人で布を織っておりました。

ある日のことです。

「まじるー」のうわさを聞いた油売りが、「一目でも見たい」と言って、首里へ行きました。

そして、その油売りは、「油買ってください」と言い、「まじるー」の家の前で、うろうろしておりました。

油売りは何時までも家の前にいたので、変な人だなあと思い、「まじるー」の弟が、「何をしているか」と言って、声をかけました。

そうしたら、油売りは、「ここは、まじるーの家になっているのですかねぇ。まじるーに会いたいです」と言いました。

その弟は、「うちの姉を見ることは出来ない。ただ、手助けして、見せることは出来るが」と言いました。

そして、油売りに「隠れて置け」と言い、弟は庭で、わざと転んで、「姉さん痛いよう」と言い、叫んでしまいました。

そして、その声を聞いた「まじるー」は、庭に飛び出て弟を助けました。その時に隠れていた油売りは、「あら、見た。なんと美しいことよ」と言ってしまいました。

「まじるー」は、「人に見られてしまった」と言い、紡いでいた糸を口にくわえて、家から飛び出しました。

「まじるー」は、一時は汀良にある普天満小（ふてぃまぐゎー）という洞窟に隠れて、人に見られないように夜中、宜野湾の方向に向かいました。

翌日、家族は、「まじるー」が、引いて行った糸を頼りに探しに行きました。

そうしたら、その糸は、宜野湾の普天満の洞窟に入っていたとのことです。

しかしながら、「まじるー」の姿は見えませんでした。

だから、「まじるー」は、普天満権現の神になったと言われているとのことです。

（終わり）

(18) 泡瀬（あーし）ぬびじゅる

昔、高原という人が、泡瀬の浜で、昼寝しているときに、遠くの沖合あたりから何か浮いてくるのが、見えました。

しばらくの間見ていたが、だんだん浜に近寄ってきました。良く見ると、まさに大きな石でした。

高原は、「なんと大きな石が浮いて来るというのは、きっと神だよ」と言い、村へ持ち帰って、皆さんが拝みそうなところへ持って行って祀りました。

ある日のことです。

目の悪いお祖母さんが、「私の目を治してくださいませ」と言って、石の丁度目の高さのところにその人の目くそを付けて拝んだので、お祖母さんは、目が治ったとのことです。

その話を聞いた鼻の悪いお祖母さんが、その人の鼻くそを石に擦り付けて拝んだら、鼻が治ってしまいました。

そして、この石を拝むだけで、病気が治るという話が、広がりました。

ある日のことです。

子宝が授からない夫婦が来て、「冬瓜のような立派な子を授からしてくださいませ」と言って、妻のお腹を石に当てて拝みました。

そうしたら、願った通り立派な坊やが、生まれたとのことです。

また、このお話を聞いた娘が居りました。この娘は、長いこと結婚することが出来なかったようです。その娘が、「私にも立派な夫を持たしてくださいませ」と言って、目くそ、鼻くそが付いている石をきれいに拭いたら、しばらくして、直ぐ、心優しい人にお会いしたとのことです。

このような話が広がって、この「びじゅる」は、非常に評判になったとのことです。

（終わり）

(19) 無蔵水（んぞみじ）ぬ謂（いわ）り

昔、伊平屋島の田名に「まじるー」という娘が、暮らしておりました。

「まじるー」は、とても美しい娘でした。

そして、村の男達から何回も妻になって呉れと言って、詰め寄られたが、「まじるー」には、情けをかけた恋人が居りました。その人は、漁師でした。

ある日のことです。

「まじるー」の恋人が、魚を取りに出たとき、運が悪かったのだろう、台風に出くわして、舟は、壊れてしまいました。

そして、島へ戻ることが出来ませんでした。一月経っても、三月経っても戻って来ませんでした。

村の人たちも、「まじるー」の親たちも「もう、戻ってこないよ。結婚するのがいいよ」と言いました。

しかしながら、「まじるー」は、「あの人は、必ず戻ってきます。私は、待っておきます」と言って、皆が言うことは、聞きませんでした。

そうではあるが、その恋人は一年経っても帰ってきませんでした。

村の男達も美しい「まじるー」のことは忘れられません。そして、毎晩のように「まじるー」の家を訪ねて、妻になってくれと頼みました。

また、「まじるー」の親たちも「早く結婚して」と言うので、「まじるー」は、家に居ることが出来なくなって、田名の西側の海端にある岩に隠れて暮らしました。

「まじるー」は、その岩の上で、必ず帰ってくる恋人に着せる着物を作る為に、毎日毎日芭蕉の糸を紡ぎ布を織っておりました。

そんなある日のことです。

遠くの沖合から舟が入って来て、岩に近寄ってきました。

よく見ると、その舟に乗っている人は、「まじるー」が待ちかねていた恋人だったのです。

もう、このように恋人が帰って来て、「まじるー」は、ようやく、その人と縁を結ぶことになりました。

岩の上には、毎日泣いて暮らした「まじるー」の涙が水になって、それが溜まって、そして、その岩こそ無蔵水と呼ばれているとのことです。

（終わり）

(20) 大里（うふじゃと）ぬ鬼（うに）

昔、大里の西原に兄妹が暮らしておりました。妹は、たいへん美人でした。

そして、やがて首里へ嫁いで行ったとのことです。

しばらくすると、大里に居る兄は、鬼になったといって噂されておりました。

それを聞いた妹は、「本当かねぇ」と言い、子供をおんぶして大里へ行きました。

そうしたら、その兄は、汗水を流して、何か炊いていました。

妹は、「兄さん、何しているの」と言って、台所へ行くと、その兄は、「それ、いいところへ来たよ。今、肉を炊いているので、一緒に食べて行って」と言いました。

妹は、「兄が鍋の前から離れたときに鍋の蓋を開けて見てしまいました。

きゃあっ、鍋の中に入れ墨の入った女の手が見えました。

妹は、「やっぱり、兄さんは、鬼になっている。私達親子も食われると大変だよ」と言い、おんぶしている子供のお尻をつねって泣かしました。

そして、妹は、「兄さん、この子は、泣くから便所へ連れて行ってくるねえ」と言って、家から出ました。
そうしたら、その兄は、「君は逃げるかも知らないから」と言って、妹のウエストを綱で括りつけて便所へ行かしました。
妹は、そのまま便所へ行き、括りつけられている綱を外して、その綱を木に括りつけて、子供をおんぶして駆け足で逃げました。
気が付いた鬼は、「待て。待て」と言って、妹を追い回してしまいました。
妹は、もう、与那原も越えて首里へ向かっておりました。
その鬼が、「待て」と言って叫んだところは、「待て川原」と呼ばれるようになりました。
無事に首里の金城まで逃げてきた妹は、「兄さんは、人を食う鬼になって、どうにかして片づけなければならない」と思いました。
そして、兄の好きな餅の中に鉄の細かいかけらを入れて餅を作りました。それを大里へ持って行き、断崖の近くに鬼になっている兄を呼びました。
鉄の細かいかけらを入れた餅を兄にやって、妹は鉄の細かいかけらが入ってない餅を食べながら、丸出しにしてしまいました。
そうしたら、鬼は驚いてしまいました。その時、妹は、鬼を突き飛ばして断崖に落として片づけたとのことです。

（終わり）

(21) 屋部寺(やぶでら)ぬ謂(いわ)り

今から三百年余り前のお話です。
琉球の国に七か月も雨が降らない年があったとのことです。
そして、国王様は、凌雲座主に「雨を降らすために拝んでおくれ」と命令しました。
その凌雲座主は、琉球の島々を巡り、拝む場所に丁度良いところを探しておりました。
丁度、屋部の村に着いたとき、凌雲座主は、「それ、ここなら雨を降らすことが出来るよ」とおっしゃって、一週間の間飲んだり食べたりするのを止めて拝みました。
そうしたら、雨雲が現れて国中に雨が降ったとのことです。
凌雲座主は、「こちらは大変良いところだから、寺を作るよ」と言われて、凌雲院と言う小さな寺を作りました。凌雲座主は、大きな寺の座主を止めて、この凌雲院に勤めることになりました。
この寺が、今の屋部寺になっているのです。
凌雲座主は、屋部の村の人たちに学問を教えながら、安らかに暮らしておりました。
ある日のことであります。
その凌雲座主が、「私は、二日後に死ぬから、首里へ連れて行ってくれ」とおっしゃって、村の人に頼みました。
頼まれた村の人は、頼りになる若者たちを集めて、その中から５〜６名ばかり選びました。

若者たちは、凌雲座主を駕籠に乗せて首里へ連れて行きました。

その後、その若者たちが、帰ろうとしたら、凌雲座主は、「私は、今日の夜は死ぬ。明日は、私の荼毘だよ。だから、今夜は泊まって、明日の荼毘には出てくれ。そして、ご馳走もたくさん食べて帰っておくれ」と言われまして、若者たちを引き留めました。

凌雲座主は、そう言われた通り、その夜亡くなられました。

凌雲座主は、蟻一匹も殺すことが出来ないくらいの心がやさしい人でした。

寺から自分の家へ行くときにも蟻を殺さないようにお歩きになるので、半日ばかりかかったとのことです。

（終わり）

(22) 名護親方(なぐゑーかた)とぅくらー小(ぐゎー)ぬ言葉(くとぅば)

昔、名護番所の家を作るために多くの大工と鍛冶屋が集められたとのことです。

その頃は、材木も釘も売ってなかったので、山から切り出した木で材木を作って、それに使う釘も家を作るところで、鍛冶屋が作っておりました。

そして、大工たちは、容易に手に入らない材木と釘を少しずつ、かっぱらって家へ持って帰っておりました。

そうしたら、普請が終わるころには、材木と釘が不足しておりました。

困っていた番所の人たちは、このことを名護親方に相談しました。

ある日のことです。

名護親方が、十時休みに大工たちが休んでいるところに来られて、「頑張っているね。他のことだけど、今、木の上でべらべら喋っている雀の言葉を聞けるか」と大工たちに問いかけました。

そうしたら、大工たちは、「雀の言葉などは聞けません」と名護親方に申し上げました。

「この雀たちは、『今、あなだ橋のがじまるの下にたくさん米が落ちているだろう。さあ、食べに行こう』と言っている」と名護親方が、大工たちに言いました。

大工たちは、「そんなこともあるかなあ」と言いながら、がじまるの下へ行ってみたら、本当のことでした。たくさんの米が散らかっておりました。

大工たちは、「名護親方は、雀がものを言うのもお聞きになるのだねぇ。大変なことになっている。多分、私たちが盗んである事も全部分かっていらっしゃるはずだねぇ」と言い、家へ持って行った材木も釘も名護親方が見ないうちに、そっと返したとのことです。

（終わり）

(23) 善縄御嶽(よくつなうたき)ぬ謂り(いわり)

昔、南風原間切宮平に善縄大屋子という人が、居られました。村外れに大きな屋敷を作って、毎日魚を取って暮らしておりました。この人の仕事は、漁夫でした。
ある日のことです。
西原の我謝の海端で、竹で編まれている竹の囲いを使って、魚を取っていると、海の中から大きな亀が一つ現れました。
そして、善縄大屋子の側に女が立っておりました。
その女は、「あの亀は、あなたに上げますよ。おんぶして家へ持ってお帰り下さい」と言って、女の姿は見えなくなってしまいました。
善縄大屋子は、喜んで亀をおんぶして家へ向かいました。
しかしながら、帰る道中で、おんぶしていた亀が、善縄大屋子の首に噛みついてしまいました。
善縄大屋子は、そこで気絶して亡くなりました。
村の人たちは、悲しくなり、善縄大屋子を大切に葬りました。
三日後のことです。家族は、習わしの通り墓へ行って、棺箱を開けたら、あるべきものがなくなっておりました。
家族がびっくりしていると、天から「善縄大屋子は、亡くなったわけではない。生きて『にらいかない』へ遊びに行っているのだ」と言う声が聞こえてきました。
家族は、ただ驚くばかりだったが、その善縄大屋子は、帰ってきませんでした。
善縄大屋子が暮らしていた屋敷には、「ぐしち」が生え出て「まに」も「くば」も生え出ました。
後々の人たちが、そこは、善縄御嶽として崇めて、神の名は、「かみつかさかみふちいべ」と付けたとのことです。

（終わり）

(24) 野底(ぬずく)まーぺー

昔、八重山の黒島に「まーぺー」という美しい娘が居りました。
「まーぺー」には、「かにむい」という恋人が居りました。
二人の仲が大変よいので、親たちも二人は夫婦にさせたいと思っています。
そうではありますが、ある日のことです。
王の命令で、黒島の人たちの内、四百人余りは、石垣の野底へ移されてしまいました。
実は、その中に「まーぺー」の家族も入っておりました。石垣の後ろ側にある野底は、水も豊富にあったが、今まででも誰も生活をした人は、居ないところであったのです。そこは荒れ地でした。
黒島の人たちは、一生懸命働きました。木も切り倒し、家も作りました。荒れ野も耕しました。
「まーぺー」も何時か「かにむい」に会う時があると信じて、一生懸命働きました。
しかしながら、結局、「まーぺー」

は、風土病にかかって倒れてしまいました。

「まーぺー」は、働くことが出来ないので、だんだん「かにむい」のことを思うようになりました。

悪い病気を払い落とすために行った祭りの日に、「まーぺー」は、そっと家から逃れて野底岳へ登りました。

これは、「かにむい」が居る黒島を一目でも見ようということだったのです。

熱を出して、ぶるぶる震えながら、野底岳の真上まで、やっと登りました。

黒島の真向かいを見た「まーぺー」は、落胆して泣いてしまいました。

何となれば、「まーぺー」の目の前には、石垣で非常に高い於茂登岳が立っておりました。

それで、黒島の影さえも見えませんでした。

「まーぺー」は、あまり落胆して心が乱れ、彼女の体は、野底の頂上で、そのまま崩れて石になったとのことです。

（終わり）

(25) 来間(くりま)ぬ祭(まち)りぬ始(はじ)まい

昔、川満村の按司の妻が、大きな卵を三つ生みました。

驚いた按司は、その卵を草の中に隠しておきました。

そして、三か月後に、その卵から大きな男が、三人生まれました。

その按司は、その子供たちを家へ連れて帰って育てました。

そうしたら、彼らは、物を食べるのは、大ごとでした。長男は、一日に七升のご飯を食べて、次男は、五升、それから三男は、三升食べました。

こんなにたくさん食べたならば、どんなに金持ちでも育てきれないと思い、その按司は、この三人に「君たちは、来間で暮らせ」と命令しました。

三人の男たちは、来間へ行きましたが、誰も居ない島であったのです。

しかしながら、ただ一人お婆さんが、鍋の中に隠れてぶるぶる震えておりました。

どうしてかなあと、お話を聞くと、そのお婆さんは、「大切なお祭りをしなかったので、島の人は、皆神に引っ張られて、今日は、この私が引っ張られるようになっております」と言いました。

そして、三人の男たちが、「その神はどこから来るか」と問いかけたので、そのお婆さんは、「ながぴしのあたりから現れます」と言いました。

その三人の男たちが、待っていると、大きな牛が現れてきました。それは赤い牛でありました。

三人の男たちは、その大きな牛と戦い、牛の角を一つ抜きました。

そうしたら、その牛は、ながぴしのあたりへ逃げて居なくなりました。

牛が居なくなってから、海の中をのぞくと、海の中に立派な家が見えました。

三人の男たちは、海に潜って行ったので、そこは陸のようになって、娘が門番しておりました。

その三人の男たちが、門番している娘に「主に会いたい」と言ったので、きやぁ、家の中から顔いっぱいに血まみれになっている主が、出てきました。

三人の男たちが、「島の人たちは、何処にいるのか」と問うと、その主は「ここにいるが、祭りをしなかった故に目に鉛を入れてあるので、目は見えない。目が見えるのは、そこに立っている門番をしている娘一人だよ」と言いました。

そして、三人の男たちは、「祭りは、元の通りさせるよ」と言って、娘を連れて帰りました。

そうしたら、来間は、又も人が多くなって、祭りもすることが出来るようになったとのことです。

（終わり）

(26) 粟国(あぐに)ぬ『洞寺(てぃら)』

昔、那覇の寺に優れている坊主が二人おりました。

その二人の坊主は、互いに魔法を比べることになりました。

どうしてかというと、その二人の坊主は、たいへん仲の良い友達だったが、少しのことで、喧嘩になってしまいました。

二人は、「さあ、あの屋良座森城からこの真向いの海端まで、海の上を歩く業を比べてみよう。そして、先に着いたのが、勝ちだが、足から上を水に濡らしたら、負けだよ。負けたものは、首を切ってやるよ」と言うことになりました。

二人は、直ぐ、下駄を履いて海へ行き、勇気を出して海の上を歩きました。

二人の内一人の坊主は、少しは先になったが、もう少しで海端に着こうとする際に、後になっている坊主が、先になっている坊主に魔法を解く呪いごとを読みました。

そうしたら、先になっている坊主は、もう一足で渡ろうとしたとき、着物の裾を濡らして負けてしまいました。

しかしながら、「首を取るのは、気の毒だから、島流しをさせろ」と言うことになって、負けた坊主は、小さい舟に乗せられて海に流されました。

流された舟が、着いたところは、粟国でした。

その舟は、島の泊りに向かっていたが、その坊主は、そこは好きではないので、海の側の岩に着けました。

その岩は、「坊主しー」と言って呼ばれております。

その坊主は、そこから浜の側を通って歩いて行き、洞窟に着きました。

そうして、坊主は「ここは、私が生活すべきところだよ」と言い、その洞窟に入って暮らしました。

島の人たちから芋などをもらって生活をしていたとのことです。

そこは、「洞寺(てぃら)」と呼ばれるようになりました。

島の青年たちが、牛、馬の草を刈りに「洞寺（てぃら）」の側まで行くときは、坊主を訪ねて、話を聞きました。

大変楽しかったとのことです。

また、そこで、亡くなられた坊主は、今でも祀られております。

（終わり）

(27)『通（とー）いぐー』ぬ謂（いわ）り

昔、下地島に木泊という小さな村がありました。

村の人は、魚を捕ったり、畑を耕して、農作物を作って暮らしておりました。

その村に「マイバラ」という家と、「シイバラ」という家がありました。

ある日のことです。

「マイバラ」の家の人が、漁りしに行って「ユナイタマ」という人魚を捕って来ました。

大きなものだったので、皆で分けて食べようと言い、大きな鍋にその「ユナイタマ」を煮ました。

そして、煮たものを隣の「シイバラ」の家へ持って行きました。「ユナイタマ」の肉を食べた「シイバラ」の家では、夜中鶏がざわめき、子を連れて家から出て行ってしまいました。

それを見ていた「シイバラ」の家の人は、「鶏が、夜中起きて家から出て行くということは、異様なものだなあ。先ずは追ってみよう」と言い、家族は皆出て追って行きました。

そうしたら、海の遠くから「ユナイタマよ、早く帰って来い」と言う声が、聞こえてきました。

「ユナイタマ」は、「私は鍋に入れられて煮られているので、帰ることは出来ない」と言ったら、海の遠くから、「そうしたら、迎える波を送るか」と言う声が、聞こえてきました。

「ユナイタマ」は、「一波では、何も役に立たない。二波でも三波でも送ってください」と言ったら、直ぐ、大きな波が、島に津波のように押し寄せてきて、「ほら」と言う間に木泊の村は、流されてしまいました。

鶏を追って行った「シイバラ」の家族は助かったが、村の家も畑も木草も土までもある限り、流されて岩だけが残ったのです。

そして、「ユナイタマ」を捕った「マイバラ」の家があった場所には、大きな穴が開いていたとのことです。

その穴こそが、「通（とー）いぐー」と言っているのです。

（終わり）

(28) 堂之比屋（どーぬひゃー）

昔、久米島の宇江城の漁師が、漁りをしに出ようとしたとき、堂泊に小さな箱が流れて来て、それを見つけました。

箱の中を開けて見たら、中には赤ん坊が入っておりました。

漁師は、家へその赤ん坊を連れて帰って、大層大切に育てました。

その漁師が、赤ん坊を育てていると

き、何時も唐の国のあたりを向いて、おいおい泣いていることに気が付きました。

それで、その漁師は、「きっと、その子は、唐の国から流れて来たよねえ」と思いました。

その子は、非常に聡明で、勉強も出来たので、成長してから「堂之比屋（どーぬひゃー）」という位に付きました。

そして、唐へ行く時が来ました。

唐の国へ渡った堂之比屋は、蚕を育てて、糸を取られました。

その糸を織って紬を作る手段、それから、どのような節には、何の種を蒔いた方がよいかという農作物の仕事などを習って、久米島へ戻られました。

久米島へ戻って来られた堂之比屋は、島の人たちに蚕を養う手段を教えられ、それから、紬の作り方も教えられました。

その紬は、今でも評判になっている久米島紬であるのです。

それから、堂之比屋は、比屋定というところに大きな石を置いて、毎朝その石に顎を乗せて太陽が上がってくる方角を調べられました。

そして、夏至のころは、粟国の頂点、彼岸のころは、渡名喜の頂点、冬至のころは、慶良間の久場島の頂点に太陽が、上がることが分かりました。

それで、種を蒔く節がしっかり分かるようになりました。

その石は、「てぃだ石（いし）」と呼ばれて、今も大切にされております。

堂之比屋は、天文学者でもあったが、畑仕事の先駆者になった先生でいらっしゃいました。

（終わり）

(29) 清ら（ちゅ）女（ゐなぐ）『まむや』ぬ憂ー事（うりぐと）

昔、宮古の東平安名崎の近いところに保良という村がありました。その村に「まむや」という美しい娘が居りました。

「まむや」は、美しいだけではありませんでした。布を織るのも上手で、また織るのも早かったです。

出来た布は、美しく、村のどの娘よりも上手でした。

その噂を聞いた男たちは、毎月のように「まむや」の家を訪ねるようになりました。

困っていた「まむや」は、ひそかに隠れるようになってしまいました。

ある日のことです。

保良を治める野城按司が、東平安名崎で、漁りをしているときに布を織る音が、聞こえてきました。

その按司は、臣下に命令して、布機のあるところ探させました。

そうしたら、断崖から降りたところにある洞窟の中で、布を織っている「まむや」を見つけ出してしまいました。

かねてから、「まむや」に惚れて、是非「まむや」と一緒になりたがっている按司が、「『まむや』よ、私と賭けてみよう。君が、一晩に一反の布を織ることが出来るのなら、君が欲しいものは、何でも上げるよ。私は、一晩で、保良から狩俣まで石垣を積んでみせるよ」と言いました。

どれほど布を織ることが上手でも、一晩に一反を織るということは出来ませんでした。

夜が明けて、臣下、それから村の人たちを使って、石垣を積ました按司が、「まむや」の側に来ました。

「まむや」は、無理やりに城へ連れて行かれました。

そして、毎日「まむや」は、按司の妻に嫉妬されて、暮らさなければなりませんでした。

もう、「まむや」は、嫉妬されているから、こらえることが出来ず、城から逃げました。

そして、東平安名崎の断崖から身投げして、この世を失ったとのことです。

（終わり）

（30） 金(ちん)ぬ屏風(びょーぶ)と換(け)ーたる『嘉手志川(かでしがー)』

昔、佐敷の若者が、親の形見として藁を一本もらって旅に出かけました。

そして、若者は、道中で、味噌を包む藁がないと言い、困っている味噌屋の人に出会いました。

味噌屋の人は、若者に「その藁を呉れ」と言いました。

若者は、「味噌と交換するならいいよ」と言い、藁と味噌を換えました。

その若者は、しばらく歩きました。そして、鍋釜を修理するときに味噌がないと始末に負えないと、困っている人に出会いました。

鍋釜を修理する人は、その若者に「味噌を呉れ」と言いました。

若者は、「鉄と交換するならいいよ」と言い、味噌と鉄を換えました。

その若者は、またも、しばらく歩きました。そして、ちょっとしたら、刀を作るためには、鉄が不足していると、困っている鍛冶屋に出会いました。

鍛冶屋は、その若者に「その鉄を分けてくれ」と言いました。

若者は、「私に刀を作ってくれるならいいよ」と言い、鍛冶屋に鉄を分けてあげました。

そうしたら、若者は、作ってある一本の刀を鍛冶屋からもらいました。

その刀は、振るだけで天を飛ぶ鳥が落ちるという位よく切れる物でした。

場天の港へ着いたら、今度は、錨を上げることが出来ないと、困っている唐の船が、入っておりました。

錨の綱が太いので、誰もその綱を切ることは出来ないと言い、困っておりました。

そして、その若者は、「私が切ってやるよ」と言い、持っていた刀で、その太い錨の綱をいきおい良く切ってやりました。

そうしたら、その船の船頭は、驚き、「その刀と私の金の屏風と換えてくれないかねえ」と言いました。

若者は、刀と金の屏風を換えて、金の屏風を手に入れました。

若者は、評判になって、その事につ

いて、南山王の他魯毎様もお聞きになりました。

他魯毎様は、その若者に「君が持っている金の屏風が欲しい。さあ、君が望むのは何でもいいから、換えよう」と言われました。

そうしたら、若者は、「嘉手志川と換えましょう」と言い、その嘉手志川は、若者のものになりました。

嘉手志川は、南山の大切な泉だったので、村の人たちは、若者の味方になってしまいました。

あげくの果ては、その若者に南山王は滅ばされてしまいました。

若者は、佐敷の小按司と言われ、後に、三山を治める尚巴志様のことだと言って伝えられております。

（終わり）

(31) 力玉那覇（ちからたんなばー）

昔、伊江島の東村に力玉那覇という男が、暮らしておりました。

その力玉那覇は、子供の時から手足が大きく、力持ちだったとのことです。

ある日のことです。

力玉那覇のお母さんが、味噌を造るために、大きい鍋に一杯豆腐豆を入れて煮ておりました。

あいにく、そのお母さんは、用事があって、しばらく外へ出かけておりました。

きゃあっ、力玉那覇は、大きい鍋に煮てある豆腐豆を自分一人で、あるだけ食べてしまいました。

そうしたら、力玉那覇は、お母さんにひどく叱られて、「今、すぐ家から出て行け」と言われました。

そして、力玉那覇は、その事に非常に立腹して、両手で抱くくらいの大きな石を持ってきて、家の戸口に置いて、家の出口を塞いでしまいました。

村の人は、それを見て驚いてしまいました。

その頃、伊江島は、麦、粟が生い茂って農作物が出来る島でした。だから、時々近い村、それから、別の島からも盗人が来て、農作物が、盗まれることがありました。

そして、挙句の果ては、今帰仁の王様が兵隊を連れて伊江島に攻めて来てしまいました。

村の人は、慌てて、島は取られないかなあと、怖がっておりました。

しかしながら、その力玉那覇は、落ち着いて、村の人たちに「皆、竈の灰を集めて城山へ持って集まれ」と命令しました。

そして、今帰仁の兵隊が、島に上がって来て、城山を囲ってしまいました。その時、力玉那覇は、「それ、今だよ」と言い、村の人たちに竈から集めて持って来た灰を撒き散らかせと、命令しました。

そして、その灰を撒き散らかされた今帰仁の兵隊は、目を開けることは出来なくなりました。

それ、この際に力玉那覇は、城山の大きな石をどんどん投げました。

そうしたら、今帰仁の兵隊を追い払い、島を守ることになりました。

そのおりに、力玉那覇が、投げた石は、今も城山の裾に残って、そこは、「コーリグスク」と呼ばれております。

そして、城山の頂上には、力玉那覇が、大きな石を投げたときにふんばっていた足跡の型が、今も残されているとのことです。

（終わり）

(32) 健堅之比屋（きんきんぬひゃー）と神馬（かみんま）

昔、健堅之比屋が、今の瀬底大橋の近辺で、粟を作ると非常に生い茂ったとのことです。

しかしながら、毎晩のたびに粟畑が荒らされるから、健堅之比屋は、「このざまは、何者がやったか」と言い、それを捜し求めるために、月夜に粟畑で隠れていました。

そうしたら、急に海の中から白馬が現れて、一目散に走っていました。

健堅之比屋は、その暴れやすい馬を止めようと、すっ飛んで乗りましたが、その馬は、ますます暴れて、畑の中を一目散に走ってしまいました。

また、そうではなく、その暴れやすい馬は、急に病気にかかったように根気がなくなってしまいました。

そして、その馬は、しばらく歩き、川で浴びると、また根気が出て、一目散に走って浜崎の浜を通ってそのまま海に入ってしまいました。

そして、健堅之比屋を乗せたまま、久米島へ渡って行きました。その馬は、見事に泳ぎました。乗っていた健堅之比屋のウエストから上は、何も濡れてなかったようです。

久米島へ着いたその馬は、堂之比屋の家の前まで走って行って、姿は、見えなくなったとのことです。

堂之比屋というのは、健堅之比屋の友達でした。

堂之比屋の家には、唐の人たちが泊まっておりました。

その唐の人たちは、台風に出くわして、船が壊れて唐へ帰ることが、出来ないとのことでした。

健堅之比屋は、「久米島では、船を直す材木はないではないか。私の村で直そうよ」と言い、唐の船を健堅へ持って行ったとのことです。

そして、間切中の船大工を集めて、その船を直しました。

そして、唐の人たちは、無事に唐へ戻ることになりました。

その事があってから、唐と琉球の国は、商いは、さらに栄えました。

そうしたら、健堅之比屋は、唐の皇帝から御礼として、石で作ってある碑文が送られて、浜に建てられていたとのことですが、今は、その碑文はないです。

（終わり）

(33) 伊是名（いじな）と尚円王（しょーえんをー）

昔、北山と中山が、戦をした時、北山の今帰仁按司の妻は、身ごもっておりました。
今帰仁按司は、身ごもっている妻を助けるために、妻を舟に乗せて海に流されました。
そして、その舟は、伊是名の近くにある屋那覇島へ着きました。
按司の妻は、その島で、下女として働いておりました。
しかしながら、ある日のことです。身分の高い人ということが分かられたので、伊是名の諸見へ渡って暮らされました。
やがて、お産をすることになりました。
しかしながら、あまり身分が変わっているために、人の家でお産することは出来ないと言い、竹が生えている山で、お産をなさいました。
その子が、後の尚円国王様でいらっしゃるのです。
尚円国王様は、若い時には、松金と呼ばれておりました。
そして、その時には、伊是名で暮らしておりました。
その松金は、よく働き、好青年だったので、島の娘たちから慕われていました。
松金の田は、千原の底の上側にあったが、どんなに干ばつが続いても水は、豊かにあったとのことです。
だから、その田は、「逆田(さーた)」と呼ばれておりました。
島の青年たちは、あまり怪しいので、夜中松金の田んぼへ行ってみたら、島の娘たちが、皆で松金の田んぼに水を持って入れておりました。
そのために、松金は、青年たちから憎まれ、島では暮らせないようになってしまいました。
だから、松金は、夜が明ける前に舟を出して、国頭へ向かいました。
その舟は、国頭の奥間に着いて、松金は、奥間鍛冶屋に助けられました。そして、松金は、鍛冶屋の仕事の手伝いをしながら、奥間で暮らしました。
ちょっと長逗留したのだ。
その松金は、好青年だから、ここでも村の娘たちから慕われるようになりました。
だから、松金は、村の青年たちから、またも憎まれてしまいました。
それで、奥間鍛冶屋の計らいで村から出て首里へ向かいました。
そして、松金は、徳のある人だったので、王の位について尚円国王様になられたとのことです。

（終わり）

(34) 北谷長老(ちゃたんちょーろー)

北谷長老は、北谷の玉代勢村で生まれました。
この北谷長老は、子供の時から風変わりな子どもでした。
川の側にある石の上で、座ってよく目を閉じて、静かに考えておりました。
その事を見ておられたある坊主が、「この子は、きっと大変優れる坊主になる」とおっしゃって、大きい寺へ行って、悟りを求めて習い事をしなさいと言ってお勧めされました。

この北谷長老は、十九の歳に大和の東北にある松島の瑞巌寺へ、その坊主が連れて行きました。

それから、この北谷長老は、十六年の間大和で、悟りを求めて習い事をしました。

そして、その後、沖縄へ戻って来られ、首里の健善寺の座主になられました。

北谷長老は、首里と北谷の間の行き帰りをされる時は、駕籠は使わないように歩かれたとのことです。

だから、一日かかっても行き帰りは出来なかったとのことです。何故かというと、蟻一匹も踏みつけてはならないと言い、ゆっくり歩かれたとのことです。

ある日のことです。

北谷長老は、火事ではないが、急に「寺が火事だよ。早く水をかけろ」と言って、叫んでしまいました。

若い坊主、それから隣の人たちは、「不思議なことだな」と思いながら、北谷長老がおっしゃる通り急いで寺に水をかけました。

ちょっと長逗留した、遠くは唐の寺から「火事の際には、世話になって、大変ありがとうございます。おかげさまで大きな火事にはなりませんでした」と言い、お礼が届いたとのことです。

ある時のことです。

北谷長老は、「二か月、三か月ばかり旅へ行くので、私を探さないようにしてくれ」と言い、寺から出ていかれました。

しかしながら、五か月、六か月経っても戻って来られなかったので、皆心配して探しに出かけました。

そうしたら、大きな赤木の木の上で、座ったまま亡くなられている北谷長老を見つけ出したとのことです。

村の人たちは、北谷の長老山に墓を作って、とても丁寧に扱い、葬ったとのことですが、実は、北谷長老は、亡くなられたわけではありません。生きて唐のたびへ行かれ、そして、戻って来られるときには、体がなくなって、そのまま神になられたと言われております。

（終わり）

(35) 熱田(あった)マーシリー

昔、具志頭間切に樽金という男が居りました。樽金は、美男子で、とてもよい青年でした。

ある日のことです。

樽金は、何時も行き帰りをする畑から帰るときに井戸にちょっと立ち寄ってみました。

そうしたら、旅の人たちが、「この世に勝連間切の浜村の真鍋樽よりほかには、美人はいない」という話をしておりました。

樽金は、その美人に一目でも会いたいと思い、勝連間切の浜村へ行き、真鍋樽に会いました。

樽金は、その美しい真鍋樽に惚れてしまいました。そして、直ぐ夫婦になってくれと言って伝えました。

真鍋樽も、この樽金に首っ丈になってしまいました。

しかしながら、その真鍋樽は、その日には合点はしませんでした。

真鍋樽は、樽金に「後は、目が一つになる頃、二つの馬に鞍を一つ掛けて、一人でいらっしゃい」と言いました。

樽金は、何の意味だろうか、さっぱり分かりませんでした。それで、村の物知りにそのことを聞きました。

そうしたら、その物知りは、「真夜中に妊娠している馬に鞍を掛けて行ったらいいよ」と言いました。

樽金は、その物知りに教わった通り真鍋樽の家へ行きました。

真鍋樽は、蚊帳を引いて寝ておりました。そして、蚊帳の外には、小刀と竹とご飯が置かれておりました。

あれえっ、その樽金は、理解できないのだから、小刀で竹を削ぎお箸を作り、ご飯を食べてしまいました。

それを見ていた真鍋樽は、智慧のない樽金に「家へお帰り」と言いました。

樽金は、村へ帰って、またも村の物知りに何の意味か分からないのだから、その訳を聞かしてと問いかけました。

そうしたら、物知りは、「それは、しーぐ、だき、くみ、だから直ぐ抱けと言うわけだぞ」と言って教えました。その訳が分からなかった樽金は、恋の病にかかってしまいました。

丁度その頃、真鍋樽も病にかかってしまいました。

二人は、「せいぜい、相手の村が見える場所に葬って呉れ」と言って、遺言を残して、この世を失ったとのことです。

この二人の体を葬った場所は、熱田マーシリーという岩であったとのことです。

（終わり）

(36) 慶留間魂（げるましー）

昔、慶留間に上地仁屋という人が居りました。

その人は、六百斤ある大きな石を自分一人で外地島から持ち出して、家へ持って来て、踏み台を作ったとのことです。そんなに大きな石を担ぐくらいの力のある人でした。

その頃、阿嘉島と慶留間島の間に、大きな鮫が出て島を渡る舟が、襲われ島の人を食っておりました。

六月お祭りの日にノロが、阿嘉島から慶留間島まで渡ることになっておりました。

そして、鮫に襲われると始末に負えないので、慶留間島の人たちは、「ノロを守らねばならない」と言って、島の若者たちでノロが乗っている舟を守りました。

ノロが乗っている舟を若者たちが、

囲むようにして進んでいたが、丁度阿嘉島と慶留間島の間の真ん中に来たときに、鮫が現れて、次から次へ舟が襲われてしまいました。

そして、ノロが乗っている舟が襲われる丁度その時、力持ちの上地仁屋は、勇み立って鮫に向かい、舟を漕いで行ったが、舟と一緒に鮫に飲み込まれてしまいました。

そして、持っていた櫂で鮫の腸の中を縦横に引き裂き、その鮫を倒したとのことです。

だけど、その上地仁屋は、鮫を引き裂き、ようやく外へ出たが、力がなくなって亡くなりました。

そして、その上地仁屋の体は、浜に押し寄せられてしまいました。

慶留間島の人たちは、墓を作って、流されてきた上地仁屋を丁寧に葬りました。

上地仁屋は、慶留間島の魂である「まさに、げるましーである」と言って崇めました。

その後、その墓は、慶留間御嶽として祀られるようになりました。

それから、六月お祭りにノロを迎える若者が、舟を揃えるのも続けられたとのことです。

（終わり）

(37)『ギミンノヘイカ』

昔、並里に美しい娘が暮らしておりました。その美しい娘は、そこへ見回りに来られていた王様と初めてお会いし、結ばれました。

そして、身ごもってしまいました。

美しい娘は、「私達百姓の娘は、王様の子を産むということは出来ない」と思い、毎日、鉄の細かいかけらを煎じて飲んで、子供を降ろそうとしたが、臨月まで、その子を降ろすことが出来ませんでした。

ある日のことです。

お腹の中にいる子供が、「私が生まれると、お母さんは、死ぬが、そうしてよいかねえ」と言いました。

お母さんが、「私は、死んでもいいから、生まれてきて」と言ったので、その子は、お母さんのお腹を破って生まれてきました。

そして、その子は、喉以外は、全部鉄で包まれていたとのことです。

その子は、成長して力持ちになり、武士の業にも優れて人々から「ギミンノヘイカ」と呼ばれるようになりました。

一万坪の畑は、半日で耕し、一鍬で作ったという丘も残っているということです。

薩摩の兵隊が攻めて来たときには、ギミンノヘイカは、自分一人で千人の敵を倒したとのことです。

薩摩の兵隊は、散髪屋の人をだまして、その人にギミンノヘイカの髭を剃っておくれ、と言って頼み、喉を切らせました。

ギミンノヘイカは、非常に立腹して、散髪屋の人の二つの足を引っ掴んで、胴体を引き裂き、それを東の海と西の海に投げ飛ばし、ギミンノヘイカも亡くなりました。

そこに、またも薩摩の兵隊が攻めてきたので、村の人たちは、鉄で作られているギミンノヘイカの胴体を戦うところの一番前に立てました。

薩摩の兵隊は、そのギミンノヘイカの喉から蛆が這い出ているのを見て、「ギミンノヘイカは、今も生きて、はちゃぐみを食っているのか」と言い、勘違いしました。

そして、薩摩の兵隊は、戦うのを止めて自分たちで、命を捨てたとのことです。

だから、そのギミンノヘイカは、亡くなって後も、千人の敵を倒したという訳になっています。

（終わり）

(38) てぃさが盛（むい）

昔、大宜見に「てぃさが盛（むい）」という丘に天作という男の神が、暮らしておられました。

そして、「たまんちじ」という丘には、玉鶴という女の神が、暮らしておられ、それから、「うらひ」という丘には、天鶴という女の神が、暮らしておられたとのことです。

「たまんちじ」の玉鶴は、すごく美人でいらっしゃいました。

しかしながら、根性が悪い神でいらっしゃいました。

もう一カ所の「うらひ」の天鶴は、あまり美しくはありませんでした。

しかしながら、気立てがよく歌も上手でいらっしゃいました。

男の神の天作は、美しい玉鶴に惚れて、その玉鶴を妻として迎えられました。

しかしながら、その根性がそれほどよくない玉鶴との暮らしは、長くは続きませんでした。

そして、やがて天作は、気立てがよく、歌も上手でいらっしゃる天鶴と暮らすようになりました。天鶴の歌には、天作も心もほっと安心して、二人は、大層幸いに暮らしておられました。

玉鶴は、天作にほったらかされた思いが強くなりました。そして、玉鶴は、「天鶴のあの歌の声さえなくなれば、天作もきっと私のところへ戻ってくる」と考えられました。

それで、その玉鶴は、天鶴が好む、和えてあるわだんの中に声を失う薬を入れて、二人のところへ届けました。

二人は、不思議なことだと思いながら、その和えてあるわだんを召し上がってみました。

たいへん美味しいので、お腹いっぱい召し上がってしまいました。

その後、天鶴の声は、だんだん出なくなって、二度とあの美しい声は出しきれなくなりました。

そして、天鶴は、その事に悲しくなり、亡くなりました。

その事があってから、根路銘では、天鶴がこの世を失ったので、悲しいから毎年三月三日は、美味しいわだんを和えて、お供えするようになったとのことです。

（終わり）

(39)『おやけ赤蜂（あかはち）』

昔、波照間の東の海端に赤ん坊一人が、捨てられておりました。島の人が、その赤ん坊を見て、お年寄りに相談しました。

そうしたら、「その子が、東に向かって泣いていたら、連れて来て育てよ」と、お年寄りが言われました。

そして、その赤ん坊の側へ行ってみたら、赤ん坊は、大きな声で東の海に向かって泣いておりました。

その子は、島の人とは変わり、体も大きいし、赤毛をしている若者になりました。力持ちで、たいへん賢い人になりました。

島の人から赤蜂といって、呼ばれて慕われておりました。

十五の歳になったころ、赤蜂は、「もっと大きな島へ行きたい」と言って、波照間から飛び出て石垣へ渡りました。

そして、石垣では、赤蜂は、自分より年上の長田大主（按司の家来の頭役）が、石垣の農民を苦しめながら、島を治めようとしている姿を見ておりました。

このようには出来ないと思って、赤蜂は、大浜に暮らして、農民の味方になり、長田大主に口答えをしておりました。

その長田大主は、首里の国王様に献上する上納が取られないと言って、赤蜂を討とうとしました。

しかしながら、赤蜂は、あまり強いので、討つことは出来ませんでした。

それで、長田大主は、自分の妹を赤蜂の妻にさせ毒を飲まし、殺そうとしたが、「こいつば」という妹は、赤蜂を慕って殺すことが出来ませんでした。

赤蜂は、長田大主に味方する按司、それから、仲間を次から次討ちました。

あげくの果ては、長田大主を討とうとしたが、その長田大主は、「石垣に国王様に害する人がいます」と言って、国王様に密告をしてしまいました。

そして、長田大主は、西表へ逃げて隠れました。

国王様は、反逆者の赤蜂を討つ為に石垣へたくさん兵隊を行かせました。

赤蜂もいろいろのはかりごとを考えて口答えをしたが、底原にある田んぼで、討たれたとのことです。

（終わり）

(40) 八重山（えーま）ぬ赤馬（あかんま）

昔、宮良村の役人が、川平から宮良まで帰る道中で、潮が引いている名蔵湾を歩かれているときに、海の中から子馬が現れて来て、役人の後ろから追ってきました。そして、どんなに追い払っても追ってきました。

それで、役人は、「神から賜ったものなのだ」と思って、大切に育てました。

その子馬は、見事に赤馬になって、

人を乗せる場合は、座って乗せたとのことです。

また、人を乗せて走るときは、手に持っている盃の酒もこぼさないように走ったとのことです。

その事が、首里の国王様の耳に入り、首里から、「その馬は、国王様に献上しろ」という命令が来てしまいました。

その馬を養っている主は、仕方がないが、その馬を首里へ贈り物にしました。

しかしながら、首里では、その赤馬は、優れている馬ではない、誰も手をかけきれない、まさに暴れやすい馬になったのです。

国王様は、立腹して宮良の馬を養った主を呼び寄せると、珍しい事、その赤馬は、急に元の優れている馬になりました。

そして、国王様は、大変喜ばれました。

しかしながら、その事について満足しない首里の役人たちは、宮良の馬を養っている主と馬を殺してやろうと、馬場に落とし穴を掘りました。

その落とし穴のことを知っている女が、馬を飼っている主に、その事を知らせました。その女というのは、馬を養っている主とは、よい仲でありました。

翌日、その赤馬は、見事に落とし穴を跳ねて飛んで馬場を走りました。

国王様は、大変珍しくされ、「その馬は、養っている主に返すのがいいよ」と言われました。

そして、その馬を養っている主と馬は、八重山へ返しました。

しかしながら、その優れている馬は、評判になって、薩摩藩の大名の耳に入ってしまいました。

そして、その馬は、挙句の果ては、薩摩へ連れて行かれるようになりました。

しかしながら、その馬を乗せた船は、台風に出くわし、平久保崎の沖合で、沈んでしまいました。

赤馬は、平久保崎まで泳ぎ着いたとのことです。

そして、赤馬は宮良村の馬を養った主の家をあちこち探して戻って来たが、非常に弱り、死んじゃったとのことです。

（終わり）

（41）漲水（はいみじ）ぬ神（かみ）

昔、平良のある家にたいへん美しい娘が、暮らしておりました。

そして、その娘は、十四、五ばかりなった歳に身ごもってしまいました。女の親は、驚き、「その子は、誰の子か。男の親は、誰か」と訊ねました。

しかしながら、その娘は、「分かりません。たいへん美しい青年が、毎晩家へ名前も言わないで、忍んで来られて何時の間にか、私は、お腹が大きくなっています」と言いました。

その娘の二人の親は、心配され「君にとても長い針と糸を渡すから、その男が来て帰る時に、男のかたかしら（成人男子の髪型）に糸を貫いてある針をこっそり刺しておけ」と言われました。

そして、その夜、男が来たから、二人の親に言われた通り、男が帰るときに、その男のかたかしらにこっそり糸を貫いてある針を刺しました。

翌日の朝、二人の親と一緒にその糸をあちこち探したら、その糸は、漲水御嶽の洞窟の中に入っておりました。

洞窟の中の奥を見たら、頭に針が刺されている大きな蛇が寝そべっておりました。
娘も二人の親も驚き、家へ戻りました。

その日の夜、男は来なかったが、娘は、夢を見ました。

そして、「君は、やがて三人の女の子を産むよ。その子が３つの歳になると、ツカサヤーと呼ばれている漲水御嶽へ連れて行け」という夢でした。

そして、臨月が来て、その娘は、夢の通り３人の子を産みました。

その子達は、だんだん大きなって、三歳になった日に、娘は、またも「ツカサヤーへ連れて行け」という夢を見ました。

そして、その娘が、子供たちを連れてツカサヤーへ行ってみたら、そこには、大きな蛇が居りました。

しかしながら、子供たちは、何も怖がらないで、蛇の頭、胴体、それから、しっぽにしがみついて遊んでおりました。

珍しい事、やがて、その蛇は、天に登り、子供たちは、洞窟の中に入って見えなくなってしまいました。

そして、その子たちは、島を守る神になったとのことです。

（終わり）

(42) 多幸山（たこーやま）ぬふぇーれー

昔、沖縄の西側の海端を通って北に向かって歩き、国頭へ向かう道は、西宿と言い、これ以上にない往来の難しいところがありました。そこは、多幸山です。

多幸山は、読谷山の喜名から恩納の久良波の間にあります。

朝、旅人が首里から出ると、丁度多幸山近辺で日が暮れておりました。

それで、旅の人たちは、人の家がない山道からは、急いで歩いておりました。

そして、多幸山は、追剥が出ると言って、たいへん評判になっていたから、注意心のある役人たちは、日が暮れる前に、喜名番所へ着き、そこで泊まって、翌日の朝出て多幸山を通っておりました。

そうしても、追剥の害は、逃れないことが多くありました。

だが、王府は、追剥を片づけると言い、喜名の「たかはんじゃー」という人に、「追剥を片づけておくれ」と命令しました。

その「たかはんじゃー」は、勇み立って戦うのに優れて、評判になっている人でした。

「たかはんじゃー」は、三線を弾き

ながら、多幸山を通り、嫌な追剥をおびき出してみました。

しかしながら、その追剥は「たかはんじゃー」のことは、よく知っていたので、岩から出てきませんでした。

それで、ある女に頼んで、頭に荷物を乗せてやり、多幸山を歩かせました。

そして、その女が、岩の下を通った時に、大きな魚釣りのような物が、岩の上から下がって来て、その荷物を引っかけてしまいました。

その追剥が、「それ、今だよ」と言い、その荷物を引き揚げようとしていると、その女の頭に乗せてある荷物を落としたら、その荷物が、あまり重いので、岩の上にいた追剥は、岩の下に落ちてしまいました。

その際に「たかはんじゃー」は、その追剥をとっ捕まえて、片づけて心配がなくなったということです。

その女は、たいへん力持ちだったということです。どうしてかというと、頭の上に乗せてあった荷物は、砂が入っている袋だったようです。

（終わり）

(43) 屋良無漏池（やらむるち）ぬ『餌食（いじち）』

昔、七ヶ月の間、日照りがありました。その後、今度は、七ヶ月の間、雨が降って、農作物は、全部腐れました。また、流行病が流行って多くの人が亡くなられたということです。

このことは、屋良無漏池にいる大蛇に餌食をささげないせいで、「何かの祟りの警告ではないか」と言われておりました。

それで、王府は、「辰年の辰の日に生まれた二十歳になる娘が、餌食になる者がいるなら、その家族は生涯世話する」と言って書いてある高札を立てました。

運が悪かったですよ。屋良村の金持ちの娘は、この高札に書いていることに当たっておりました。

しかしながら、その金持ちは、村の人たちが、餌食のことをどんなに頼んでも合点はしませんでした。

丁度、その頃、首里から屋良村へ移って暮らしている目の悪い男の親と娘が居りました。

その娘も辰の日に生まれて、二十歳になっておりました。

高札を見たその娘は、「目が悪い男の親を世話してくれるのであれば、よいよ」と思いました。

そして、親には高札に書いてあることは、言わないように餌食にされてもよいということを申し出ました。

餌食を献上する日に、村の神に仕える人が、屋良無漏池で集まり、拝みが終わると、その娘は、池の崖に立たされました。

そうしたら、平生は、静かな無漏池であるのに、そこに急に風が吹いてしまいました。

水の上に大きな水が巻いて、その中から大蛇が現れました。そして、その大蛇が、大きな口を開けて娘を飲み込もうとしたら、ぴかっとして、その大蛇の頭に的を当てて雷が落ちてしまいました。

きゃあっ、「ほら」と言う間に、その大蛇は、見えなくなってしまいました。

そうしたら、今まで降り続いていた雨が、止んでしまいました。

そして、雲もなくなり、太陽が照りました。

娘が親を思う気持ちは、大蛇まで片づけ、国も救ったということです。

それで、その娘と男の親は、王府からたくさん褒美をもらって幸いに暮らしたとのことです。

（終わり）

(44) 平安座（ひゃんじゃ）『はったらー』

昔、平安座に平安座『はったらー』という力持ちが居りました。

ある日のことです。

首里の武士が、『はったらー』と勝負するといい、平安座へ行きました。

その武士は、『はったらー』の家を訪ねて来ました。そして、『はったらー』の妹が出てきて、「『はったらー』は、今は、海へ行っております。ほんのちょっと待っている間に戻ってくるから、ちょっと、休んでいてください」と言い、さし出してくれた煙草盆は、二トン余りの石を彫って作られておりました。

その煙草盆を妹が、軽々と持ってきて出したら、首里の武士は、たいへん驚き、急いで首里へ逃げるように帰ってしまいました。

その話を聞いた首里の力持ちたちは、「何、そのくらいのことは、四～五人でやっつけると何でもないよ」と言って、『はったらー』の家を訪ねました。

『はったらー』は、「そうか。そうなら、受けてみるよ」と言って、力勝負が始まってしまいました。

その勝負は、大きな石を持ち上げるということでした。

だけど、首里の力持ちたちは、四～五人かかってもその石を動かしきれませんでした。

『はったらー』は、「どういう訳か。そのくらいも出来ないのか」と言って、その石を軽々と持ち上げて「うーん」と言い、八百メートル先にある海まで投げ飛ばしてしまいました。

それを見ていた首里の力持ちたちは、「あれえっ、その者には、どういうふうにしても敵わない」と言って、詫びをして帰りました。

『はったらー』は、唐船の船長をしていたが、ある航海で、台風に出くわして居なくなったと言われております。

だが、『はったらー』は、たいへん三線が好きだったから、その三線を抱いて、そのまま浜に打ち上げられていたとのことです。

（終わり）

(45) 津堅(ちきん)ぬまーたんこーぬ謂(いわ)り

昔、津堅の海に七つの頭を持っている鰻が、暮らしていたとのことです。

その鰻は、十一月十四日になると、海から上がって来て、人一人を食べない間は、村中荒らして、海には帰って行かなかったようです。非常に嫌な獣だったとのことです。

今年も十一月が近くなって、村の人たちは、「村を荒らすのは、もう、いい。仕方がないから、くじ引きをして、その嫌な鰻の餌食になる人を選んで、置くのはよいのではないか」と言い、十月十三日にニンギ浜で、村の人たちは、集まってくじ引きをしました。

そして、それに当たった人は、十七、八になる娘でした。

娘の家族は、もう、たいへん悲しくなり、その日から泣いて暮らしておりました。

御蔵里之子は、何処かへいらっしゃる道中でした。丁度、その娘の家の側を通って、「どうして、そんなに泣くか」とおっしゃって、訊ねました。

そうしたら、その娘の家族は、「この娘は、七つの頭を持っている鰻の餌食になるくじに当たってしまいました」と、返答しました。

そして、その御蔵里之子は、「あれえっ、餌食になるの。それじゃあ、私が、その嫌な鰻を片づけてやるよ。村中から酒を集めて、それを七つの瓶に入れて、鰻の通る道に置いておけ、そして、その上に望楼を組み立てて、そこに娘を立たしておけ」と言いました。

そして、村の人たちは、言われた通り、準備して待っておりました。

やがて、海から、その鰻が現れてきました。

七つの瓶に映っている娘の姿を見て、その鰻は、直ぐ七つの瓶に頭を突っ込み、瓶に入っている酒をあるだけ飲み込んで、酔ってしまいました。

それ、その際に、御蔵里之子は、刀を抜いて、鰻の七つの首をちょん切って片づけたとのことです。

その後から、津堅では、御蔵里之子を敬って、旧暦の十一月十四日は、「まーたんこー」という祭りが、始まったとのことです。

「御蔵里之子のように勝れる人になれよ」ということです。

また、「まーたんこー」というのは、「又科に受かってね」という意味として伝えられているとのことです。

(終わり)

(46) 風(かじ)まやーぬ始(はじ)まい

遠い大昔、天に届くくらいに大きな木がありました。

天の神が、その木を伝わって降りてきて、地を見たら、そこには、柔らかいよい土がたくさんありました。

そして、その神は、土で人形を創り、息を吹き込んで、命を入れようとしておりました。

その神は、土で六つの人形を創り終えたのは、もう、夕方になっておりました。

それで、その神は、「夕方になってから、人形に命を入れるのは、よくない。朝、満潮時に命を入れなければならない」と言い、天に昇っていきました。

翌日の朝、その神が、天から降りて来て、昨日創った人形を見たら、その人形は、壊されておりました。

そして、その神は、もう一回、土で、六つの人形を創りました。

しかしながら、創り終ったのは、またも、夕方になっておりました。

その神は、今度も、人形に命は入れないで、天に昇って行きました。

その後、三日目にその神が、天から降りて来て、人形を見たら、またも全部壊されておりました。

天の神は、ひどく怒って、今度は、六つの人形を創って後、番をしておりました。

真夜中に、急に地が二つに割れて、白髪頭の神が現れて、その六つの人形を壊そうとしておりました。

そうしたら、天の神は、叫んで、「待て。待て。私が創ってあるものを壊すな」と言いました。

その白髪頭の神が、「私は、まさに地の神である。私に断わらないで、この土で物を創ってあるのは、君なのか」と言いました。

そして、天の神は、「ほう、そうか。それは、私が悪かった。私は、人間を創るということだ。それでは、失礼だが、この土を百年間貸してくれないかねぇ」と言いました。

天の神は、地の神に頼んで、その土を借りて、六つの人形を創りました。

そして、朝になると、六つの人形に命を吹き込みました。

六つの人形は、人になりました。

それから、三組の夫婦になって、人間の世が始まりました。

人間が、だんだん多くなったので、天の神は、喜んでおりました。

その頃、地の神が、九十七年目に来て、「もう、約束した日になっているから、今日、その地を返しておくれ」と言いました。

そうしたら、天の神は、「まだ、百年は余ってないではないか。何で、地を返せと言うか」と返答しました。

地の神は、「いや。閏月が三年分あるから、今日は、丁度、百年目になっている。だから、今日、その地を返しておくれ」と言いました。

しかしながら、その時は、まだ、子供もいるし、若い人間も居りました。

だから、天の神は、地の神と協議して、九十七年余生きてきた人間には、風船を持たして、生まれたばかりの子どものまねをさせるようになったとのことです。

（終わり）

(47) 十二支ぬ謂り（じゅーにし いわ）

十二支というと、子、丑、寅、卯、辰、巳、午、未、申、酉、戌、亥の十二あるが、これには、面白いお話があります。

昔、唐の神が、「暦は、月が十二あ

るから、さあ、十二の神を創ってみよう」と言い、鼠を呼んで協議しました。

そして、その神は、「私の側に先になって来たものから、十二の月の神を創るので、生き物たちに何月何日には、私の側に来てね」と言い、鼠に伝えました。

その鼠は、生き物たちに神から言われた通り、伝えました。

しかしながら、猫には、わざと嘘をつき一日遅らした日を伝えました。

そして、その鼠は、自分は楽をしようと、牛に「君は、歩くのは遅いから、二〜三日前から歩いて行かなければならないよ」と言って、ひそかに牛に乗って行きました。

その牛は、一番になると言い、二〜三日前から歩いて行き、神の家の前で、揃う日が、来るのを待っておりました。

そして、その日が来て、神が戸を開けると同時に、牛の後ろ側に隠れていた鼠が飛び出て、牛の前に並んでしまいました。

だから、その鼠は、一番になった訳です。なんて悪智慧のあるものでしょうね。

そうしたら、牛は、二番になり、虎は、三番。それから、四番は、兎。五番は、竜。六番は、蛇。七番は、馬。八番は、羊。九番は、猿。十番は、鳥。十一番は、犬。十二番は、猪だったとのことです。

猫は、一日遅れて行ったので、神に「この勝負は、昨日で終わった。君は、十二の神には入れない」と言われてしまいました。

そうしたら、猫は、鼠に騙されたので、非常に立腹して「おまえごときもの、許しておかない」と言い、その日から、猫は、鼠を憎んで自分の子孫にも、「私たちは、鼠の故に十二の神に入れられなかった。鼠を見たら、直ぐ殺して食っておくれ」と言って、教えました。

だから、猫は、鼠を見たら、追って食うようになったとのことです。

（終わり）

(48) 若水(わかみじ)ぬ謂(いわ)り

昔、大みそかの晩に、乞食のようにして着物を着ているお爺さんが、畑の中の道を歩いている間に、日が暮れてしまいました。

もう、これは、始末に負えないと思っていると、明かりが一つ見えました。

そして、その家に行ってみたら、立派な門になって、その門には、正月に飾る縄が掛けられておりました。

そのお爺さんは、「ごめん下さい。もう、日が暮れて、これから先、村までは、行くことは出来ないので、一晩は、泊めてくださいませ」と言って、お願いしました。

そして、その家から、おばさんが出てきて、その乞食のようなお爺さんに「けしからぬ者だよ。今すぐ、この屋敷を出て行け」と言い、しかめっ面をしておりました。

そうしたら、その乞食のようなお爺さんは、「私は、朝から何も食べてないです。何でもよいので、食べるのはありませんかね」と言って訪ねました。

しかしながら、無愛想にしているおばさんに、塩をまかれ、断られてしまいました。

仕方がない。そこから出て、しばらく歩いておりました。

そうしたら、またも明かりが見えました。

その家は、小さく、貧乏人が暮らしている家のようであったが、たいへん人情のある人のお婆さん、お爺さんが、お出ででした。

お粥と、実のないおつゆしかないが、もう、非常に立派なおもてなしをしてくださいまして、有難いことだと思いました。

布団は、藁で作ってある被るものでした。

寒くさせてはいけないと言って、その家のお婆さんは、夜通し起きて、火をもやし、温めてくれました。

翌日の朝、その家に泊まっていたお爺さんは、「元日の夜が明けない前に、何時も使っている泉から新しい水を飲んで、その水で顔を洗って、仏壇に御茶湯をお供えなさい。また、その水で、顔を洗ってください」と言って、たちまちいなくなってしまいました。

その家のお婆さんは、泉から水を汲んできて、お爺さんと一緒に顔を洗ってその水を飲んだら、急に若返ってしまいました。

その家のお婆さん、お爺さんは、年始回りしに出て、金持ちの家へ行って挨拶しました。

見違えるほど若くなっていたので、金持ちのおばさんは、驚いて、どうしてそんなに若返っているかと言い、聞きました。

そして、その金持ちは、自分の使いの者に言い付けて、その乞食のようなお爺さんを探させました。そして、見つけて無理に連れて来て、泊まらせました。

しかしながら、翌日の朝は、正月二日になり、若水の訳は、なくなって、その金持ちの家族は、皆年寄りになったとのことです。

（終わり）

(49) 天(てん)から降(ふ)いる餅(むち)

遠い大昔、沖縄にもアダムとイブの伝説に似ている創世神話が、伝えられております。

昔、古宇利にあったお話です。

古宇利に男の子と女の子が、現れたとのことです。

その二人は、裸になって暮らしておりました。

二人は、何も恥ずかしさもせず、裸になるのは当たり前のことだと思っておりました。

そして、毎日天から降ってくる餅を食べて、裸のまま、あどけなく暮らしておりました。

ある日のことです。

二人は、「毎日天から餅を賜り、有難いことだが、もしかして、天から餅が降らなくなると、どうしようかね」と言い、心配しておりました。

そして、二人は、知恵を出して、食べ残してある餅を少しずつ蓄えるようにしました。

そうしたら、珍しい事にその餅は、降って来ませんでした。

二人は、びっくり仰天して、天に顔を向けて、「お月様。お月様。大きな餅くださいませ。ちんぼーらーを拾って差し上げましょう」と言って、涙を落としながら、頼みました。

それでも、願い事は叶いませんでした。

この時から、二人は、海へ行き、魚、はまぐりなどを、取って食べて暮らすようになりました。

このようにして、人間は、働くようになったとのことです。

ある日のことです。

おや、珍しい。海端で、ジュゴンがくっつき合って交尾していました。

二人は、それを見て、男と女が会うことが、分かりました。

その後から、二人は、裸になるのは、恥ずかしくなって、くばの葉で前のものを押さえるようになったとのことです。

島の人は、この二人は、古宇利の元祖であるといい、信じているとのことです。

（終わり）

(50) 竜（るー）と百足（んかじ）

昔、何処とかいうところにあったという話です。

寝ている竜の耳に百足が、入り込んでしまいました。

そして、その耳の中は、曲がりくねって薄暗くなっておりました。

その百足は、出口を探していたが、どのようにして、出るのがよいのだろうか、少しも分かりませんでした。

その百足は、ゆっくり出口を探しておりました。その間、竜は、何だろうかごわごわしているが、いい按配して、うとうと寝ておりました。

しかしながら、耳の中で、その百足は、だんだん荒くなって動きました。

そうしたら、その竜は、目が覚めてしまいました。

結局は、その百足は、竜の耳の中を食い付いたりするから、痛くてどうにもならなくなりました。

その竜は、「これは、きっと虫が入っているよ」と言って、もう、我慢できないので、医者に見せなければならないと思いました。

そして、その竜は、人間に化けて、病院へ行きました。

しかしながら、その医者は、「これは、人間ではない」と言い、直ぐ見破ってしまいました。

医者は、「おまえごとき者。人間に化けているが、痛いのを治したいなら、本当の姿に戻れ。そうしたら、治してやるよ」と言いました。

竜は、元の姿になりました。

医者が、耳の中を見たら、あれえっ。百足が、耳の中で、ばたばた動いておりました。

そうしたら、医者は、ピンセットを耳の中に入れて、その百足を取ろうとしたが、届きませんでした。

今度は、鳥を連れて来て、その鳥を耳の中に入れて見ました。

そして、その鳥は、直ぐ百足を咥えて出て来ました。

そうしたら、耳が痛いのは、治ってしまいました。

それからは、竜は、鳥に感謝を申し上げて、その恩義は、忘れることは、ありませんでした。

この事があってから、山原船の帆柱に鳥の型の旗を揚げて、穏やかである旅を願ったとのことです。

竜は、水の神だから、怒って暴れると、台風を起こしたり、大雨を降らしたりしたが、鳥には、反抗することはありませんでした。

また、遠い旅へ行く時に、進貢船などの帆柱に百足の型の旗を揚げました。

このことは、竜が、百足を怖がって、その船に近寄らないためだと言われております。

（終わり）

おわりに

東京・神奈川や沖縄の教室において、最初のステップとして、沖縄語の音を身に付けるため、沖縄語による短文の音読を勧め、その後、簡単な物語やエッセーなどの音読を試みてまいりました。

そして、音読を基本にして、次のステップは、紙芝居を演じてもらうこともやってまいりました。紙芝居の方は、単に音読をやればよいというものではなく、沖縄語による表現力を勉強するためでありました。

長年にわたり、このような活動をやっているうちに物語の数が多くなって、およそ70話ほどになりました。これらの物語を厳選して50話にしたのが本書です。

何故、声を出して読まなければならないのか。物語を黙読して分かればよいものと思われますが、あえて、声高く読み上げることをお勧めしているのは、次のような理由があるからです。

- 次世代の方々は、沖縄語が生活語から遠ざかっています。母語は日本語になっているので、沖縄語の語彙が持っている音は体に入っていないこと。
- 特に音楽の分野では、顕著に表れており、沖縄の言葉には聞こえてこないのが多いこと。

このようなことから、筆者は、沖縄語の音韻体系からスタートして、それぞれの語彙が持っている音を身に付けるには、物語の音読を通して、丁寧に発音することを心がけてきました。

今回は、多くの方々から、これまでに使った物語を読本のかたちで出して欲しいということと、音声を付けてほしいと言われておりましたので、沖縄語による朗読家を探しておりました。そして、放送局などで喋っておられる方々の音声もヒアリングしました。しかし、美しい言葉の響きは、発音と抑揚が基本だと思いますが、そのような方には出会うことが出来ず、この仕事は保留にしておきました。

昨年から大阪や東京で公開研究発表などをしましたが、会場から基本的な発音の質問が出ることがあって、保留にしていた読本の必要性が再び浮かび上がってきました。やむを得ず、筆者自身は朗読家ではないが、老骨に鞭打って録音をやった結果が、このような拙いものになりました。

今後も沖縄語については、ライフワークとして、言葉の素養を高めながら皆さんと共に成長していかなければならないと考えております。

沖縄言語教育研究所 主宰　國吉眞正

参考文献

- 民話物語い「沖縄タイムス連載」
- 琉球の昔物語「海邦出版社」
- 沖縄の伝説散歩　長嶺　操・徳元英隆 著
- おもしろ沖縄の伝説　比嘉朝進 編著
- 沖縄むかしばなし　比嘉朝進 編著
- 21世紀に残したい沖縄の民話21話「琉球新報社」
- うにぎらまとあはれんびんちぃ　新垣光枝 著「新星出版」
- ふる里の民話　長田昌明 編著
- 世界にはばたけ！ねたての黄金察度王　下地昭榮 著
- 伊波普猷全集　第三巻「琉球戯曲集」「平凡社」
- 校註琉球戯曲集　伊波普猷 著「榕樹社」
- 増補琉歌大観　島袋盛敏 著
- 論文　沖縄語教育研究（2010年６月）　船津好明 著
  —学習負担の軽減と学力の向上を目指して—
- 沖縄口（うちなーぐち）さびら　—沖縄語（おきなわご）を話（はな）しましょう　船津好明 著「琉球新報社」
- 脳と音読　川島隆太 安達忠夫 著
- ８割の人は自分の声が嫌い　心に届く声、伝わる声　山崎広子 著
- 論文　言葉が持つ音とその表記について　國吉眞正 著
  歌詞や台詞について考える
  ～沖縄の文化を次世代へ適切に伝えるために～
  別冊「組踊、観客のための現代仮名遣いで易しく読める執心鐘入」
  沖縄文化協会2017年度第２回東京公開研究発表会・資料
- 現代仮名遣いで易しく読める名護親方・程順則の琉球いろは歌　國吉眞正 編著
- 沖縄語辞典「国立国語研究所」
- 沖縄語辞典　内間直仁・野原三義 編著
- Okinawan-English Wordbook　Mitsugu Sakihara
  University of Hawaii Press
- 広辞苑「岩波書店」
- 沖縄大百科事典「沖縄タイムス社」
- 新公用文用字用語例集「内閣総理大臣官房総務課監修」
- 記者ハンドブック（新聞用字用語集）「(株)共同通信社」

昔物語(んかしむぬがたい)　付録朗読CD　録音リスト

物語１～物語25　音声 國吉眞正

1 経塚(ちょーじか)ぬ謂(いわ)り
2 稲(んに)ぬ始(はじ)まい
3 運玉義留(うんたまぎるー)
4 赤犬子(あかいんこ)
5 白銀堂(はくぎんどー)ぬ謂(いわ)り
6 野國總管(のぐにそーかん)
7 為朝(ためとも)と牧港(まちなと)
8 鬼慶良間(うにぎらま)
9 安谷屋(あだんな)ぬ若松(わかまち)
10 てらがまぬまぎ蛇(じゃー)
11 久志(くし)ぬ観音堂(くゎんぬんどー)
12 星(ふし)ぬ砂(しな)ぬ謂(いわ)り
13 阿麻和利(あまをい)ぬじんぶん
14 前川(めーがー)ぬまぎ蛇(じゃー)
15 鬼大城(うにうふぐしく)
16 盛(むい)ぬかーぬ飛(と)び衣(ちん)ぬ伝(ちて)ー４
17 普天間権現(ふてまぐんじん)ぬ謂(いわ)り
18 泡瀬(あーし)ぬびじゅる
19 無蔵水(んぞみじ)ぬ謂(いわ)り
20 大里(うふじゃと)ぬ鬼(うに)
21 屋部寺(やぶてら)ぬ謂(いわ)り
22 名護親方(なぐゑーかた)とくらー小(ぐゎー)ぬ言葉(くとば)
23 善縄御嶽(よくつなうたき)ぬ謂(いわ)り
24 野底(ぬずく)まーぺー
25 来間(くりま)ぬ祭(まち)りぬ始(はじ)まい

うちなーぐちの音を習得するための音読のすすめ

著者略歴

國 吉 眞 正（くによし　しんしょう）

1937年６月16日	フィリピン・ミンダナオ生まれ、沖縄県八重瀬町上田原育ち
1961年３月	琉球大学電気工学科卒業
1961年４月	沖縄工業高等学校勤務
1962年４月	日本アイ・ビー・エム㈱ 現場、研修センター、技術本部等勤務を経て旧通産省へ出向
1991年11月	旧通産省特許庁外郭団体㈶工業所有権協力センター勤務 特許文献（コンピュータ分野）の解析、調査、研究など国の仕事に携わる
2003年３月	主任研究員、特命担当主席部員などを経て任期満了定年退職
現在	沖縄言語教育研究所　主宰 沖縄語の保存と次世代への継承方法に関する研究及び実践

論文

- 沖縄語の書き方及び次世代への継承に関する論文多数
- 沖縄の文化の基層となる言語の保存及び継承方法に関する研究
  話しことば、歌詞、組踊の台詞などについて考える
  次世代に適切に継承するため表記の方法についても論ずる
- 公開研究発表「テーマ:開かれたコミュニティ沖縄語を話す会」
  ～今、何が問題で、どう解くかを考える～
  共催　多言語化現象研究会（第63回例会）
  琉球継承言語研究会（第９回シンポジウム）
  大阪大学未来共生イノベーター博士課程プログラム
  共同シンポジウムの席で（大阪）
- 公開研究発表「テーマ：言葉が持つ音とその表記について、歌詞や台詞について考える」
  ～沖縄の文化を次世代へ適切に伝えるために～
  別冊「組踊、観客のための現代仮名遣いで易しく読める執心鐘入」
  沖縄文化協会2017年度第２回東京公開研究発表会の席で
  （東京）

（論文は国立国会図書館、沖縄県立図書館等で閲覧できる）

昔物語（んかしむぬがたい） 〜沖縄口（うちなーぐち）朗読用読本〜

2020年1月24日　　初版第1刷発行

著　者　國吉眞正
発行者　玻名城泰山
発行所　琉球新報社
〒900－8525
沖縄県那覇市泉崎1－10－3
電話（098）865－5111（代）
問合せ　琉球新報社　読者事業局出版部
電話（098）865－5100
発　売　琉球プロジェクト
電話（098）868－1141
印刷所　新星出版株式会社

ISBN978-4-89742-253-4
定価はカバーに表示してあります。
万一、落丁・乱丁の場合はお取り替えいたします。